飄香金飯苑 3 完

凝弦 著

風文創 1293

目錄

第五十一章　於心不安

小八見姜菀面色嚴肅，忙道：「我昨日來永安坊後，看見街邊有擺攤賣東西的，說是一些小玩意兒，我覺得很適合給蛋黃玩，但……但我身上沒錢。恰好有個人路過，聽見我與攤主說話，便問我買這東西的緣故，我說了以後，他誇我知恩圖報，就出錢買下這個球轉贈給我，我推辭不過，便收下了。」

「然後你就帶著這顆球去見蛋黃？」姜菀問。

小八點頭道：「對。那人拿著球在手中玩了一會兒才遞給我，說他家中養過狗，知道狗最喜歡這類小玩具，我才拿著這顆用布做的球去找蛋黃。只是我昨日走得急，忘了把球留下，阿姊，妳帶回去吧。」

姜菀接過那球捏了捏，裡面應當是填充了棉絮，很是柔軟。她認定這東西是重要的證物，便收下道：「小八，這些日子你暫時不要來食肆了，蛋黃牠……病了，需要歇息一段時日才能同你玩。」

小八無措地眨了眨眼，道：「是我昨日打攪到牠了嗎？阿姊，我不是故意的……」

姜菀見他滿臉慌張，便安撫道：「與你無關，小八不必擔心。蛋黃與人一樣都會生病，過些日子牠就好了。」

小八似懂非懂地點頭，道：「我聽阿姊的。」

姜菀再問：「你還記得那攤主的模樣嗎？」

小八想了想，大致上描述了一下，又道：「那人說，他日日都在坊內擺攤，阿姊這會兒過去，應當能碰見。」

「那……替你買下玩具的人是什麼樣子？」姜菀問道。

「他穿著深色衣服，戴著兜帽，我瞧不清他的臉，但他聲音有些嘶啞。」小八說道。

姜菀默默記下，道：「阿姊知道了。小八，你回去吧，改日阿姊再去看你。」

待小八離開，她斂去笑意，按照小八描述的地點找到那個攤主。他售賣的皆是些機巧玩具，有不少看起來都是適合寵物玩的。

姜菀發現了一模一樣的玩具球，她拿起來仔細看了看，與小八那顆並無差別。

「小娘子是想要這個嗎？」攤主熱情招呼道。

姜菀眸子一閃，說道：「我家中養了隻貓，想買些玩具。」

「此物很合適，」攤主忙不迭地推銷起來。「昨日也有客人買了一顆。」

她狀似無意地問道：「買下此物的人，家中也養了貓嗎？」

攤主說道：「似乎不是。他買下後送給一位小郎君，那小郎君說是給狗玩的。」

「那位客人的樣子，您還記得嗎？」

攤主想了想，遲疑道：「那人身穿深色衣衫，面容看不清楚，但他的聲音有些奇怪，甚是嘶啞。」

說著，他有些尷尬，在背後議論客人到底不妥，便敷衍道：「沒什麼特別之處，只是位普通郎君罷了。」

姜菀點點頭，買下玩具返回食肆。

眾人見姜菀這麼快就從縣衙回來了，驚訝之餘也猜出了緣故，一時之間表情都有些黯然。

「小娘子，」思菱小聲道：「今日店裡只來了一位客人。」

這樣的局面，姜菀雖然早有心理準備，卻還是無奈。她垂眸嘆道：「出了這樣的事，生意蕭條在所難免。」

「可……」思菱心底不平。「我還是不明白，蛋黃究竟受到了什麼刺激。」

姜菀拿出那兩顆球，說道：「今日我在啟平坊遇見了小八，他說昨日曾用這個東西同蛋黃玩了一會兒，後來蛋黃便莫名地躁動不安，繼而發狂。」

幾人圍上來對著那兩顆球看了又看，思菱說道：「看起來就是最常見的小玩具，難道蛋黃的異樣與此有關？」

姜菀搖頭道：「不曉得，但或許有什麼我們看不透的隱情。」

說到隱情，她想起了沈澮的話，心中記掛著自己還欠他補償，便起身道：「我去一趟沈府，你們顧著店裡。」

思菱跟宋鳶同時起身開口。「小娘子，我同妳一起去。」

兩人對視了一眼，還是思菱道：「若是沈將軍惱怒之下……我陪小娘子一起去吧。」

「放心，沈將軍非暴戾之人，我自己去便可。」姜菀道：「正好，我想同他說說補償之事。雖說他言明不需要彌補，但我們不能真的毫無作為。」

「小娘子真的要去……沈府照料沈將軍的胃疾嗎？」宋鳶輕聲道：「可那樣太委屈小娘子了吧。」

姜菀嘆了口氣道：「本朝律令中有一條，若是主人縱容家中狗兒咬人，輕則剪去狗耳，重則以傷人罪懲處。若沈將軍絲毫不念相識一場的情分，按規矩辦事，將此事上報官府，莫說我們本身就有過錯，就憑他的身分，我們絕對逃不了處罰。」

「他的身分……」思菱喃喃道：「禁軍統領，那可是天子身邊最重要的臣子之一啊。」

姜菀道：「我雖覺得沈將軍不會這麼做，但妥善起見，我還是親自去向他賠罪，希望他能念在我們態度懇切的分上，不將此事鬧大。不過若是他真的要按律令處理，我也無話可說。」

她將那兩顆球收在身上，平復了一下心緒，便出了門往沈府走去。

沈府是顯赫之家，姜菀稍加打聽便知曉了具體位置。她一步步走過去，心中越發忐忑。

府門前，姜菀朝門口的守衛說明來意。

過沒多久，昨日跟在沈澹身邊的長梧便迎了出來，他看見姜菀，立刻皺眉道：「妳來做什麼？」

姜菀把姿態放低。「我今日來，是向沈將軍賠罪的。」

長梧沒好氣地說道：「阿郎不在府上。」

「這位郎君，沈將軍因姜記食肆而受傷，我心中有愧，想盡可能彌補他。」姜菀說道。

長梧上下看著她道：「妳想怎麼做？」

姜菀輕聲道：「昨日那位郎中不是說了，沈將軍有胃疾，這一個月的飲食要格外當心，我別無所長，只能透過替他做些吃食當作賠償，還望郎君成全。」

長梧哼了一聲道：「阿郎受了傷，還要敷藥、服藥，妳竟覺得用一個月的飲食就能打發？」

「我——」姜菀不知道該說什麼。

長梧有心想再說幾句話出氣，卻又想起自家阿郎的囑咐，不得不剎住話頭，道：「此事我作不了主，得等阿郎回來。」

一陣冷風吹來，凍得姜菀打了個哆嗦。

長梧看了看她，半晌後才道：「先進去吧。」

「多謝。」姜菀跟在長梧身後進了沈府。

她並未四處打量，但眼尾餘光依然能瞥見府內的景致。不論是房屋還是庭院佈置，都能看出主人不慕榮華、不喜富麗的性子。

長梧引著姜菀前往會客廳，面無表情道：「妳且在這裡等著吧。」

雖然依舊對姜菀不滿，但長梧還是命人為她倒了茶。

姜菀端起茶盞抿了一口，沒多久，便聽見前庭傳來腳步聲跟通傳聲。「阿郎回府了。」

沈澹一踏進會客廳就看見姜菀，步伐微頓，道：「姜娘子？」

姜菀看著他，說道：「我不請自來，還望沈將軍莫要介懷。昨日聽沈將軍說此事或許另有隱情，恰好今日我也得了些線索，便想著來同您商討一番。」

沈澹頷首。「請隨我來吧。」

進入書房後，姜菀說明來意。

沈澹一聽完她說的話，便毫不猶豫道：「姜娘子客氣了，實在不必如此。」

「請沈將軍成全，」姜菀輕聲道：「否則我會寢食難安的。」

她見沈澹默然不語，又道：「如今我不在縣衙做事，食肆……也不忙，有足夠的閒暇。」

此話一出，沈澹不禁心頭一緊。他抬眸看去，搖曳燈火下，她一張素白的臉龐顯得憔悴，眼下是顯而易見的烏青。

他喉頭一窒，低聲道：「可姜娘子不必如此委屈自己。」

姜菀笑道：「沈將軍是我家食肆常客，就當是我請您一個月的餐食吧。若是沈將軍不肯，那我少不得要日夜為此事懸心了。」

她不等沈澹回答，便從袖中取出那兩顆球，說道：「我今日來，是想同沈將軍說說當日之事。那日，小八曾去過食肆，拿了這個玩具與蛋黃玩鬧，不知問題是不是出在這裡。」

沈澹接過東西，審視了一下後問道：「姜娘子的意思是？」

姜菀沈吟道：「葛爍發狂是因為服用了『斷腸散』，我便猜測蛋黃會不會是嗅到某種氣味，才會突然那樣。因為我們養牠多年，牠一向乖巧，何況沈將軍對牠而言並非陌生人。」

沈澹點頭。「姜娘子的猜測有道理，只是這玩具上是否摻了其他東西，得找人來查驗。不瞞妳說，根據我對犬類的了解，蛋黃這樣的家犬並不會無緣無故暴起傷人，更像是受了外部的刺激所致。」

姜菀思索道：「若是這玩具當真有問題，那麼到底是何人做的手腳？」

「姜娘子是否有頭緒？」沈澹說道。

姜菀垂眸想了半晌，搖頭道：「還是先看看上面有沒有摻什麼吧，興許是我多心了。」

「姜娘子放心吧，交給我處理。」沈澹說道。

此事暫且告一段落，姜菀見沈澹沈默了，便問道：「沈將軍的傷處……還好嗎？」

這句話剛說出口，門外便傳來長梧的聲音。「阿郎，該上藥了。」

沈澹道：「進來吧。」

長梧推門進來，他捧著一個托盤，上面有一只錦盒、一只小瓷瓶與一盞溫水。他先服侍沈澹將藥丸服了下去，又揭開錦盒。

姜菀聞見一股似薄荷般清苦的味道，卻見長梧淨了手，用手指拈起一團半透明的藥膏，準備要塗抹。

她正愣愣地看著，卻見那兩人一起向她看了過來。

「還請迴避。」長梧說道。

姜菀這才反應過來，沈澹的傷在腿部，上藥必然要除去褲子，不由得慌忙向外走去，順勢關上了門。

待長梧上完了藥，姜菀才重新走進裡面去，道：「沈將軍若是無事，我便先告辭了。」

沈澹點頭道：「姜娘子慢走，恕我剛上完藥，必須靜坐片刻，不能送妳。長梧，你送姜娘子出去。」

長梧應了一聲，說道：「姜娘子請吧。」

姜菀跟在長梧身後離開了沈澹生活的院落，走了幾步便停下道：「郎君可否引我去見一見貴府的廚子？」

「這是何意？」長梧睨著她。「阿郎並未同意妳那麼做。」

姜菀略顯無奈道：「沈將軍慈悲心腸，定然不會同意，我卻不能當作沒這回事，否則良心難安。」

她這話說得甚是中聽，長梧的臉色好了一些，道：「姜娘子還算是明理之人。」

「所以我想請郎君幫個忙。」姜菀笑了笑。「雖然沈將軍執意不讓我這麼做，但我自明日起，每日都會來府上為沈將軍準備膳食，然後以貴府廚子的名義送到他面前。」

長梧沒想到她竟甘願這麼做，不由得道：「如此一來，阿郎就不知妳做的事情了。」

姜菀垂眸道：「我只希望自己心中過得去，免得再為此事牽腸掛肚。只要這個月沈將軍安然無恙，我就算是償清了心頭愧疚，不會再來叨擾。」

長梧仔細一想，覺得此舉可行，便道：「在妳準備膳食期間，我會派人盯著；待妳做好之後，也會依例一一嚐過，才送到阿郎面前。這是府上的規矩，希望妳明白。」

姜菀點頭道：「我理解。」

「那妳就從明日開始過來吧。」長梧想了想。「屆時阿郎傍晚才會回來，妳只需準備些點心跟晚食。」

「好，多謝告知。」姜菀朝長梧道了謝，才在他的帶領下離開沈府。

第二日，姜菀按照長梧告知的時辰，提早來到沈府。

鄔郎中說過，沈澹的飲食必須保持清淡。長梧則說這些日子沈澹的胃疾有所好轉，許多食物都能稍稍嚐一嚐，只是萬不可吃得過飽或吃辛辣之物。她仔細察看沈府廚房的食材，心中有了計較。

姜菀切了幾個橙子跟雪梨，加上銀耳煮成羹湯，再挑了幾根淮山藥，切皮後搗爛成泥。用磨子把薏米跟大米磨成粉末，和上山藥泥與糖搓揉成團，過篩後按壓進模具，待成型後上鍋蒸熟。

至於晚食，姜菀問過沈府廚子沈澹平日的飯量與喜好，做了幾樣清淡爽口的小菜。

等食物差不多備齊，就聽沈府的僕從說沈澹回來了，長梧便將姜菀做的點心端了過去。

姜菀在廚房候著，準備聽一聽沈澹用完飯之後的意見，再視情況調整明日的膳食。

誰知沒多久長梧便折返了，說道：「阿郎喚妳過去。」

姜菀愕然。「他是如何知道的？」

長梧無奈道：「我將那些點心端了過去，阿郎只吃了兩口，便道『這不是府上廚子做的，是不是姜娘子』，我只能如實稟報。」

姜菀沒想到沈澹的舌頭這麼靈，居然能嚐出自己的手藝。她只好跟在長梧身後，再次來到沈澹房中。

沈澹看到她，只溫聲道：「姜娘子，我已說過，不需妳為我做這些事。」

「沈將軍，」姜菀懇求道：「只此一月。等這個月一過，若是沈將軍平安無恙，我必不會再叨擾您，我們一別兩寬。」

沈澹原本要說出口的話就這樣哽在喉嚨裡，他看向姜菀，喃喃道：「一別兩寬？」

姜菀察覺自己這話說得似乎不妥當，忙擺手道：「我的意思是，以一個月為期，時候一到，我就不會再來打擾沈將軍。」

不再打擾？這實非沈澹所願。

他正斟酌著該說些什麼來跳過這個話題時，候在門外的長梧走進來，欲言又止。

「什麼事？」沈澹問道。

長梧躬身稟報道：「阿郎，府裡的杜廚子說，他家中老母病重，想告假一個月返鄉侍疾。」

他話音一落，便走進一個中年男子，那人滿臉是淚，見了沈澹立刻拜倒。「阿郎，家母病重，又逢寒冬，我實在擔心老人家撐不過去，求阿郎允我回家侍奉母親！」

一個漢子淚流滿面，誰見了都不免動容。沈澹寬慰道：「你起來吧，此乃人之常情，我豈有不允的道理。」

沈澮向長梧道：「給他備些銀兩跟衣物，讓他回去吧。」

「多謝阿郎，只是廚房的差事……」杜廚子忐忑不安地望向沈澮。

沈澮溫聲說道：「你安心回去，不必擔心。待事情了結再回來，沈府必有你的一席之地。」

杜廚子馬上跪倒在地，連連叩首道：「多謝阿郎！」

他抹了一把眼淚，低頭起身退了出去。

待他離開，長梧才道：「如此一來，府裡便少了做點心的廚子，剩下幾位是負責三餐的，並不擅長做點心。不過阿郎回府後常過了時辰或尚未到晚食時辰，又不能餓著，因此廚房必得為他準備點心。」

姜菀道：「既然如此，那便交由我來做吧。」

「姜娘子……是不是我答應妳，妳才會安心？」沈澮輕揉眉心問道。

姜菀點頭。

見她態度如此堅決，沈澮深知無法改變她的念頭，只能無奈道：「姜娘子不必日日辛苦，若是有需要，我會讓長梧告訴妳。至於旁的膳食，還是交由府裡的廚子準備。」

聽他終於答應了，姜菀鬆了口氣，說道：「我明白了。」

「那兩顆球我已交給相關人等查驗，大概近幾日就會有結果。」沈澮說起了正事。

姜菀思索片刻後，道：「那日沈將軍走後，我前去查看蛋黃的情況，誰知牠在我接近的時候也表現得狂躁，這是從未有過的事。」
沈澹皺眉道：「當時姜娘子身邊有旁人嗎？」
姜菀道：「只有我。往常蛋黃嗅到我的氣息都會很安靜乖巧，唯獨那一日，牠的反應極其激烈。」
沈澹凝神道：「如此說來……姜娘子身上可曾有佩飾或是熏香？」
「我平日在廚房忙碌，從不配戴首飾，唯恐不小心落進食物裡。至於熏香……也沒有。」姜菀喃喃道：「難道與我那日的衣裳有關？」
「那天的衣裳有何不同？」沈澹問道。
姜菀答道：「只是沾染了些縣衙公廚的油煙味，應該不至於讓蛋黃那般吧。」
「謹慎起見，姜娘子最好還是妥善保管那件衣裳，連同那兩顆球一同交給有關人等查驗吧。」沈澹道。
他頓了頓，又道：「我識得一位醫者，頗通動物之疾與醫治之道，不如請他為蛋黃診治一番，瞧瞧蛋黃究竟為何發狂。」
「如此也好。」姜菀點頭。
請醫者看過之後，若是確定蛋黃本身並無任何疾病，那便能斷定牠的狂態是外部因素導致的了。

第五十二章 陰謀詭計

沈澹不再說話，只安靜地吃完點心。

淮山薏米糕口感軟糯細膩，銀耳羹中的銀耳燉得軟爛，橙子與雪梨都是汁水豐富的水果，熬出來的羹也水靈清甜。

放下木匙後，沈澹拿過帕子拭了拭唇角的殘渣，接過長梧及時遞過來的茶漱口。

長梧收拾了案桌上的碗碟，很快就退下，又捧上茶來。

姜菀坐在沈澹對面淺啜了口熱茶，目光自茶盞上方輕輕一掠，看見案桌上隨意擱了一本翻開的書。她仔細看了一下封面的字，是顧元直的作品集。

「這是顧老夫子的手稿？」姜菀問道。

沈澹頷首道：「正是。幾日前我去拜見老師，聽他說起陳年往事，一時有些感慨。老師將此手稿交給我，說待我讀完，或許能有全然不同的感受。」

「沈將軍如今與顧老夫子的相處，應當已經與從前並無二致了吧？」姜菀道。

沈澹低低嘆息。「若要說與少年時期一樣，自然不能。多年過去，老師與我的心境都有了很大的改變，但我不再像從前那樣不敢面對老師了。還得多謝姜娘子點醒我，否則我不知自己會躲藏到何時。」

他道：「我同老師說起此事，他直誇姜娘子，還說我枉讀了這麼些年的書，卻不如妳看得通透。」

姜菀笑了笑，說道：「沈將軍讀起顧老夫子的手稿，感受如何？」

「這些日子我處理公務之餘，試著靜心閱讀老師的作品，發現與多年有不同的感慨。」沈澹摩挲著那泛黃的紙張。

「沈將軍身為禁軍統領，職責重大，應當頗為辛勞。」姜菀溫柔笑道：「其實我早該猜到沈將軍的氣度與人品並非常人。」

沈澹說道：「姜娘子，我是什麼身分並不重要，那不過是虛名，我只願妳不要因我是禁軍統領而對我太過小心。」

姜菀微微一怔，道：「沈將軍如此年輕便能擔此重任，其中的艱辛定然是我想像不到的。」

沈澹垂眸，笑道：「不過是有一副尚可的身手罷了。」

姜菀的思緒不禁有些游移。以他的年紀，榮登禁軍統領這樣高的官職，不知付出了多少努力，絕非身手好便能做到的。

沈澹將話題轉到那本書上。「老師說，他看自己年少時的遊記文章，懷念之餘，總有些不忍細讀。特別是曾與他並肩出遊的故人或各奔東西，或不在人世，曾立下的誓言或談起的故事只停留在紙上的寥寥語句，難免令他感傷。」

「能與朋友相偕踏遍大江南北，是人生之幸。」姜菀由衷感慨。

沈澹道：「還有十幾日便是老師的壽辰，他依然記掛著從前的老友，特地囑咐我設法找到他們，藉機小聚。」

姜菀心想顧元直滿腹詩書，便道：「顧老夫子的莫逆之交，是不是個個都身分學識不凡？唯有如此知音，才能常在一處談詩論道吧？」

沈澹笑了笑。「不盡然。老師交朋友從不會看對方是否有學識，只看志趣是否相投。他的朋友當中，既有風姿雋然的文人，也有行走江湖的俠客，還有不少尋常人，但都值得相交。」

說到此處，他眼底浮起一絲黯然。「只可惜，我根據老師給我的名冊稍加尋訪了一番，卻發現有不少人已不在人世或渺無音訊了。」

「人世間悲歡離合，任誰都無力改變。」姜菀寬慰道：「我想顧老夫子應當能接受。」

沈澹默然點頭。

兩人說了許久的話，姜菀心想時辰差不多了，就聽見長梧敲了敲門，說道：「阿郎，廚房備了碗蘋果紅棗水，十分養胃，您嚐嚐？」

「呈上來吧。」沈澹淡聲道。

長梧端著托盤上前，將一碗冒著熱氣的飲子放在沈澹面前。他看了姜菀一眼，見她並無為自己邀功的意思，便道：「這是姜娘子事先準備的，囑咐我們用小火煨著，待沈將軍用罷點心後，過了些時候送上來。」

沈澹沒料到姜菀還另外準備了點心，一時有些意外。

姜菀對上他的目光，抿抿唇道：「醫書上說此種飲子對胃有好處。」
沈澹笑道：「姜娘子費心了。」
他舀起一口飲子喝下，感覺唇齒間都是淡淡的清甜味。熱呼呼的湯飲落進胃裡，讓他原本乾澀而微疼的胃獲得紓解。
用罷湯飲，沈澹抬頭看了外頭的天色一眼道：「時辰不早了，我送姜娘子回去吧。」
姜菀連忙推辭。「此處離食肆不遠，不用煩勞沈將軍。」
長梧亦道：「阿郎歇著吧，小的去送姜娘子。」
然而沈澹已經起身換上了外袍，姜菀別無他法，只好同他一道走出沈府。
在溫暖的屋內待了許久後，乍一出門被冷風一吹，姜菀忍不住顫慄了一下。
沈澹眉眼微微一動，便稍稍向前走了幾步，從側前方替她擋風。
姜菀沒留意到這個細節，只靜靜跟在他身後。
「說起來，姜娘子是京城人士嗎？」沈澹狀似隨意地問道。
姜菀思索了一下該如何回答，才說道：「先父、先母都生在外地，後來才舉家來到京城謀生。」
想到此處，她不禁脫口而出道：「雲安居，大不易。」
說完，姜菀才想到，與沈澹初識的時候，他也曾這樣對自己說過。
兩人相視一笑，從對方眼中讀出了相同的感懷。
沈澹說道：「雖不易，但姜娘子還是生存了下來。」

姜菀先是笑了，旋即想到自家的生意，眉眼暗了暗，道：「可即便我努力扎下根，卻依然只是一株柔弱的小樹苗，歷經了一點風雨，便搖搖欲墜。」

沈澹如何不明白這話背後的意思？他緩緩道：「即使搖搖欲墜，但樹根既然扎下，便不會被輕易掘斷，只待有朝一日向上生長。姜娘子，必定不會輕易被打倒。」

姜菀不禁問道：「沈將軍為何如此肯定？」

沈澹轉頭看向她，毫不猶疑地說：「我相信妳。」

那滾燙的視線讓姜菀心思亂了一瞬，她倉促轉頭，指了指前面道：「到了。」

說話間，兩人已來到食肆外，可以清楚地看見裡面冷冷清清的場景。此次風波不同於以往，即使沈澹出面為她作證，也無法改變人們心中的芥蒂以及對狗的恐懼，唯有查清真相，才能徹底還食肆清白。

「姜娘子回去吧。」沈澹望著她道。

「沈將軍府上若是有需要，隨時告訴我。」姜菀道。

他笑了笑，點頭道：「我知道了。」

食肆房簷下的燈籠搖搖晃晃，那暖色的燈火映在沈澹臉上。他就那樣專注地望著自己，眸光柔和如春水。

姜菀的心忽然漏跳了一拍。她忙低下頭去，低聲道：「多謝沈將軍送我回來。」

她舉步往食肆裡走去，偶一轉頭，卻見沈澹站在原地，與她的目光對上後才微微一笑，轉身緩步離開。

「小娘子！」思菱的聲音打斷了姜菀的思緒。「沈府的人是否為難妳了？」

她上前拉著姜菀的手，上下打量了個遍。

姜菀失笑道：「怎會？沈府是大戶人家，自有待客之道。我已與沈將軍說好，接下來一個月在他府上製作點心，以彌補錯處。」

宋宣在一旁聽了，忍了忍才道：「可如此一來，老師也太辛苦了。」

「所以店中就靠你們幾個多看顧了。」姜菀環顧一圈。「今日來了幾位客人？」

宋鳶呼吸一窒，小聲道：「總共不到十人。」

「好在不是空無一人。」姜菀故作輕鬆地笑了笑。「明日即便只比今日多一人，也算是安慰了。」

姜菀問思菱。「蛋黃今日的狀況如何？」

思菱道：「一切正常。」

她又開始想沈澹說過的話，千頭萬緒捋不分明，還是等那位醫者來了後再說。

第二日，沈澹下了值，便領著一人來到姜記。

那位醫者年歲不大，模樣玩世不恭。據沈澹介紹，此人姓古名融，自小便愛與形形色色的動物打交道。他祖上雖通曉醫術，但都是醫人的，唯獨他另闢蹊徑當起了獸醫。

兩人過來時，姜菀正好剛做了一份糖漬的金橘蜜餞，酸酸甜甜、極其可口。

古融倒不客氣，接過姜菀端過來的蜜餞吃了幾個。他舔舔唇讚了句「不錯」，這才走到院子去辦正事。

雖然古融第一次見蛋黃，他卻頗有辦法，不過幾個動作與口令，便讓蛋黃放下敵意，乖乖趴在自己面前。他捏了捏蛋黃的四肢與皮肉，又檢查了牠的鼻頭與眼睛、口耳，才道：「小娘子家的犬隻很健康，並無疾病。」

「既然如此，是什麼原因讓牠突然性情大變？」姜菀把那日的事情說了一遍。

古融思索了一陣子，說道：「那便只會是受了外部的刺激。」

他的說法與沈澹的猜測大致相同，目前的線索就是那兩顆玩具球與姜菀的衣裳。

沈澹對古融拱手道：「多謝。」

姜菀與沈澹要送古融離開，古融卻道：「小娘子留步，我與泊言還有幾句話要說。」

待姜菀轉身進了廚房，古融才笑咪咪道：「怎麼，你這棵鐵樹開花了？」

沈澹面色不變，道：「我不明白你的意思。」

「咱們相識多年，在我面前你還遮遮掩掩什麼？」古融拍了拍他的肩。「方才你那眼睛就差黏在人家身上了，還嘴硬？」

「你話太多了。」沈澹抿唇道。

「不過那小娘子確實生了副好容貌，你眼光不錯。」古融道。

沈澹沒有否認，只淡淡道：「可她並不只有這一點好處，這只是無數好處中最表層的一點罷了。」

「我還不了解你？你沈泊言從不是這般膚淺的人，她必然有更多過人之處，你才會如此動心，對吧？」

沈澹的目光恍惚了一瞬。那是自然，無論是古靈精怪的她，還是溫婉靜默的她，都是那般美好。

他輕咳道：「好了，你該走了。」

古融笑著說：「不必送了，等來日你成親，記得給我留一杯酒。」

說罷，他揮了揮手，很快就消失在人群中。

與此同時，沈府的人也送來了一道密報。沈澹返身回到食肆，邊走邊拆開信封。

看清信上的內容，沈澹眉心一緊，對姜菀道：「姜娘子，那東西果然有問題。兩顆球外表雖一模一樣，可蛋黃接觸過的那顆球表面布料被人撒上了一種極細小的藥粉，由於色澤與布料相近，因此肉眼幾乎無法發覺，且那粉末的氣味人聞不出來，但動物的鼻子卻嗅得到，而另一顆球則無異樣。」

撒了藥粉？

姜菀的思緒凝滯了片刻，許久之後，她緊緊皺眉道：「是誰動的手腳？若是那攤主做的，為何另一顆球沒有？」

「小娘子識得那攤主嗎？」

姜菀搖了搖頭道：「不識得，更不曾有過衝突或結下仇怨。若是他，他有何目的？」

冷靜了片刻後，姜菀問道：「那粉末是何物？」

「姜娘子是否還記得縣學公廚陳讓在飯菜中加的香粉？還有葛爍所服用的斷腸散？」沈

澹道：「此三物算是同源，只是用處不同。」

「說起斷腸散，不知調查得如何了？」姜菀問道。

兩人在食肆大堂坐下，沈澹道：「之前小娘子交給我的粉末確實是斷腸散，我已轉交給京兆府。」

他不再隱瞞，坦然說道：「京兆府尹與我頗有交情，我便將此事託給他。經過他們的探查，發覺除了斷腸散之外，還有一些用途不明的藥材與香草也自天盛傳了進來。」

姜菀忙問道：「那麼，服用或售賣此物的人呢？」

「目前各坊及東、西兩市都已搜查過，京兆府的人將所有賣過此物的商販全數扣押，正在逐一審問。只是服用者並不好查，畢竟此物明面上並非禁藥，許多買過它的人聲稱自己只是聽信商販的話，以為這是一種能治療病痛的神藥。」

姜菀微微搖頭道：「單聽這名字，也不似一種尋常的藥啊……」

「服用斷腸散後確實能鎮痛，但同時也會麻痺人的知覺，使人感覺不到疼痛，卻又精神煥發。」

「那麼蛋黃發狂就是因為這藥粉了？」姜菀問道。

沈澹點頭道：「用在蛋黃身上的藥粉有個諢名叫『亂魂散』，不似斷腸散那般有明顯的氣味，更不易被察覺。」

這名字讓姜菀咋舌。「那它的效力比斷腸散更強？」

沈澹頷首道：「陳讓所用的『潛香』還算溫和，若不是秦娘子運功時催動內息，不會有什麼影響。背後之人製作它的初衷是為了尋求捷徑，省去食物製作的種種流程，只把它當作調味料售賣，並不需要花費太多銀錢。」

他輕擰眉。「斷腸散與亂魂散則就有不同的目的了。斷腸散主要的效用是鎮痛活血，讓虛弱之人能永保活力，同時也會讓人容易急躁發狂；相較於斷腸散，斷魂散著重添加其中幾味藥的含量，此藥只需要輕輕一撒，便會附著在人身上或是被吸入，不易被發覺，一旦吸入它，四肢便不受控制，進而產生幻覺。」

「幻覺？」姜菀愕然。

沈澹解釋道：「也就是說，覺得自己一切如常，並未做出任何異樣的事情，但這只是幻覺，實際上人已被藥物控制，不知會做出什麼舉動。身體柔弱之人或許會失去知覺任人擺布，可身體強壯之人卻會無法抑制地做出一些瘋狂之舉，因此這種藥容易被用來行不軌之事。」

他說得含蓄，姜菀卻猜到了。不軌之事，大概是見不得光的陰詭齷齪之事。她身子一陣發冷，沒想到此物如此陰毒，若是不慎中招，不知會發生什麼難以挽救之事。

「此物居然能讓蛋黃那般狂躁，真是威力巨大。」姜菀嘆道。

「姜娘子當日的衣裳上也沾染了少許。」沈澹緩緩道：「因此，蛋黃在接觸妳後也出現了那樣的症狀。」

「什麼？」姜菀震驚不已。「可我並未有反應。」

「一是那粉末數量不多，二是只附著於衣物之上，妳並未直接吸入，只是蛋黃嗅得到那氣味，雖淡，但足以影響牠。」

她百思不得其解。「誰會將藥粉下在我身上？」

沈澹的面色變得嚴肅，道：「姜娘子好好回憶一下，當日妳接觸了什麼人，有誰面對妳時曾有異狀？」

姜菀閉了閉眼，緩緩道：「那日晨起後我在食肆準備點心與午食；午後派人送點心去松竹學堂，我交代其他人幾句，便去了縣衙，我在縣衙公廚做好點心，便——」

她忽然站起身一拍案桌道：「難道是……他?!」

當初李翟曾鬼鬼祟祟出現在自己身後，不鹹不淡說了那番話。她回頭時，李翟似乎是慌了一下，沒來得及收回手臂……

現在想來，他原本的動作像是往自己衣裳上撒藥粉，卻差點被她發現，才會慌忙收回手。

「難道僅僅因為他沒能得到主廚的位置，便將怒氣撒在我身上，藉機報復？」姜菀說完這話，忽然意識到哪裡不對。

沈澹正想問問縣衙之事始末，卻見姜菀緩慢搖頭道：「他應當不完全是衝著我來的。李翟既然使用藥粉，必然了解它的特性與效用，也知道撒在衣裳上並不足以讓人產生反應。若他想對我做什麼，大可以下在茶水中讓我服下。」

「如此說來，那人這樣做，只是為了催化藥效，讓蛋黃更加失控？」沈澹道。

姜菀眉頭緊皺。「可沈將軍有所不知，我與此人交情淡漠，從不曾向他提及食肆與家中之事，他應該不知曉蛋黃的存在。」

「若不知，他行事為何會如此隱秘而迂迴？若是知曉，又是從何處得來的消息？」

她喃喃自問，努力想從腦海中找出線索，卻覺得眼前迷霧怎麼都揮之不去，不由得挫敗地按住額角，苦笑道：「我竟不知我何時得罪了這麼多人，給食肆招來如此禍患。」

「這不是妳的錯。」沈澹見姜菀素來明亮的眉眼染上了一道陰霾，忍不住柔聲道：「妳從未做過傷天害理之事，是那些人居心叵測。」

有那麼一刻，沈澹想用手覆住姜菀的手背給予寬慰，可終究還是不動聲色地收了回來。

第五十三章　引蛇出洞

沈澹輕咳一聲，道：「有何人知道姜娘子家中養了狗，且可能對妳心懷不滿？」

「心懷不滿？」姜菀猶豫了一下。「不知俞家酒樓算不算？陳讓過去在俞家待了許久，說不定跟人說過，還有——」

她低聲道：「李洪。他與我是多年鄰居，對我家情形瞭若指掌，自然也知道蛋黃的存在。」

李洪、李翟……姜菀忽然生出一個大膽的猜測，這兩人，會不會有血緣關係？可那日在縣衙外，喚李翟為姪兒的人聲音很陌生，並不是李洪啊……

見她百思不得其解，沈澹寬慰道：「姜娘子多思無益，此事我會命人暗中徹查，一定會揪出幕後主使的。」

姜菀沈默良久，問道：「天盛這麼做，到底有何企圖？難道只是為了在本朝牟利嗎？」

沈澹淡聲道：「這或許是目的之一，但說不定有更大的野心與更陰狠的謀算。」

多年前，天盛在與大景的交戰中慘敗，元氣大傷，直到近年才有了起色。若說天盛人心中不恨，對大景不欲除之而後快，那是不可能的。

天盛人用這種方式讓毒物一點一點滲透進景朝人的生活，在大肆掠奪景朝人錢財的同時，殘害他們的身體。

「前些日子，天盛國君崩逝，八皇子發動政變，誅殺太子，奪取國君之位。他初登大寶時，對本朝表現得極其恭謹，可他執政手段相當狠戾，甚至暗中在邊境活動。看來，他並不像其父那樣秉持中庸之道，而是決意一掃多年的頹勢。」

姜菀輕聲問道：「那兩國之間還會有戰爭嗎？」

沈澹聲音冷了冷。「若真到了那一日，本朝也絕不會坐視不理，外敵雖遠，必誅。」

她不禁道：「沈將軍會……再上戰場嗎？」

沈澹怔了怔，沒想到她會問起自己，笑道：「我自然聽聖上安排，若是需要，在所不辭。」

兩人雙雙沈默許久，姜菀這才道：「沈將軍今日便在食肆用午食吧？」

沈澹起身說道：「我尚有要務在身，必須進宮去見聖上，便不耽誤姜娘子的時間了。」

他向她微微頷首，便轉身離開。

待沈澹走遠了，姜菀才輕嘆一聲，起身往廚房走去。雖說食肆生意不行，但自己人還是要好好吃飯的。

姜菀跟宋宣簡單做了幾樣菜，又備了香滷豬肚用來下飯。

將豬肚用麵粉搓洗乾淨，在鍋中倒入水與黃酒，再加入蔥、薑、蒜跟八角、花椒、陳皮等香料與醬油，以大火煮開再小火慢燉，等到豬肚煮軟後便可撈出，瀝乾水分後切成細長條。

姜菀雖然心事重重，但就著這樣的滷菜，還是忍不住吃了兩大碗飯。

飯後，姜菀坐在櫃檯後思索，有心想找李翟問個明白，奈何自己並無足夠的證據，貿然上門質問，只會被他反咬一口。若是能找出當日與他說話的那個神秘人，事情也許會有轉機。

姜菀想得煩悶，打算出去透透氣，剛一出門，便碰上了秦姝嫻。

「姜娘子這是要出去？」秦姝嫻似乎是一路疾步而來，臉上微微有些泛紅。

姜菀笑了笑，道：「悶在店裡怪無趣的。」

秦姝嫻輕輕握住她的手道：「我聽說食肆發生的事了，只是前些日子在縣學不得隨意離開，好不容易捱到今日，才得空過來看看妳。蛋黃一向聰明乖巧，那件事會不會另有原因？」

姜菀驚訝於她對自己與蛋黃的關心、信任，心頭一暖，道：「沈將軍亦是這麼說。」

他將自己與沈澹所發現的事告知秦姝嫻，秦姝嫻越聽越驚訝。「怎會有如此歹毒之人？手段著實下作！既然真凶尚未找到，姜娘子這些日子可得萬分小心。萬一那人賊心不死，還想下手怎麼辦？」

姜菀自嘲一笑道：「如今食肆生意已經落到這般田地，他還想怎麼樣？」

秦姝嫻不忍看她為此事鬱鬱寡歡，便道：「姜娘子，我們出門走走，散散心吧？」

兩人一起逛街，姜菀努力想讓自己的注意力集中在琳琅滿目的商品上，卻屢屢走神。

秦姝嫻見狀，主動道：「姜娘子可知我這些日子在忙什麼？顧老夫子快過壽辰了，縣學的學子打算為他準備一些賀禮。不過顧老夫子不喜金銀珠寶，我們便只能從其他方面下手。」

她有些惆悵地說：「直到今日我也沒想出能送他什麼，就打算在外面逛一圈看看，若是再想不出來，便只能去問我阿爹了。他是文人，應當最知道文人的喜好。」

說話間，兩人看見街邊小攤有賣現煮的柚子茶，便各買了一碗，坐下慢慢喝著。

柚子滋味偏酸，好在店家放了冰糖，中和了那種酸苦味，喝起來甜絲絲的。

等碗見了底，姜菀便取出帕子擦了擦嘴角，由衷讚道：「甚是可口。」

秦姝嫻滿足地瞇了瞇眼道：「確實不錯。」

兩人離開小攤繼續走，一路逛下去，竟不知不覺走到啟平坊。

姜菀正偏頭看著路旁店鋪裡面的東西，卻被一個人撞了一下。她低下頭，看到了一雙熟悉的眼睛。

「阿姊？」

「小八？」

兩人同時出聲。姜菀很快就反應過來，問道：「小八是來找我的嗎？」

小八面色嚴肅道：「阿姊，我方才看到了那個人。」

「誰？」姜菀疑惑。

他壓低聲音道：「我曾見到他兩次。頭一回是在阿姊家食肆外，第二回是在縣衙外。阿姊還記得吧？」

姜菀很快就憶起那是個模樣詭異的人，她問道：「他在何處？在做什麼？」

小八道：「我瞧見他在與另一個人說話，就在縣衙側門處的那條小巷子裡，只是我沒聽清楚他們說了什麼。」

「與他說話的人，你看清了嗎？」姜菀問。

小八想了想以後說道：「那個人穿著一身深色衣物、戴著兜帽，看不清長相，他的聲音很沙啞，並不好聽。」

這描述讓姜菀想起了一個人，她心念飛轉，道：「我們趕快過去，看能不能碰到他。」說著，她要小八帶路。

秦姝嫻在一旁聽著，察覺事關重大，也快步跟了上去。

三人一路到了縣衙附近，小八個頭小，不易被發現，便先走一步觀察情況。他經過巷子口，迅速朝裡面看了一眼，隨即對姜菀搖了搖頭。

姜菀與秦姝嫻走過去，發覺巷子裡空無一人，不禁道：「我們還是來遲了一步。」

「不過，還是要謝謝小八。」姜菀摸了摸他的頭。

小八囁嚅了一下，終於忍不住說道：「阿姊，蛋黃的事情……對不起，我不該逗弄牠。若不是我，或許就不會發生那種事。」

「此事與你沒有關係，小八，」姜菀彎腰揉了揉他的臉頰。「不要自責。你沒做錯什麼，蛋黃是被壞人害了才會那樣。等這件事解決了，你再來阿姊家中與牠玩，好不好？」

小八吸了吸鼻子，輕輕應了一聲。

既然撲了個空，姜菀也沒了繼續逛下去的心思。她送小八回暖安院之後，便與秦姝嫻往回走。

路過一處成衣鋪時，秦姝嫻按捺不住進去逛，姜菀則跟在她身後。

她正心不在焉地俯身瞧著一件衣裳的樣式，忽然聽見身後傳來一道男聲。「店家，我來取前些日子訂的衣裳。」

那人聲音嘶啞，難以入耳，姜菀心中一凜，猛然轉過頭。

他恰好側身對著姜菀，兜帽的邊緣散開了一些，露出下巴跟密密的鬍渣。

當他感受到身側的目光時，下意識地轉過頭，與姜菀四目相對。

在那一瞬間，他很快便伸手拉了拉兜帽，遮住自己整張臉。正巧店家將衣裳遞了過去，他一把拿過裝著衣裳的包裹，快步走出了成衣鋪。

「你——」

姜菀正想追出去，正巧門外走進幾個人，這一耽擱，那人便消失在人群中。

她沒猜錯，那人正是李洪。

姜菀跑了幾步，發覺自己追不上，只好停在原地，內心驚詫不已——

李洪的嗓音為何會變成這樣？難道是服用了斷腸散的緣故？

「姜娘子，出什麼事了？」秦姝嫻走了過來。

姜菀慢慢搖頭道：「只是看到了一個人，有些面熟罷了。」

她現在可以確定了，李洪正是那日在縣衙外與李翟說話的人。原來這兩人是叔姪，所以李翟能輕而易舉地從李洪口中得知自家的情況，包括蛋黃在內。

只是如今姜菀沒有證據，無法斷言是李翟在自己身上撒了藥粉，但若是能抓住李洪的馬腳，說不定便能順水推舟查出真相。

可眼下李洪見了自己便恨不得插翅飛遠，姜菀不禁有些焦躁，不知下一次要等到什麼時候才能碰到他。

她平復呼吸，心想或許等沈澹那邊的調查再明朗一些，形勢就會更加清楚。

思及此，姜菀便與秦姝嫻一道返回永安坊，秦姝嫻回家，她則回食肆。

回到食肆後，姜菀才想起，今日沈府不曾來人交代她去府上做點心。她後知後覺地意識到，沈澹當時雖然答應了自己，卻並未真的打算那麼做。

傍晚時分，姜菀正猶豫著要不要去沈府，食肆外就走進一個人，是沈澹身邊的僕從長梧。

他神色憂急，說道：「姜娘子，妳這會兒若是無事，便隨我走一趟，為阿郎做些點心。阿郎今日午食都未用便被聖上急召入宮，一直到現在都不曾回來，等他回府，恐怕已過了晚食的時辰，若是不用些點心，我擔心他又犯胃疾。」

姜菀聞言，立刻答應下來。「好。」

她到了沈府，打量起廚房內的食材與調味料，思索半晌後，便挽起袖子做點心。

蜂蜜是稀罕之物，但對沈府卻不算什麼。姜菀炸了一些小麻花，外層裹上蜂蜜後呈現瑩潤的金黃色，吃起來外酥內軟。

她瞧見廚房有南瓜，便擀了些餃子皮，再用五花肉加上蔥花、鹽、麻油與南瓜絲和成餡料，做了南瓜蒸餃。

等到姜菀忙完，沈澹恰好也回府了。她將放著點心的托盤交給長梧，他卻沒接，而是彆扭地說道：「妳送給阿郎吧。」

姜菀抿唇，依言端點心去了沈澹的書房。

她敲了敲門，聽見沈澹的聲音才走進去，輕手輕腳地把點心放在案桌上。

沈澹正低頭看著什麼，聽到不同於以往的腳步聲，眉心一蹙，抬頭看了過來，不禁訝異道：「姜娘子怎麼來了？」

「沈將軍忘了我們的約定嗎？」姜菀微微一笑。

他一怔，旋即低眸一笑。「有勞姜娘子了。」

姜菀瞧著他的神色，說道：「沈將軍若是有閒暇，我正好有話要說。」

「姜娘子請吧。」沈澹頷首。

姜菀便把今日之事全告訴他，末了道：「我想，李洪應當是最有可能做出此事的人。」

沈澹眉頭蹙起。「如此說來，此人實在危險，可若無確鑿證據，縣衙無法捉拿他。幸好追查斷腸散與亂魂散的程度較從前更加深入，一旦有正當的理由與證據，能讓縣衙提審到關鍵人物，便能藉機發揮，甚至揪出幕後之人。」

姜菀忽然冒出一個念頭。若是能想法子讓李洪犯事，再讓他被縣衙捉拿，是不是就能順理成章繼續追查下去了？

當初葛爍便是因為對姜菀動粗而被關在牢裡數日，由於他並非此藥的製造者，又聲稱自己誤以為此物是補藥，縣衙後來只能放走他。

若是李洪能被抓進牢裡，或許能審出些東西來。再者，那攤主與小八都算是證人，若他們肯出面作證，便能定他的罪了。

只是，不知李洪跟李翟是否已經把關鍵證物銷毀了……

姜菀想得有些出神，直到沈澹喚了她幾聲，她才反應過來。

「姜娘子在想什麼？」沈澹望著她道。

她搖搖頭道：「沒事。」

「我另有一件事想問問姜娘子的意思。」沈澹道：「幾日後便是老師的壽辰了，不知姜娘子是否願意出席壽宴？」

「我？」姜菀愣了一瞬。「我並非顧老夫子的弟子，恐怕並不適合出現。」

「此次壽宴設在老師家宅，除了相熟之人，也會有很多曾聽過他講課的人前去祝賀，姜娘子儘管放心。」沈澹說道。

他的聲音低了低。「況且，我也希望妳能去。」

「沈將軍說什麼？」姜菀沒聽清楚。

「沒什麼。」沈澹裝出一副沒事的樣子。「老師若能看見妳去為他祝壽，一定很高興。」

「可我不知顧老夫子的喜好，如何為他準備壽禮呢？」姜菀有些苦惱。

「老師不愛什麼貴重物品，若姜娘子能親手寫一幅字，他必然歡喜。」沈澹微微笑道。

「既然沈將軍這麼說，我便去拜見顧老夫子。」姜菀頷首答應。

說罷此事，姜菀瞥了案桌上的點心一眼，提醒道：「沈將軍若是再不用，該涼了。」

沈澹回過神，很快便安靜地吃了起來。

姜菀沒再打擾他，兀自離開了。

她沒讓長梧送自己，出了沈府後，便往食肆的方向走去。

快到食肆時，姜菀經過了一條人煙稀少的小巷子。她低頭走著，眼尾餘光卻瞥見自己身後出現了一道人影，仔細一聽，還有刻意壓抑的呼吸聲。

她心頭不禁一凜，加快了步伐，那人卻並未追上來，而是停在原地，呼吸聲變得粗重，同時咳了幾下，那熟悉的聲音讓姜菀頓住了。

慢慢地，姜菀轉過身，笑著寒暄。「李叔？您怎麼來了永安坊？」

來人正是李洪。他面色赤紅、艱難地扶著牆面，聽見姜菀的聲音，他抬起頭，意味不明地笑了笑。「姜娘子，好久不見了。」

「李叔這是怎麼了？」姜菀走近一步，故作疑惑。「看起來倒像是身染沈痾。」

李洪劇烈地咳了幾聲，沒答腔。

姜菀也沒追問，只淡淡道：「真是託了李叔的福，否則我家食肆不會有今日的光景。」

李洪冷道：「與我何干？姜娘子莫要胡言亂語。妳會有今日，完全是妳過去造的孽太多，這是……這是報應……」

「將那藥粉撒在那顆球跟我身上，從而讓我家的狗發狂咬傷客人，讓食肆落到這般田地的，難道不是你？」姜菀反問。

「姜娘子怕是腦袋不清楚了吧，竟臆想出這許多故事來。」李洪冷笑道：「除了今日，我何曾見過小娘子？又怎能把藥粉下在妳身上？」

他一手捂住心口，另一隻手顫抖地摸出一個小瓷瓶。

「你可以授意你的姪兒李翟，利用與我在縣衙共事的機會，伺機接近，將藥粉神不知、鬼不覺地撒在我的衣裳上；而你本人，發現那孩子近日常來我家食肆，便假意行善替他買下那顆球，再把藥粉撒在球上，導致蛋黃發狂。

「這樁樁件件，難道與你無關？」姜菀道：「李叔，我究竟哪裡得罪了你，竟讓你如此憎恨我，想毀掉我家的生意？」

她見李洪不說話，便緩緩說出心底深處的猜想。「又或者，你也是替他人辦事？」

李洪手上動作一頓，看向她道：「妳說什麼？」

「與姜記食肆有芥蒂跟仇怨，又能想出如此計策，還能說動你為其效力，只為了讓我家生意跌落谷底的……」姜菀看著他，一字一句道：「我想，這其中少不了俞家的主意吧？

「看來李叔果真與俞家關係匪淺，甘願為了他們而向我下手。」姜菀一笑。「只是不知俞家念不念你的好處呢？」

她看著李洪逐漸急促的呼吸聲與眼底泛紅的血絲，心中雖有些畏懼，但為了能徹底激怒他，不得不硬著頭皮繼續道：「若是被人當成棋子，那可就不值得了。」

先前姜菀便懷疑過，與自家有直接利益衝突的，非俞家酒樓莫屬。俞家好不容易盼來的一樁大生意，卻間接因為自己而化為烏有，他們怎麼可能毫不介意？

至於李洪，是因莫綺之事而遷怒自己，若雙方狼狽為奸，聯合起來想給自己一個教訓，也不是不可能。

瞧見李洪的模樣，姜菀便知道自己猜對了大半。她的目的便是要激怒李洪，讓他做出驚動衙門的事情，屆時再提審幾位證人與李翟，興許能挖出新的線索。

第五十四章　大膽表白

姜菀觀察李洪的模樣，便知道他深受斷腸散毒害，正是發作之時。

果然，下一刻，李洪就如暴怒的野獸般朝她撲了過去。

姜菀早就有了準備，立刻朝巷子外人來人往的街道疾奔而去，混亂間，她似乎瞥見李洪袖間閃過一抹銀光。

一股涼意瞬間貼上姜菀的頸側，她隨即高喊出聲。「有人當街行凶！」

李洪狂怒之下，動作與思緒已不受控制，眼看鋒利的刀刃就要割破姜菀的皮膚了。

周圍驚呼聲、拳腳聲此起彼伏，剩下的事姜菀已經記不太清楚，等她回過神時，李洪已經如一灘爛泥般趴倒，手中的匕首也落了地。坊丁趕過來將李洪死死按住，令他動彈不得。

見李洪終於被制伏，姜菀鬆了口氣。緊接著，她發覺自己的肩膀正緊緊抵著一個人的胸膛，那人的手臂克制地與自己保持了一拳的距離，卻從側面牢牢攔在自己面前。

她緩緩抬頭，對上了一雙又驚又怒的眼睛。

「沈將——」

話剛說出口，姜菀便覺得身子不受控制地往前傾，被他按在懷裡。

沈澹的手有些顫抖，呼吸急促。許久後，他才放開姜菀，轉身吩咐道：「把此人帶走，嚴加審問。」

望著那閃著光的匕首，姜菀這才害怕起來。方才自己確實有些魯莽，只差那麼一點，她就要血濺當場了……

姜菀渾渾噩噩的，被沈澹帶回沈府。

手中被塞進一盞熱茶，姜菀抬頭看向沈澹，道：「沈將軍為何會路過？」

沈澹道：「天色已晚，我聽長梧說姜娘子孤身一人離開，放心不下，便跟了過去，若非如此……」

他深吸了一口氣道：「那人便是李洪？他也是因為斷腸散的緣故，才會向姜娘子出手？他到底經歷了什麼事，才對妳這般惱怒？」

姜菀猶豫了一下，低聲道：「沒有，其實是我故意惹怒他的。」

「妳說什麼？」沈澹怔住了。

聽她解釋過自己的做法後，沈澹不由得雙拳握緊，壓抑著情緒道：「姜娘子不是沒見識過服藥者發狂的反應有多恐怖，為何還要以身為餌，做出這麼危險的事?!」

他的語氣有些著急。「若不是我及時趕到，姜娘子是否想過會出什麼事？他手中拿著匕首，只要一個不當心，妳便會——」

「我想讓他快點被繩之以法，透過衙門的手段揭發出斷腸散的真相，免得日日為此事懸心；我也想證明自己的清白，讓食肆回到往日的熱鬧，難道不對嗎？」

姜菀回想起這些日子經歷的事，情緒有些不穩，微微顫抖道：「我分明沒做過傷天害理的事，更沒使過陰險手段，為何要被潑這麼多髒水？」

想到自己從莫名其妙穿越來這個陌生的地方，剛來就遇上種種事端，好不容易克服困難經營好食肆，誰知生意又受到打擊，內心不禁湧上委屈。

姜菀眨了眨眼，眼睫有些濕潤。她不願在旁人面前掉眼淚，也不想讓沈澹看見自己脆弱的一面，起身便想往外走。

可她才剛一轉身，就被人握住了手腕。

沈澹掌心炙熱，力道卻不大。他低沈的聲音響起。「對不起，我並不是想怪妳，只是……關心則亂。」

姜菀覺得這語氣裡透著若有似無的情愫，還來不及想清楚，又聽他道：「我去的時候，恰好看見他握著匕首向妳襲去，那一刻，我心中只有一個念頭——妳萬萬不能有事，否則我不敢想自己會變成什麼樣子。」

饒是姜菀再遲鈍，也明白藏在這話背後的意思了。她心頭一跳，不知該說什麼才好。

沈澹輕嘆一聲，很快就鬆開了手。

姜菀轉身過去與他四目相對，眼底的濕意尚未褪去。

沈澹的神情慌亂，罕見地手足無措起來。「妳……哭了？」

運籌帷幄的大將軍頃刻間成了一個做錯事的孩子。沈澹想安慰姜菀，卻不知如何開口，只能遞一方手帕過去，低聲道：「我方才的語氣……有些不好，驚著姜娘子了。」

姜菀抿緊唇，沒說話。

他沈默了一會兒，又澀然道：「一時情急，唐突了小娘子，還望恕罪。」

姜菀知道他在說什麼。雖說在她看來，剛剛那種肢體接觸不算什麼，但那時他可是結結實實將自己抱在懷裡，這樣親密的距離，在古代人眼裡恐怕有著特殊的意義。

她勉強露出一個笑容，說道：「沈將軍言重了，那不算什麼。」

說著，姜菀看著沈澹依舊懸在半空的手與那方手帕，猶豫了一下，打算將東西接過來。手指剛碰上手帕的邊緣，姜菀便聽見他道：「可我不這樣覺得。」

「什麼？」她愕然道。

沈澹注視著她，眸光深邃猶如潭水，一字一句道：「那般失禮之舉，全是因為我情不自禁。」

姜菀身子微微一僵，下意識選擇轉移話題。「沈將軍說笑了，我——」

「我心慕小娘子，才會如此。」沈澹沒再遮掩，直截了當說出了心裡的話。

由於此次李洪乃手持武器意欲傷人，因此罪名更重，所受的審問也更加嚴酷。

李洪原本就被藥物折磨得體虛，只在監牢待了幾日便受不住，交代了與自己的遠房姪兒李翟對姜記食肆的陰謀。

除此之外，最令人震驚的是，此事竟有俞家分店的手筆。

李洪早年便靠諂媚的本事與俞家酒樓分店的掌櫃盧滕走得很近。自從他與莫綺和離，又受了衙門的杖刑後，身體狀況一落千丈，偏偏還嗜酒、嗜賭，整日尋歡作樂，落下一身的病。就在他捉襟見肘時，盧滕顧念舊情接濟他，讓他在酒樓打雜。

正是在盧滕那裡，李洪接觸到來自異域的那些「藥物」。他服用後通體舒暢，頓時如獲至寶，從此再難離開。因為這些緣故，李洪對盧滕可說是言聽計從，他又擅長曲意逢迎、察言觀色，深知盧滕心中那根刺，正是姜記食肆。

正是李洪親眼目睹陳讓曾去姜記食肆見姜菀，並告知盧滕，盧滕才認定是姜菀唆使陳讓在大庭廣眾之下說出那番話，要讓俞家酒樓聲名狼藉，因此恨極了姜菀。

俞娘子巡查各坊分店時，大加斥責盧滕，更說再這樣下去，便要革了他的掌櫃之位，他這一年能拿到的工錢也大打折扣。新仇加上舊恨，盧滕只想讓姜記一敗塗地。

李洪本就因和離之事對姜菀深惡痛絕，因此盧滕不過是隨意提了幾句，他便心領神會，連同自己的遠房姪子李翟定下這個計謀，不僅是為了報答盧滕，也是為了發洩自己心頭之恨。

他知道姜家有一條養了多年的狗，喬裝打扮後，借小八之手在那顆球上下了藥。此外，他擔心小八那邊不夠，又安排李翟將藥粉撒在姜菀身上。

至於李翟為何會乖乖聽話，是因為李洪手中有他的把柄。

李翟之所以能進入縣衙做事，理由其實與陳讓能進學堂當廚子差不多，都是在吃食中下了「潛香」，讓食物變得極為美味，「潛香」的來源便是盧滕。也是盧滕騙他，說姜菀能進縣衙公廚，是徐望推薦的。

衙門調查出來的真相令坊內眾人跌破眼鏡，沒想到這樁事情牽扯了這麼多人，而涉事的人也統統被捕。
至此，姜記食肆終於洗清了所有冤屈，生意也漸漸回暖。
待一切塵埃落定，姜菀這才想起自己許久沒去沈府了。
那日沈澹的話讓她不敢深思，匆忙地告別了。沈澹也沒逼迫她給出回應，只默默送她回去。
在食肆門口，兩人準備道別時，沈澹忽然道：「姜娘子，我願意等，等妳給我一個明確的回答。」
姜菀不禁一愣，臉上立刻熱了起來，連一句告辭的話也沒說，便快步小跑進了食肆。
在那之後，姜菀一直逃避思考這個問題，直到今日，她才靜下心來思索。
姜菀有些摸不準自己的心思，可直覺告訴她，所謂的「喜歡」，並不能代表一切。
她只想安安穩穩把食肆開下去，讓一家人過上富足的生活。
可沈澹不一樣。他位高權重，只怕聖上會考慮讓其他出身不俗的高門貴女當他的娘子，又怎會同意他與市井之人牽扯不清？
所以，她能給出怎樣的回答呢？
姜菀有些魂不守舍，卻聽見食肆門外傳來呼喊聲。「姜娘子在嗎？」
來人正是長梧，他臉色不佳，眼底滿是擔憂。
「是……沈將軍有什麼事嗎？」姜菀起身問道。

長梧道：「阿郎自宮內回府後便一直沒用膳，方才隨意提了一句，說想吃些甜食，不知姜娘子店中可有售賣？」

姜菀想起自己親口承諾的事情，有些尷尬地說：「不然我隨郎君去沈府，給沈將軍做些點心吧。」

長梧似乎鬆了口氣，點頭道：「也好。」

姜菀到了沈府後，挑了幾樣食材開始做點心。她搓了搓手，將紅棗在冷水裡洗乾淨，再切開來去核，將糯米粉加水揉成橢圓形後，塞進兩瓣紅棗之間。

她發現廚房還儲存了些桂花蜜，便澆了一些在上面，做成「開口笑」。嫣紅的棗肉包裹著雪白的糯米糰，紅白相間，有如綻開笑容的小嘴。

除了這樣點心，姜菀還準備了溫熱的花生酪。

她正打算把點心交給長梧時，卻發現他不知何時不見了蹤跡。

姜菀擔心點心放涼了，便按照自己記憶裡的路線，往沈澮的臥房走去。

沈澮回府時，長梧正候在門前，見他回來，便迎上去道：「阿郎回來了，這會兒應當餓了吧，小的讓廚房備了吃食，馬上就端來。」

只見沈澮揉了揉眉心，淡聲說道：「不必了，我今日沒胃口。」

長梧欲言又止。

沈澮沒在意他的神色，逕自往臥房走去，卻發現屋內已經點了燭火，一抹側影正投在窗紙上。

長梧小心道：「應當是姜娘子，她今日來府上了。」

沈澹步伐一頓，恍然生出了一種錯覺——今日是一個再平常不過的日子，他自宮中歸來，而她正在等著自己。只要推開門，便能看見她如花的笑靨。

長梧見沈澹的表情喜怒難辨，不由得懷疑莫非是自己會錯了意？他正想說點什麼，卻見沈澹幾步上前，推開了臥房的門。

剛剛姜菀送點心過來時，在門外喚了幾聲都不見回應，房門又被風一吹，緩慢敞開。她猶豫了一下，便進去將點心擱下，正打算離開時，卻聽見身後傳來腳步聲。

她轉過頭，兩人正好迎面遇上。四目相對那一瞬，姜菀不禁低下頭，低聲道：「沈將軍既然回來了，那我便——」

話一說出口，姜菀的眼尾餘光就瞥見沈澹一身外出的打扮，顯然是剛剛回府，那長梧為何說是他親口吩咐要吃些甜食？

她正想去問問長梧，卻見對方衝著她一笑，溜走了。

一時之間，房內只剩下兩個人。

姜菀有些侷促地盯著房內的地磚，卻感覺到沈澹一步步走了過來。

他說：「姜娘子，對於我那日的話，妳有沒有想對我說的？」

隨著盧滕等人被抓，永安坊內的俞家分店一時沒了主心骨，只能暫時閉店。

「小娘子，我們也算是苦盡甘來了吧。」思菱回想起這些日子的經歷，忍不住嘆道。

「只盼著這樣的『苦』，不要再經歷了。」宋鳶說道。

周堯與宋宣也深有同感，不覺感慨了幾句。幾人一轉頭，卻見姜菀心不在焉地坐在那裡，明明正在揉麵團，動作卻頓住了。她眼神迷茫地看著前方，似乎陷入某種情緒中無法自拔。

思菱與宋鳶對視一眼，小聲道：「小娘子這幾日好像有心事。」

宋鳶點頭道：「那日從沈府回來以後，小娘子就時常恍惚。」

「莫非是沈府給小娘子委屈受了？」思菱皺眉道。

幾人竊竊私語起來，姜菀卻毫無所覺。

她今日打算做地鍋雞來品嚐，先將雞切成塊，加上各種調味料醃製，下鍋炒香後用小火慢燉。

在燉雞時，姜菀把用麵粉做成的貼餅貼在鍋壁。等貼餅被烤得焦黃了，雞肉也冒出了誘人的香氣。

紅色、綠色的辣椒均勻地撒在鍋中，鍋中的湯汁咕嘟咕嘟冒著泡。

姜菀招呼大家坐下來開動，自己也拿起筷子挾了一塊燉得軟爛入味的雞肉放入口中。

她吃得很香，漸漸忘卻了一些心事，專心地享受著唇齒間瀰漫的香味，額頭上甚至漸漸冒出了些汗珠。

周堯與宋宣吃得很快，便先去廚房收拾。

思菱有一肚子的話想說，但見姜菀神情認真，便忍到了吃完才開口道：「小娘子是不是遇到了什麼煩心事？」

「為何這麼說？」姜菀愣了愣。

「因為我瞧小娘子最近眉頭微蹙，神情若有所思。」思菱道。

姜菀低眸一笑，說道：「不必擔心，我……我沒什麼事。只是這些日子經歷的事情太多了，有些力不從心。」

話雖如此，她卻不可避免地想起了那日在沈府的情形。

面對沈澹的問題，姜菀心亂如麻，遲疑了半晌才澀然開口。「沈將軍身居高位，何愁尋不到一門好親事？不必耗費時間在我身上。」

沈澹面色不變，道：「若無妳，何來好親事？」

「阿菀……」他第一次這麼喚她，語氣低低的，尾音莫名的繾綣。「我從未喜歡過其他小娘子，只有妳。」

那兩個字從他口中說出，姜菀只覺得耳朵好似被燙了一下，說不出話來。

她努力控制住心緒，沈默了一會兒後說道：「沈將軍，您很好，只是我們的身分並不相配。」

沈澹臉上的笑容漸漸淡去。

「我想沈將軍明白我的意思。」姜菀悄悄伸手掐住掌心，裝出平靜的模樣道：「我出身市井，而沈將軍位高權重，又是聖上最看重的臣子，將來你的婚事必然不能隨意。你會迎娶與你門當戶對的世家貴女，而不是我。」

她的語氣淡然，心卻好似被揪住了一般隱隱作痛。

人果然不能欺騙自己。她對沈澹，竟不知何時起了那般心思。

沈澹神情掠過一絲黯然，他上前想握住姜菀的手，卻被她躲開了，手僵在半空中。

許久後，他輕聲道：「阿菀，我明白妳的意思。可我從不在乎什麼家世，我只知道，我心悅的是眼前這個人，不論她身分如何，都無法改變我的心意。

「所謂的家世門第，都是虛的。」他輕嘆。「君恩如流水，又何來百年不變的富貴？今日官居高位，明日便可能是階下囚。聖上不會過度干涉我的家事，旁人的眼光我更不在意。阿菀，我只想聽妳一句話。」

有那麼一瞬間，姜菀險些妥協在他熾熱的目光下。然而她及時收回思緒，緊抿唇角，低頭道：「請沈將軍……」

拒絕的話到底沒說出口，因為下一刻，沈澹忽然面色一變，額角冒出冷汗，伸手按住腹部。

姜菀嚇了一跳，仔細一瞧才知沈澹定是犯了胃疾，連忙扶他在一旁的矮榻上坐下，又揚聲叫了長梧。

長梧習慣這種情況了，很快便去差人去煎藥、請郎中。

沈澹半屈著身子坐在榻上，一隻手卻緊緊攥住姜菀不鬆。

她見他是真的難受，也不掙開，只問：「沈將軍這些日子常犯胃疾嗎？」

他深深地吸了幾口氣，片刻過後才艱難道：「不常，或許是這幾日飲食上有些疏忽。」

「我去倒盞熱茶。」姜菀說著便要轉身，可沈澹的力道卻絲毫沒放鬆。

沈澹低聲道：「別走。」

她無奈地說道：「我不走，我只是去給沈將軍倒茶。」

「我不喝茶。」他抿唇。

沈澹固執起來就像個孩子，姜菀別無他法，只好挨著榻沿在他身邊坐下。

鄔郎中很快就來了，把了脈之後道：「郎君的胃疾本有好轉的勢頭，然近日飲食不當，才會再度發作。上回開的藥方必須堅持服用，且每日都要按時用膳，才能將養好。」

姜菀有些不忍，道：「沈將軍應該保重身體，好好用膳才是。」

長梧亦道：「阿郎明日休沐，想吃些什麼？小的提早吩咐廚房。」

沈澹看向姜菀，道：「妳想吃什麼？」

姜菀愕然。「沈將軍為何問我？」

沈澹的唇角扯出一個笑，慢慢道：「阿菀願意同我一道用膳嗎？」

姜菀被晃了神，卻堅守自己的立場，搖頭道：「我怕是不——」

第五十五章　難忘舊友

話音未落，沈澹再度皺緊眉頭，彎下腰身，逸出一聲低沈的痛呼。

長梧在一旁道：「姜娘子，有妳看著，阿郎心情愉快，飯食自然能用得更香，妳就答應他吧。」

姜菀被這話說得有些不自在。「我又不是郎中，怎會有這種本事？」

長梧說道：「郎中說過，胃疾不僅需要養著，還需保持身心愉悅，才能有好胃口。阿郎素日都獨身一人用膳，難免胃口不佳。」

姜菀婉拒的話在嘴邊停住了。她看著沈澹的模樣，終究心軟了，鬆口道：「那明日……」

長梧反應很快，說道：「到時我去接姜娘子來。」

這主僕倆一唱一和，姜菀不由得愣了片刻。

她還想說點什麼，長梧已經搶先一步開口道：「姜娘子備了點心，阿郎要嚐嚐嗎？」

姜菀在沈澹身邊坐著，看著他將她端來的點心吃了個乾淨。

長梧吩咐人收拾好了碗筷，待沈澹消食後，便將煎好的藥端上來。

那深色的藥汁散發著濃郁的苦味，姜菀只看了一眼，便覺得舌根發澀。

沈澹卻習以為常，面不改色地吹了吹，便一飲而盡。

姜菀沒看到托盤上有蜜餞，想起沈澹曾因吃藥口中發苦到食肆吃過甜食，便關切地問道：「是不是很苦？」

一旁的長梧正想說自家阿郎素日服藥從來不怕苦，不需要蜜餞，沈澹的反應卻很快，低聲道：「很苦。」

「那便吃些蜜餞吧。」

姜菀正想起身去廚房拿，長梧卻先她一步出了房門，很快便拿了一小碟蜜餞進來。

見沈澹臉色不太好，姜菀想了想，便伸手叉起一小塊蜜餞，送到他嘴邊。

酸酸甜甜的味道鑽進鼻間，沈澹張口吃了蜜餞，細細咀嚼幾下，才道：「好些了。」說著，他低垂眼睫，有些虛弱地靠在榻上一側。

長梧心領神會，藉故退了出去，還貼心地將門掩上。

兩人坐在榻上許久後，沈澹開口打破沈默。「五日後便是老師的壽宴。老師傅的宅子在啟平坊，那日我須一早過去接待賓客，不能與姜娘子同行，不過我會安排車駕，準時送妳過去。」

「不必煩勞沈將軍，我……」姜菀下意識想拒絕，然而對上沈澹略顯蒼白的面容，便只能止住話頭。

待沈澹面色恢復如常，姜菀便起身告辭。

因為之前出了李洪那件事，沈澹說什麼都要親自送她回去，姜菀只得接受。

夜風寒冷，姜菀一踏出房門，身子便不禁抖了抖。她正仰頭看著天色，身上忽然一暖——是沈澹將一件厚實的披風罩在她身上。

他伸手為她綁好繫帶，低頭道：「外頭冷。」

姜菀耳根一燙，低聲道：「我知道。」

一路上，兩人都沒再出聲，沒多久便到了食肆外。

沈澹止住姜菀欲解下披風的動作，說道：「快進去吧。」

他站在風口，用自己的身軀為她遮擋寒風。

姜菀咬了咬唇，許久後才小聲道：「您……胃還難受嗎？」

自姜菀知曉他的身分之後，這是她第一次沒有用「沈將軍」這三個字稱呼他，沈澹顯然也意識到了，眸中漾起一點細碎的光華。

他唇角輕揚，隔著披風握住她的手，緩緩摩挲了兩下，說道：「已經無事了。」

姜菀被他的動作弄得雙頰發熱，想解釋幾句，卻不知說什麼才好。

只見沈澹輕笑了一聲，道：「阿菀不必為我擔心，快進去吧。」

她正要轉身離去，卻聽沈澹的聲音再度響起。「我知道妳的心事，但妳不必有所顧慮，我斷不會讓妳受半分委屈的。相信我，好嗎？」

姜菀既沒點頭也沒搖頭，只抿了抿唇，低聲道：「容我想幾日。」

說著，她不看沈澹的反應，很快便推開食肆的門進去了。

沈澹站在原地，淡淡笑了笑。

五日後，姜菀打扮妥當，將自己寫的一幅字裝進木盒裡，這才出了門。
沈府的車駕早已候在門前，卻不張揚，想來不欲大張旗鼓。
長梧朝她招手道：「姜娘子，快上車吧。」
姜菀有些不自然地搭著他的手臂登上馬車，踩著車凳矮身鑽了進去，誰知一進車廂，便聞見一股冷冽的香氣，而香氣的主人，正眉眼柔和地望著自己。
「沈將軍？您不是會在顧老夫子府上嗎？」姜菀一怔。
沈澹伸出手臂，示意她搭著自己的手在對面坐穩，這才道：「我放心不下，還是想親自接妳。」
其實光天化日之下，能出什麼岔子？然而沈澹不敢賭，那晚的事，他不願再經歷一遭。
隨著車駕前進時的動靜，兩人的衣角時不時便會挨在一起。姜菀盯著自己衣裳上的紋路久了，只覺得兩眼痠痛，便慢慢抬起了頭，誰知卻與沈澹的目光撞了個正著，也不知他這般看著自己多久了。
姜菀眨了眨眼，尚未品出他眼眸中的深意，就見沈澹敗下陣似的撇開視線，耳根似乎還微微發紅。
她不明所以，只覺得車內的空氣有些悶，便掀起簾子向外瞧了瞧，發覺馬車已經到了啟平坊，再往前走一些，就看見不少人往坊內一處湧動。
「難道那些都是要為顧老夫子祝壽的？」姜菀有些訝異。

沈澹道：「正是。老師桃李滿天下，又是五十歲的壽辰，自然有許多人前來恭賀。」

馬車在距離顧宅還有一段路的地方停下來了，沈澹想保持低調，便偕姜菀自一處側門進入宅內。

顧宅的侍女領著他們兩人分別去不同的地方就座，姜菀看見不少熟人，有蘇頤寧、秦姝嫻、趙苓等，還有一些縣學的學子，她笑著一一同她們寒暄。

顧元直的壽宴熱鬧程度自不必提，待宴席散去之後，姜菀等人又被留了下來，原來另有一場單獨的小型宴席，只招待少數人。

與會者分坐兩桌，隔著屏風，一邊是姜菀與秦姝嫻等女眷，另一邊則是顧元直跟他一些弟子以及遠道而來的舊友。

秦姝嫻輕聲問姜菀。「姜娘子，聽說那陷害妳的暴徒與歹人都已經被繩之以法，往後妳可以安心了。」

姜菀正要說話，卻聽見屏風那邊的顧元直放下了酒盞，語氣帶著些微醉意，飽含無盡的感傷。「勝地不常，盛筵難再。今日別後，不知何時才能再與諸位相見。」

按照古代人的壽命，五十歲確實不年輕了，難怪他有此感慨。

姜菀聽見一個人說道：「顧兄不必傷感，歲月悠悠，何愁沒有再見之時？」

另一個人亦說道：「多年前，你行走江湖、意氣風發，過了這麼久，你眉宇間的英氣也絲毫不減。」

顧元直笑了笑，道：「那時我途經多地，看了不少風景，時至今日，依然銘記於心。」

眾人又聊了幾句，顧元直便幽幽嘆道：「江水繞山麓……」

姜菀覺得這句詩似乎很熟悉，彷彿在哪裡聽過。

她正皺眉思索時，又聽顧元直道：「大約三十年前，我曾在平章縣遇見一位極其投緣的朋友。臨行前，我曾對他說，若是有緣，可以拿著我贈與他的信物來京城尋我，可多年過去，他卻從不曾出現，音訊全無。」

這種事終究令人傷懷，氛圍頓時有些凝滯，為了緩和氣氛，一人清了清嗓子，說起了另一個話題。「我記得顧兄遊歷多年，用過不少化名與別名，不知其中有什麼意義？」

顧元直飲了一盞酒，緩緩道：「那些名字意義各不相同，然而最具意義的，便是以我母親的姓氏化的名。先母姓袁，我行走平章縣時，用的便是『袁至』之名。」

姜菀的手腕劇烈一顫，茶盞頓時落在案桌上。

散席後，秦姝嫻等人先行離去，姜菀卻沒急著走，目光緊盯著屏風另一邊。

沈澹從屏風那側走了過來，見姜菀神色怔忡，似是出了神，便靜靜在旁等候了片刻，才出聲道：「阿菀？」

姜菀有如大夢初醒，猛地站起身道：「顧老夫子呢？我……我有事想當面與他說。」

「老師更衣去了，別急。」沈澹見她眸光急切、神情激動，心中雖然疑惑，卻也沒多問。

他視線往下，才發覺姜菀的袖口濕透了，就連衣角也濺了些茶漬，便取出手帕遞給她道：「擦一擦吧，免得不舒服。」

姜菀接過手帕隨意擦了擦自己的手腕，便匆忙還給沈澹。

正巧顧宅的僕從上前收拾殘羹，沈澹便問道：「老師回來了嗎？」

「回來了。」

沈澹見姜菀顯然是有要事，便未耽擱，直接領著她去顧元直平日見客的前廳。

「姜娘子？」顧元直頗感意外，隨即笑道：「小娘子的字我看了，較從前有了很大的進步，妳果然是個好苗子。」

姜菀顧不上道謝，直截了當說道：「您在遇上平章縣的洪災後，曾暫住在一戶人家中數日，還與那家的郎君甚是投契，甚至贈了對方一把摺扇作為信物，是嗎？」

她聲音輕顫。「那位郎君是不是姓姜，單名一個『麓』字？那把摺扇上繪著清淡山水，還題了詩詞，繪者署名便是您的化名，『袁至』。」

顧元直臉上的笑容凝住了。「小娘子怎會——」

他猛地止住話頭，呼吸急促、情緒亢奮道：「莫非小娘子便是……」

姜菀雙手握拳，指尖緊扣著掌心。她深吸一口氣，說道：「您的舊友，正是先父。」

「先父」兩個字讓顧元直瞬間怔住了。「……他已不在人世？」

他眼前發黑，忍不住往後退了幾步。

一旁的沈澹忙上前扶住顧元直，眼底是滿滿的震驚。

第二日，姜菀帶著那把摺扇與徐蘅的日記，打算前往顧宅。

出門時天空恰好飄起了雨，那連綿的雨絲恰如姜菀的思緒一般紛亂不斷。

她暗嘆一聲，提起裙角邁出食肆大門，卻見密密雨簾中，沈澹正撐著傘等在那裡。他身後，是沈府的馬車。

見姜菀出門了，沈澹走上前，讓傘面嚴嚴實實地遮住她，一路護著她上了車。

車裡備著乾淨的巾帕，還繚繞著淡淡的熏香味，沖淡了雨天的潮濕氣息。

姜菀接過沈澹遞來的帕子擦了擦髮絲上面的水珠，這才低聲道：「沈將軍……」

他眉頭輕輕皺了皺，旋即舒展開來，說道：「怎麼了？」

她抬頭看他。「那日我曾說，容我思索幾日後再給沈將軍答案，可如今我實在沒辦法靜下心來思考其他事情，您……便不必再等了。」

沈澹啞然失笑道：「妳覺得我會因此失了耐心？阿菀，我怎會是這樣的人？」

他的語氣柔和。「妳不必掛心，我會一直等妳，等到妳徹底想清楚的那日。若是妳真的沒有同樣的心思，那麼我們只做摯友便是。」

姜菀低眸，幾不可聞地應了一聲。

沈澹示意姜菀朝案桌上擺著的點心看去，又道：「時候還早，不知妳用了早食沒？」

此話一出，姜菀便想到了答應沈澹，卻並未吃成的那頓午食。

那日沈澹確實休沐，然而一早就被聖上召進宮裡，至晚方歸。隨後又遇上顧元直的壽辰，因此兩人一直沒能好好坐下來一起用膳。

她定了定神，說道：「簡單用了些，不知沈將軍有沒有按時用膳？」

沈澹笑了笑，說道：「妳放心，我會聽郎中的話。這是我命人一早買的點心，妳嚐嚐。」

姜菀拈起一塊芋泥紫米糕，芋泥細滑如沙，紫米黏膩耐嚼，入口便是一股清甜的香味。她覺得胸間的窒悶散去了一些，頷首道：「甚是可口。」

沈澹卻道：「在我看來，遠不及阿菀的手藝。」

姜菀雙頰微紅，沒說話。

拿過糕點的手指沾了些碎屑，姜菀正打算抽出手帕，卻見沈澹已先一步取了自己的出來，輕柔地擦拭著她的手指。

他的手指隔著手帕輕輕摩挲過她的指尖，有種說不清、道不明的曖昧。

馬車很快就抵達顧宅，姜菀下了車，將裝著摺扇的匣子又抱緊了些，這才在僕從的通報下繞過長廊，來到後院。

她過去時，顧元直正在書房裡。屋內茶香氤氳、寂靜無聲，屋外淅瀝的雨敲打著窗櫺，生出了綿延不絕的悵然。

「小娘子來了。」顧元直得了通傳，徐徐抬起頭。

他眼下青黑，面上滿是倦意，顯然昨日經歷那般令人震驚的事情後，一夜難眠。

姜菀沒多說什麼，只打開匣子取出那把摺扇，雙手遞給顧元直。

顧元直握住了扇柄，一時竟有些不敢打開。大概是知曉年少舊友已不在人世，看著這把扇子便油然生出悲愴之情。

摺扇緩緩展開，多年前繪成的畫在眼前一點一點呈現。如今看來顯得稚嫩的筆觸，卻是傾注了年少時最純粹的感情。

顧元直想起當年相遇之時，姜麓還是個十五、六歲的少年，而自己年長他幾歲，便喚他「麓弟」。少年一片赤誠，在他暫住姜家的那些時日細心妥帖，幾乎撫平了那場災禍在自己心頭留下的痛楚。

如今，他只能對著這把扇子獨自懷念，那曾經的少年郎，早已化為一抔黃土。

顧元直眼眶泛紅，閉了閉眼，啞著聲音道：「麓弟……何時故去的？」

姜菀道：「算起來快要一年了。」

「你們一直住在平章縣？還是後來遷居他處？」顧元直問道。

「多年前，阿爹與阿娘便已在雲安城扎根住下，靠經營食肆謀生。後來阿爹染了重病，藥石罔效，便……」

說到此處，姜菀心中恍若被針刺了一般，隱隱作痛。

「我曾四處打聽過，卻一直沒姜家的消息，沒想到再也見不到面了。」顧元直眼角泛起淚花，他倉促地扭過頭去，長嘆一聲，終究潸然淚下。

姜菀的聲音有些哽咽。「若非親耳聽見您說的話，我怎麼也不會想到，阿爹與您有過這段情誼。」

顧元直苦澀一笑道：「姜姓並不少見，因此我與小娘子相識這麼久，卻從未想到過妳便是故人之女。」

姜菀平復了一下心情，輕聲道：「阿爹甚少提起年少之事，若不是阿娘留下的日記中記錄了往事，恐怕我也不知情。」

「令堂……」

「您可記得當年在姜家時，曾見過一個比阿爹稍稍年幼一些的女子？那便是我阿娘。」姜菀道。

顧元直閉目思索半晌後，方道：「我想起來了，麓弟的雙親說，那是個因洪災而無家可歸的小娘子，他們把她從大水中救了出來，暫時留在身邊照顧。」

「那您是否知曉我阿娘的來歷？」姜菀的語氣有些急切。

顧元直說道：「他們說她與家人失散了，被救起時已經奄奄一息，更染了時疫，醒來後便有些迷糊，說不出自己家在何方、家中有何人，只記得自己的名字。」

姜菀沈沈嘆了口氣，喃喃道：「阿娘臨終前的心願，便是有朝一日能與失散多年的兄長及雙親見面，可我幾乎沒有線索，實在無從下手。」

「怎麼？令堂後來記起了自己的身世嗎？」顧元直問道。

姜菀搖頭道：「阿娘只記得她的姓與名，卻不記得兄長或雙親的名字。」

一旁的沈澹忽然問道：「令堂尊姓？」

她答道：「徐。」

顧元直與沈澹臉色同時驟變，似乎想起了什麼事，而姜菀正低頭看著那把摺扇出神，沒留意到他們的表情。

「令堂與家人失散那年，芳齡幾何？」沈澹的語氣隱隱有些波動。

姜菀想了想，道：「大約十二、三歲吧。」

此話一出，沈澹陷入一陣沈默。他眉頭緊緊擰起，好像面臨了什麼難題。

顧元直則對姜菀露出了慈愛的笑容。「想不到我與小娘子如此有緣。雖然麓弟已不在人世，但好在他留下了血脈，我能見到妳，也算是命中注定。」

他柔聲道：「我曾與麓弟以兄弟相稱，小娘子若是不介懷，往後不必再喚我老先生，可喚我一聲『伯父』。我無兒無女，必將小娘子視為親生女兒，即便沒有與麓弟這段情誼，我也打從心底喜愛小娘子勤學好問的態度。」

姜菀鼻頭一酸，低聲道：「是，伯父。」

顧元直輕輕應了一聲，又問道：「阿菀，妳家中有無兄弟姊妹？」

姜菀道：「我原本有位長姊，卻在八歲時因病夭折，只剩下我與幼妹。」

「麓弟葬在何處？」顧元直抬手拭了拭眼角。「我想去祭拜一番。」

姜菀答道：「在城外的歸泉山。」

第五十六章　陳年往事

接連幾日皆下雨，山路濕滑，等放晴時才方便前往歸泉山。這些天，姜菀在家中將父母的遺物翻來覆去看了個遍。

用天盛的原料做出的藥粉一事水落石出，他們想藉由此物牟利，同時折損景朝的人力。聖上已下旨驅逐尚滯留在國內的異域商人，並切斷了與天盛的貿易往來。

因此這幾天沈澹格外忙碌，一直到顧元直上山祭拜姜麓時，他都無法抽空前來。

寒風中，顧元直緩緩抬手撫著墓碑上的名字，神情淒楚，喃喃道：「麓弟，我來看你了。誰能想到，你我多年再見，卻是隔著這石碑。若不是阿菀，只怕我仍無法得知此事，這些年終究是我的過錯，竟一直沒找到你，若是……若是……」

他說到此處，已是哽咽難言。

「阿爹在天有靈，一定會聽見伯父的話。」姜菀輕聲安慰。

顧元直的目光移向另一個名字，低聲念叨。「徐……」

「若是伯父能找到阿娘家人的線索，阿菀感激不盡。」姜菀道。

他點頭道：「妳放心，我一定會盡力打聽。」

禁軍司中，沈澹正凝神聽著荀遐的匯報。

「將軍，根據末將調查，徐蒼的胞妹確實是在平章縣那場洪災中走失的，那年徐娘子約十三歲，家中人常喚她『阿蘅』。」荀遐遲疑著問道：「難道姜娘子與徐蒼有血緣關係？」

沈澹道：「我不知道，可如今看來，對得上。」

「姜娘子知道嗎？」

「沒找到確鑿證據之前，我不會驚動她。」沈澹垂眸。

荀遐小心翼翼地看了他一眼，道：「將軍，末將有句話不知當講不當講。」

沈澹簡短道：「說。」

「將軍對姜娘子有意，但她的家世門第難免會被人議論，倘若姜娘子真是徐蒼的外甥女，那麼她的身分自然水漲船高，無人再敢輕視她。」

沈澹說道：「我不在乎家世門第。阿菀若真與徐家有血緣關係，徐蒼斷不會讓她流落在外。他對胞妹那般呵護，又鍥而不捨地找了這麼多年，一定會對親外甥女疼愛有加。」

「這不是好事嗎？姜娘子苦盡甘來了。」荀遐不明白沈澹語氣中的悵然從何而來。

沈澹又道：「阿菀之母若真是徐蒼胞妹，她往後便不會再受苦，自然是好事，可如此一來，只怕她不能再像從前那樣自在，她傾盡心血的食肆還能開下去嗎？」

荀遐愣了愣。「徐蒼性情古板，怕是不能接受自己的外甥女從商。」

士農工商，商人為最底層，特別是在徐蒼這樣守舊的人眼中，恐怕會將商人視為俗人。

「若只是家中的一門產業也就罷了，大可以交給旁人。」荀遐道：「可姜記食肆是姜娘子一手經營起來的，她又素來認真，必然不肯輕易放手。」

「我既希望她能完成母親的心願，又不忍看她被迫放棄自己鍾愛的事物。」沈澹揉著眉心，語氣無奈。

「這一切只是我們的猜測，萬一是巧合呢？也許姜娘子與徐蒼並無任何關係。」荀遐道。

「即使沒有這般家世，我也不會讓她受委屈。」沈澹下定決心般道：「無論接下來情勢如何，我都會站在她那邊。」

這兩人心事重重，姜菀的心情卻一日日晴朗了起來。食肆逐漸恢復往日的熱鬧，她也有心思琢磨新菜品了。

這一日，姜菀在後院清洗蝦子，打算做一道椒鹽酥蝦。將蝦子醃製後裹上玉米澱粉，在油鍋中炸熟再起鍋翻炒，讓口感不至於太過油膩。

姜菀一邊吃午食，一邊想著前幾日去見顧元直的情景。他問起了阿娘的事，答應會為她尋找線索。

「除夕快到了，」思菱放下筷子念叨著。「這一年過得可真快。」

這一年經歷的事情很多，聽思菱這麼一說，姜菀油然生出許多感慨。對了，沈澹的生辰……是在大年初一。

想起沈澹，姜菀的心緒有些複雜。對於他的問題，她遲遲沒給出答覆。

「小娘子似乎一直有心事。」午後，思菱搬了一張小凳子坐在姜菀身旁，兩人並肩坐在院子曬太陽。

陽光暖暖地落滿全身，姜菀懶洋洋地舒展了一下身子，道：「為何這麼說？」

思菱思索了一番，說道：「我總覺得小娘子的心事與沈將軍有關。」

姜菀驚訝不已，問道：「妳怎會這樣覺得？」

思菱見她的表情便知道自己說中了，笑了笑道：「小娘子當局者迷，可我們旁觀者清，早已看出沈將軍對小娘子不一般，不曉得小娘子是怎麼想的？」

姜菀沈默半晌後道：「我也不知道。」

「沈將軍是個很不錯的人。」思菱道：「我看小娘子對他也不是全無意思，只是有所顧慮，對嗎？」

姜菀點了點頭。

「小娘子，容我說句真心話，妳已經受了不少苦，如今不妨順應自己的心意吧，免得留下遺憾。」

遺憾嗎？姜菀陷入沈思。

食肆狀態恢復正常，姜菀比從前更加忙碌了，常從早到晚不得喘息。

她向長梧打探過消息，說是這幾天沈澹有公務在身，晚間不回府，也就不需她過去準備點心了。

一直沒見到沈澹，姜菀驚覺自己似乎有些想念他，還擔心他胃疾有沒有再犯、是不是好好用膳了。

直到幾日後，姜菀正在廚房洗菜，思菱就在門外喊道：「小娘子，沈將軍來了。」

她的心猛然一跳，擦了擦手便匆忙趕了出去。

沈澹面有倦色，但看到她，還是露出淺淡的笑容道：「我奉命離京一趟，一個時辰後便出發。」

「為何如此著急？」姜菀輕輕蹙眉。「發生了什麼事嗎？」

說著，她與沈澹在店內坐下，各自斟了一盞茶。

他道：「天盛屢有異動，聖上命我前去探查一番。」

姜菀一愣。「是藥粉之事？」

沈澹頷首道：「此事背後有更大的陰謀，我除了前去調查清楚，也要設法震懾天盛，否則兩國遲早一戰。」

「震懾？」姜菀喃喃道：「難道要在邊境開戰嗎？」

沈澹垂眸道：「若是他們就此臣服，不再惹事，聖上並不欲挑起戰爭；若他們咄咄逼人，必要時我們將訴諸武力。」

這幾句話說得平淡，姜菀卻覺得情勢似乎有些不妙。若情況不嚴重，以沈澹的身分，聖上怎會輕易讓他離開？

沈澹又道：「我個人與天盛的糾葛由來已久，此次行動不僅是因為聖上的旨意，也有我自己的計較。」

「你的意思是——」姜菀的表情驚愕。

他頷首道：「我主動向聖上請纓。即使真的要奔赴戰場，我也在所不辭。」

「為什麼？」她低聲問道。

沈澹緩緩說道：「因為藥粉一事的幕後推動者，與我有著很深的牽扯，他名為賀蘭嶅，是天盛的一位將軍。讓那藥粉戕害我朝雖不是他的手筆，卻有他的推波助瀾與授意。多年前大景與天盛那一戰，便是我們兩人仇怨的開始。」

姜菀隱約猜到了什麼。

沈澹端起茶盞抿了口茶水，眼底浮起濃濃的傷痛。「那時我親眼見父親被天盛的毒箭射中，自馬背上跌落。射出那枝箭的人，是賀蘭嶅的父親賀蘭易。」

他平放在桌上的手攥成了拳。「前一晚，父親還答應我，待戰事平息後便帶我去遊山玩水，可是第二日，我便眼睜睜看著他在我面前倒下。」

沈澹眼眶泛紅，嘴唇輕輕顫抖。

姜菀從未見過這樣的沈澹，下意識伸手過去覆上他的手。

他抑制著聲音中的悲痛。「之後的無數個日夜，我一閉上眼，便能看見父親的模樣，我忘不了他離世前那受盡毒傷折磨的樣子，我的心裡只有一個念頭，便是報仇。於是我繼承父親的遺願，披上戰甲、策馬上戰場，親手射殺了賀蘭易。」

姜菀沈默片刻後，問道：「沈將軍之所以棄文從武，便是因為此事？」

沈澹點頭道：「是。父親在時，我原本只需要無憂無慮地讀書，至於練武，不過是為了強身健體。可他驟然離世，我只能設法穩定局勢，不讓大景有任何閃失。」

他苦笑。「或許父親早就有了預感，才會命我仔細研讀兵書，每日與士兵一道操練。至於賀蘭嶅，他與我立場不同，卻擁有相同的仇恨。因此我此番前去，已做好與他決戰的準備，就看他有沒有這個本事能令我折戟了。」

「折戟」這個字眼讓姜菀一陣慌亂。她緊緊盯住沈澹，聲音微顫。「沈將軍是要上戰場，與他……與他……」

「殊死搏鬥」這四個字，她沒能說出口。

沈澹看著她，坦然道：「多年前大景與天盛一戰，是我第一次披掛上陣。從那時起，受傷、流血都是司空見慣的事。」

沈澹說得輕描淡寫，可姜菀卻不由自主地想，若是他真的倒在戰場上該怎麼辦？滿身是血、遍體鱗傷……她不敢再想了，搖頭道：「不，您不會有事的。」

可刀劍無眼，誰能保證自己上了戰場一定能平安無恙？

沈澹見姜菀有些六神無主，輕嘆一聲，翻過手，將她的手納入自己掌心。他先是試探性地碰了碰姜菀的手指，見她毫不抗拒，這才慢慢收攏手指，完完全全握住她冰涼的手。

「阿菀，不要怕。」他柔聲道。

回答他的，是一滴墜落在他指尖的淚。

沈澹怔住了，緩緩抬眸看向眼前的小娘子。

姜菀眼眶泛紅，正定定地瞧著他。

這些日子，她一直困在自己的思緒裡，既煎熬又掙扎。情感上，她明白自己對沈澹並非無意，可理智上卻想與他保持距離，不願越陷越深。

然而方才沈澹這番話讓她窒悶的心彷彿湧入一股激流，衝破她一直高高豎起的防線，她意識到若不面對自己的心意，很可能留下一輩子的遺憾。

「沈將軍，我想好了，」姜菀看著他。「我——」

沈澹緩緩搖頭，制止了她。「阿菀，今日妳聽了這些故事，心緒難免起伏。在這種情形下，或許妳會生出衝動的念頭跟想法。不必急著給答案，等我回來，好嗎？」

他望著她，目光眷戀。「自從第一次上戰場開始，我便做好了隨時赴死的準備。從前我並不惜命，可如今，為了順利歸來見妳，我會萬分小心。」

「將軍，時候到了。」

食肆外傳來兵士的聲音，沈澹與姜菀雙雙回過神。

沈澹起身道：「我該走了。」

姜菀有些擔心地說道：「您一定要平平安安的。」

「放心。」沈澹深深地看了她一眼，忽然想起什麼，壓低聲音道：「阿菀，我此次離京歸期不定，因此我安排了一隊人馬守在食肆周圍，護衛妳的安全。」

他將姜菀欲說出口的拒絕攔下。「那樣的事，我不能讓它再度發生。」

沈澹的手搭在姜菀肩上，稍稍用力讓她的身子傾向自己，卻未擁住她，而是保持著恰到好處的距離。「阿菀，就當是讓我安心。」

姜菀對上他滾燙的目光，心頭一熱，點了點頭道：「好。」

快要過年了，松竹學堂與縣學陸陸續續放起了年假。姜菀接回妹妹時，見她滿臉睏倦，便問道：「這幾日沒好好歇息嗎？」

姜荔打了個哈欠，道：「為了年終考試，我好幾日沒睡過安穩覺了。」

見妹妹眼下一片青黑，姜菀不由得暗暗感嘆，古往今來的學生，都逃不掉期末考。她能感同身受，因此帶著姜荔回家後，便由她一頭鑽進臥房睡了個天昏地暗。

今日姜記食肆難得休息，不對外迎客，姜菀與眾人也能偷個閒。她掩好房門便輕手輕腳離開，打算做些好吃的犒勞妹妹一番。

姜菀要做一道名菜——鍋包肉當作晚食。

鍋包肉的作法很多，但姜菀偏愛口感酥脆的那種老式鍋包肉，吃起來格外有嚼勁。她將里脊肉切成厚片，用鹽、酒、胡椒醃製，裹上麵糊後下油鍋炸，定型後撈起來瀝去多餘的油，等到油熱後再度下鍋，最終炸到表面金黃就能撈出來了。

鍋包肉的另一道靈魂在於醬汁，用糖醋汁加上醬油、糖，大火熬開煮成黏稠狀，再把肉片放進去翻炒一番。

澆在肉表面的醬汁酸甜可口，肉片口感也不軟爛，吃起來便不會膩味。

其他幾人正俐落地洗著菜，姜菀偶然一低頭，正好瞧見思菱髮梢黏了片小小的菜葉，便伸手拿了下來。

「小娘子，今日我們從西市回來的路上，路過福寧坊，發覺那裡有幾處正在出租的鋪子，看起來寬敞又乾淨。」思菱搓了搓浸在冷水中的手。「我記得小娘子先前曾說，如今的食肆還是小了一些。」

姜菀正將鍋包肉盛盤端出，聞言略微愣了愣，道：「我是說過這話，不過仔細一想，咱們好不容易在永安坊內積累了一定的名聲，自然不能輕易換地方。只是若開分店，人手怕不夠。」

前幾日姜菀算了算手邊的財產，若想租下一個與這個食肆差不多大小的鋪子，倒也不是負擔不起，但難免要費心費力經營。

如今宋宣的手藝倒是能獨當一面，只是姜菀對於擴大生意範圍這件事頗為忐忑，若是做了虧本的買賣，又該如何。

她正想著，宋宣已經炒好了幾樣素菜，爐灶上還煨著熱氣騰騰的白蘿蔔湯。

姜菀暫時按下念頭，囑咐思菱與宋鳶在廚房看著，自己則去臥房叫醒姜荔來用晚食。

幾人剛在桌邊坐下，便聽見有人敲門的聲音。

宋鳶訝異道：「外頭明明掛了今日不開店的牌子，為何還有人來？」

周堯過去開門，姜菀抬頭看了過去，就見外面站著不少人。

姜荔瞪大眼睛道：「這是做什麼？」

見狀，姜菀不禁放下筷子迎了上去。

為首者是個女子，她面色清冷，一雙丹鳳眼，看起來頗為聰慧幹練。

姜菀覺得此人有些面熟，卻聽身後的宋鳶低呼一聲道：「這不是俞娘子嗎？她怎麼會來？」

俞家酒樓的「掌權人」？

姜菀問道：「不知貴客尊姓？有何貴幹？」

那女子輕挑眉梢道：「我姓俞，單名一個容字。」

姜菀問：「不知俞娘子有何要緊事？」

俞容淡淡笑了笑，說道：「今日過來，自然是有事想同姜娘子商議。」

無論如何，來者是客。姜菀側身為她讓出了一條路。

俞容帶著一個侍女進店，剩下的人在外候著。

「看樣子我來的不是時候，叨擾了。」俞容打量著案桌上冒著熱氣的菜餚，勾了勾唇。「久聞姜娘子的手藝絕佳。」

姜菀請她在另一桌坐下，斟了茶，道：「俞娘子請說吧。」

俞容開門見山道：「前些日子，我家酒樓一家分店的掌櫃夥同他人做出了傷天害理的事，對姜娘子與姜記的生意造成很大的影響，此事是我疏於管教，我今日來，也是想向姜娘子致歉。」

姜菀道：「此事與俞娘子無關，妳言重了。作惡之人已由衙門處置，算是罪有應得。」

兩人面對面坐著，姜菀可以清晰地看見俞容描畫得極其精緻的眉眼與嫣紅的唇。她說話時，神情冷冷淡淡的，只有目光帶著細微暖意。

她啟唇道：「姜娘子年紀輕輕卻如此了得，能把一家小小的食肆經營得如此風生水起，我打心眼裡佩服。」

姜菀亦笑了笑。「俞娘子有話便直說吧。」

俞容道：「姜娘子應當知道，我自及笄之後便管理家中的酒樓生意，也在京城各坊開了不少分店，不知姜娘子有沒有與我合作的想法？」

姜菀有些訝異，但仍問道：「如何合作？」

說起經營合作這種事，俞容侃侃而談，清楚地表明了自己的意思。

說是合作，用通俗易懂的話來說，就是想收購姜記食肆。看似雙贏，實際上只是拓展俞家的生意。

末了，俞容又道：「若是姜娘子肯答允，日後食肆必然會更上一層樓。」

姜菀沈默不語，姜記眾人卻按捺不住情緒，強忍著滿腹言語，表情全是不贊同與抗拒。

特別是宋家姊弟，他們在俞家酒樓做過事，熟知其嚴苛的管理與經營模式，不願再經歷一次。對他們來說，能遇上姜菀這樣通情達理又有仁善心腸的東家，再難得不過。

話雖如此，他們不知道姜菀會怎麼選。

第五十七章　隨身信物

按照俞家的影響力，任何食肆一旦冠上其名號，都會吸引更多人。盧滕之事的確重創了永安坊內的俞家酒樓，但俞家根基深厚，名聲不會輕易被毀。

背靠大樹好乘涼，若是真歸在俞家名下，無論是金錢或人脈，都不用愁。

姜記食肆雖小有名氣，但只侷限於永安坊及其周邊，遠不如俞家在京城內廣為人知。

至於姜菀，一無根基，二資歷尚淺，如何與俞家相較？

俞容唇角微揚，似乎篤定姜菀不會拒絕這樣一個極具吸引力的機會。

不料姜菀語氣平淡地說道：「恐怕要讓俞娘子失望了，我不願意。」

她聲音輕柔卻不容拒絕。「俞家酒樓確實久負盛名，但這並不代表我願意拱手讓出自家千辛萬苦才保住的店鋪。」

俞容緩緩搖頭道：「姜娘子，妳誤會了。我並不想奪走妳的食肆，只是納入俞家的管理而已。若是妳喜歡親手料理各式飯菜，便能繼續；若妳厭倦了，我也可許妳一個掌櫃之位，讓妳不必再與油煙為伍，也不用那般勞累。」

「姜記食肆是先父與先母留下的產業，也是我的底線，我斷不會將它交到別人手中。」姜菀道：「至於厭倦，俞娘子多慮了。我既然當初選擇重振家中生意，便絕不會有厭煩的一日。」

她直視著俞容，道：「俞娘子請回吧，此事沒有商量的餘地。」

俞容探究地看著姜菀，不知在思索什麼。許久後，她輕輕一笑，道：「罷了，妳既然不願，我何必自討沒趣，反正俞家不差妳這一家食肆。不過，我倒是很期待姜娘子在勢單力薄的條件下，會把自家食肆做成什麼樣子呢。」

姜菀失笑道：「勢單力薄？」

她看向思菱等人。「有他們在，我就不會是孤單一人。」

俞容淡淡笑道：「來日方長。」

她起身向外走去，卻發覺店外不知何時多了幾個面若冰霜的青年，一看便知身手極佳。他們將自己帶來的僕從包圍在中間，眼睛則緊盯著食肆內。

俞容順著他們的目光看向姜菀，玩味一笑道：「姜娘子家中還有護衛？到底是我小瞧了妳。」

說完，她揚了揚下巴，俞家的僕從便跟在她身後迅速離開了。

姜菀正想對那幾人說幾句話，卻見他們迅速散開，很快就不見了蹤影。

思菱怒道：「她手下的人做出那種事，還想著將我們納入麾下，哪有這樣的好事？」

宋鳶則小聲道：「幸好小娘子不肯答應，否則我與宣哥兒豈不是要再經歷一次從前的日子？俞家酒樓的制度極其嚴格，若是哪家分店接連兩年所盈銀錢排在末尾，此店的掌櫃便會被撤去。因此每家分店的掌櫃為了獲得更大的盈利，個個削尖腦袋使盡手段，從不顧念我們這些在底下做事的人。」

姜菀嘆氣道：「從盧滕與陳讓身上我便能看出俞家的風氣。再說，這食肆是阿爹跟阿娘留下的，我不可能任由它落入他人之手。」

「小娘子，待我們租下更多鋪子，說不定能達到俞家酒樓那樣的規模。」思菱鬥志昂揚。

姜菀莞爾道：「我也希望有那麼一日。」

第二日，姜菀親自做好點心，裝在食盒裡帶去了顧宅。

自從顧元直與阿爹的淵源浮出水面，姜菀便常常去顧宅探望這位伯父。

顧元直一生未娶，無子無女，好在門生眾多，府上從來不會冷清。

姜菀去的次數多了，顧宅的僕從也與她熟了起來，笑著引她前往院子，邊走邊道：「今日有位徐郎君來訪，如今正在書房裡同郎主說話呢。」

難道是徐望？姜菀想著，不自覺放慢了腳步。

她順著廊廡走了過去，打算在外頭稍稍等一等，卻見書房的門被打開，兩個人自裡面走出。

其中一人正是徐望，而他身邊的人，看起來很陌生。那個人約莫四十多歲，面容嚴肅，卻不難看出青年時期的俊朗風姿。

徐望原本正低聲與那人說話，聽見腳步聲，兩人便一起向姜菀看了過來。

「姜娘子？」徐望喚道。

姜菀朝他頷首示意。「徐教諭。」

徐望拱手道：「姜娘子是來探望老師的嗎？」

「正是。」姜菀點頭道。

徐望向身旁的人說道：「阿爹，這位便是老師故交之女。」

姜菀微怔。原來此人便是徐望的父親、旁人口中嚴苛古板的兵部尚書，徐蒼。

徐蒼淡淡看向姜菀，很快便移開了目光，並未多說什麼。

與他對視一眼後，姜菀只覺得此人雖然外表看起來很嚴肅，卻不會令人畏懼。

姜菀正想著，卻聽徐蒼開口道：「小娘子是平章縣人嗎？」

姜菀回道：「先父與先母曾在那裡生活，後來輾轉到了雲安城。」

徐蒼微一頷首，不再多言，舉步自姜菀身旁走過；徐望朝她點頭示意，很快跟上了父親的步伐。

待兩人走遠，姜菀才進去見顧元直。

她將食盒擱在桌上，說道：「伯父說我做的棗仁酥不錯，今日我便又帶了些來。」

顧元直溫和一笑。「妳這孩子真是細心。當年我暫時住在姜家，那時剛經歷過洪災，食材很匱乏，姜家阿叔跟阿嬸卻能把食物做得十分可口，讓我從菜中吃到肉香味。」

姜菀對祖父母沒什麼印象，但她知曉姜父有這樣的本事，便輕聲道：「阿爹尚未病倒時，同樣變著花樣為我們準備每日的飯食與菜餚。阿荔有段時日很挑食，阿爹卻能靠著一手廚藝哄得她乖乖吃下最討厭的青菜。」

顧元直沈沈嘆了口氣，問道：「妳阿爹跟阿娘為何會從平章縣搬走？」

姜菀努力搜尋著腦海中的記憶，道：「祖父母去世後，阿爹一心想出去闖蕩一番，便與阿娘一道北上，在許多地方停留過。阿爹說，他曾聽一位朋友提過京城的風光，心中很嚮往，便想在京城建立屬於自己的食肆。」

說至此處，姜菀有些難過。「阿爹確實開了食肆，卻沒能等到食肆越開越大的那一日。」

顧元直久久不曾說話，姜菀抬頭看他，發現他眼眶有些泛紅。

他側頭過去，許久後才轉回來，道：「麓弟在京城那些年，應當是我辭官離京在外漂泊之時，我們便這般錯過了……

「好在機緣巧合之下，讓我知道麓弟有後。」顧元直看著姜菀，猶如在看自己的女兒一般。「阿菀，妳是個好孩子，麓弟在天有靈會欣慰的。只是他若看見妳如今這般辛苦，只怕更多的還是心疼。」

姜菀笑著搖頭說：「伯父，我不覺得辛苦。雖然經營食肆以來遇到了很多事，但我還是樂在其中。」

顧元直淡淡笑了笑，端起桌上的茶盞飲了一口。

屋內的炭盆靜靜燃燒著，姜菀雙手交握，正出神地聽著那聲音，卻聽顧元直緩緩道：「阿菀，妳說妳阿娘的身世是個謎，可否向我詳細說一說？這樣我就算託人打聽，也能有個方向。」

姜菀將自己所知的情況盡數說了，顧元直認真聽著，問道：「那她當初被妳祖父母救下時，身上是否有什麼玉珮、首飾或信物？」

聽到這個問題，姜菀思索了一番後，道：「玉珮或首飾？我從不曾見阿娘戴過。至於其他的，似乎也沒有……」

信物？她頓住了，忽然覺得自己似乎遺忘了什麼細節，可一時卻想不起來。

見她想不起來，顧元直也不勉強，只道：「泊言離開有四、五日了吧？」

姜菀略微愣怔了片刻，這才想起「泊言」是沈澹的字——這還是秦姝嫻告訴她的。她點頭道：「算起來，正好五日了。」

顧元直嘆道：「此行他不僅是為了完成聖上的囑託，也是為了昔年舊事。」

姜菀想起沈澹說過的話，問道：「伯父，您與他都談清楚了嗎？」

顧元直點點頭，道：「這些年，泊言一直不敢見我，認為自己辜負了我的教導，可我何嘗不知他當初受的苦，怎忍心苛責他？我惱的是他折磨自己。」

說著，顧元直聊起了往事。「泊言的父親年輕時曾駐守大景邊境多年，後來戰事平息、局勢平穩，他便奉旨返回京城。泊言出生於京城，之後拜在我門下研習詩書，而他父親也未疏於培養他的武學。

「天盛的新國君繼位後，頻繁在邊境挑起動亂，逐步暴露出野心。因此，在泊言十幾歲時，聖上便命他父親作為主帥帶兵鎮守邊境。那時泊言的母親去世，沈家也沒什麼旁支，他父親便將他這唯一的孩子帶在身邊。

「臨行前，泊言曾對我說，待他歸來，還要請教我許多學問；他還說，等我再次見到他時，他的書法一定會有長足進步。當時的他，眉眼飛揚、語氣輕快。」

聽著顧元直的敘述，姜菀彷彿看見多年前那個意氣風發的少年，然而她知道，那便是沈澹人生的轉捩點。

「天盛按捺不住，率先發動攻擊，我朝軍隊奮起反擊，戰事就這樣持續許久。到了冬日，天降大雪，糧草吃緊，軍隊人心逐漸動搖。天盛利用這個時機掀起猛烈攻勢，他們不但使用諸多詭計，甚至向我軍投毒，妄圖取勝。」

姜菀倒吸一口冷氣。「原來天盛一直以來都有毒物？甚至沿用至今！」

顧元直頷首。「正是。聽說妳家食肆前些日子便是被天盛傳進來的東西所害，險些斷了生意。好在那幾樣藥材被清理得差不多了，不會再危害我朝百姓。」

他繼續道：「泊言的父親作為主帥，一向身先士卒，卻在一次交手中被毒箭所傷。他不願耽擱戰事，強撐病體作戰，舊傷未癒又添新傷，情況越來越嚴重，最後才會在壯年之際猝然離世。

「主帥離世，軍心難免渙散。好在幾位副將忠心耿耿，及時穩住了局面。泊言在各種壓力下，不得不身披戰甲，代替父親上陣殺敵，並為父報仇。在此之前，他本打算日後參與科考，在朝堂上參與政事的。」

顧元直頓了頓，又道：「泊言天資聰穎，又生來便有一副好身手，因此年歲不大，就能在戰場上所向披靡。」

姜菀憂心道：「沈將軍說，自己此行是為了見一個名叫賀蘭愨的人。」

「他的父親便是被賀蘭愨之父射出的毒箭所傷，進而身亡的。泊言為父報仇後，又成了賀蘭愨的殺父仇人。賀蘭愨恨他，卻屢屢成為他手下敗將，因此他立下誓言，一定會設法報仇。多年來，泊言不是沒經歷過算計，但他夠敏銳，才得以保全自身。」

「可這賀蘭愨如此狠毒，沈將軍他——」姜菀只覺得自己一顆心吊了起來。

顧元直同樣擔憂不已，但他不願讓姜菀再為此傷神，便安慰道：「泊言的身手妳難道信不過？他一定會平安的。」

他有意換個話題，便笑道：「我想，待他此次歸來，興許就要三書六禮向妳提親了。」

姜菀不禁一愣，瞬間紅透了臉。「伯父在說什麼？我……我不明白。」

「好孩子，在我面前還遮掩什麼？」顧元直笑了笑。「泊言臨行前曾來找我，他說妳雙親俱已離世，家中也無長輩，日後一些事務恐怕需要我出面操持，以妳長輩的身分辦妥。」

是什麼事務，姜菀自然明白。她低下頭，小聲道：「我還不曾答應他呢。」

這副小兒女的姿態讓顧元直拊掌而笑。「阿菀，妳忍心讓泊言日日夜夜輾轉反側嗎？」

他開了句玩笑，便正色道：「泊言這個孩子算是我看著長大的，我了解他的脾性，一旦認定某件事或是某個人，便不會改變，我想，他對妳的心意亦是如此。他已二十多歲，從未將任何女子這般珍重地放在心上，若妳願意接受他的心意，便好好告訴他吧。」

顧元直這番話一直盤旋在姜菀心頭，直她返回食肆，仍念著此事。

秦姝嫻過來姜記食肆時，一向笑意盈盈，可這回眉頭卻皺在一處，時不時便嘆一口氣。

姜菀將她點的臘腸燜飯放在案桌上，問道：「秦娘子在掛心荀將軍嗎？」

臘腸是姜菀自己做的，切成小塊與米飯放在一處煮，用小火慢慢燜出香味。

秦姝嫻聞著那香氣，心情似乎好了一些，她拿木勺舀起一口被醬油與臘腸包裹的米飯。等到徹底將飯吞下去，她才道：「荀大郎一向粗枝大葉，我只盼他這一去別惹出什麼事來。」

話雖如此，秦姝嫻臉上的憂色顯而易見。她嘆道：「戰爭實在可怕。」

「我聽沈將軍說，此次不一定會開戰。若是能和平解決難題，自然更好。」姜菀道。

秦姝嫻點頭道：「我也不願戰事再起，否則會有更多人送命。」

她低著頭，安靜地吃起剩下的燜飯，又喝了一大碗熱粥，身上便暖和了起來，伸手輕輕扯了扯衣領。

姜菀見她頸間有一截紅繩，便隨口問道：「秦娘子戴的是玉珮嗎？」

秦姝嫻搖搖頭，從衣領中取出那枚東西給姜菀看。

……長命鎖？

恍若一道閃電劃過腦海，姜菀猛然記起，阿娘似乎有一樣遺物，是她自小便戴在身上的長命鎖。

姜菀記得阿娘曾說過，她被姜家救下，恢復意識之後便發現自己身上戴著那長命鎖。如此一來，那必定是親人為她準備的，不知上面有沒有留下什麼訊息？

「姜娘子，怎麼了？」秦姝嫻見姜菀神色怔忡，以為她是在為沈澹懸心，便勸慰道：「不必太擔心，興許不會有什麼大動靜，沈將軍……他們一定會平安回來的。」

姜菀回過神，敏銳地察覺出秦姝嫻語氣中有些不一樣的情緒，不由得抿了抿唇，道：「秦娘子……」

秦姝嫻輕嘆一聲。「邊地苦寒，也不知荀大郎受不受得住。」她雙手托腮道：「雖然平日我總愛欺負他，甚至嫌他聒噪無趣，但他去了那樣遠的地方以後，我還真有些想念。」

姜菀淺笑道：「秦娘子與荀將軍從小便相識，自然有青梅竹馬之誼。」

秦姝嫻小聲道：「我瞧話本裡那些故事，青梅竹馬都情同兄妹，怎麼我與荀大郎總是互相捉弄跟鬥嘴呢？他雖比我大，可我壓根兒不覺得他有兄長的樣子。」

姜菀思考了一下，道：「或許天底下的青梅竹馬相處起來都不同，有些感情深厚，有些習慣玩鬧，妳與荀將軍便是後面那種。」

兩人說話間，思菱將一份飯後小食端了上來。薄薄的五花肉片串在竹籤上，肥肉被烘烤得呈半透明狀，上面撒了些孜然粉與辣椒粉。

秦姝嫻拿起一串，一口便咬下一片肉，肥而不膩，孜然獨特的香氣直往鼻子裡鑽。

「姜娘子，妳真的不考慮再多售賣些烤肉嗎？」秦姝嫻很快就吃完了一串，擦了擦嘴角的油漬。「冬日時節，京城人最愛燙一壺酒，再吃些熱騰騰的烤肉。」

景朝的烤肉已經發展得很成熟，只是沒專門賣烤肉的食肆。姜菀從前就想採取類似現代烤肉店的模式，每張桌上放置一個烤爐，再配上各式調味料，客人進店後挑選好想烤的肉類，便能自己烤來吃。

只是現在這個食肆的環境並不合適，既無夠多的煙囪，也不夠通風透氣，要是客人真的烤起肉來，食肆定會煙霧瀰漫，熏人得很。

想專營烤肉，得另尋一處鋪子。

送走了秦姝嫻，宋鳶將食肆開業以來所有的帳簿都拿過來給姜菀核對。

這半年來的經營狀況還是很不錯的，雖說中途遇到幾次挫折，好在口碑尚在，可以逐漸扭轉局勢。

姜菀細細想了想，覺得還是專心經營好食肆為上。等過完年，除了按時供應點心給松竹學堂以外，其餘「業務」，她暫時不想接手了。

思菱撇嘴道：「縣衙的人居然好意思上門來找小娘子，當初是他們誤中歹人奸計，現在才想要彌補。」

姜菀合上帳簿，道：「此事就讓它過去吧。」

那日，縣衙公廚的曹管事滿面笑容地登門，先是誠懇向自己道歉，說他當時是逼不得已，末了又問她是否願意回縣衙公廚做事。

姜菀婉拒了。當初去縣衙只是希望能為食肆掙些名聲，但眼下已經沒這個必要了。

她如今該做的，便是好好利用現有的知名度，為食肆招攬更多客人。

第五十八章 引頸期盼

傍晚，食肆燈火搖曳，流露出最樸實的煙火氣息。

「小娘子！這兒有一封信，是方才沈府的人送來的！」思菱朝正在廚房忙碌的姜菀道。

姜菀聽見「沈府」兩字，心想一定是關於沈澹的消息，便擦擦手走了出來。

信封上沒寫字，只繪了一株紅梅花，梅枝傲然挺立，花朵盈盈綻放，隔著信封都能感受到那股不畏嚴寒的氣息。

姜菀拆開信，發覺裡面還套了一個信封，信封上端端正正寫著幾個字——卿卿親啟。

這是姜菀第一次見到沈澹的字。都說字如其人，沈澹的字剛如鐵畫，恰似他本人。不過那「卿卿」兩字的筆鋒卻稍顯柔和，似乎下筆時傾注了繾綣的情意一般。

姜菀神思恍惚，竟幻想起，若是他在自己耳邊親口喚出這兩字，會是怎樣的光景……

她兩頰滾燙，很快拆開這一層信封，拿出裡面的信紙。

暮色漸深，晚風帶著寒意吹颳著人的臉龐與髮絲。姜菀獨自一人走在院子裡，藉著食肆的燈火一字一句看著。

沈澹在信中說，他此行會萬事小心，囑咐她要照顧好自己。內容雖簡短，卻處處透著關懷。

由於邊境距離京城十分遙遠，傳信不易，沈澹事先估算行程的進度，寫下數封信件，長梧每隔五日便會送一封來食肆。

姜菀看完信，緩緩將信紙貼在心口。

她不得不承認，自己真的很想他。

姜菀仰頭看向天空，彷彿想透過夜空窺見那遙遠之地，看清那個人的模樣。

她進了臥房，拿起筆回信。一氣呵成之後，才意識到這封信沒有目的地，無法寄出，不禁無奈一笑，將自己的回信與沈澹的信放在一處，收進書櫃裡。

過了一會兒，姜菀從自家阿娘的妝奩裡拿出那枚長命鎖。

長命鎖包裹在一條紅布裡，上面的花紋頗為繁複，即使表面已褪色發黑，卻還能隱約看出繪製的是一株株香草。

阿娘說她的名字喚作「蘅」，正是一種香草。她的雙親為她取了這個名字、戴上這枚長命鎖，是不是希望她能夠如這鎖上的圖案一般，纖細卻不顯柔弱呢？

姜菀慢慢收攏掌心，無聲地嘆了口氣，打算明日帶著這枚長命鎖去見顧元直。

第二日，姜菀帶著那枚長命鎖去見顧元直。

顧元直端詳了那長命鎖半晌，同樣沒看出什麼頭緒。他深知此物的重要性，便將上面的圖案繪製下來，道：「我會設法探聽，看有沒有人見過此種花紋與樣式的長命鎖。這應當是特地訂製的，想來妳阿娘的雙親非常疼愛她，即使只是一個小小的長命鎖，也花了很多心思。」

姜菀低眸，道：「可惜阿娘沒能等到再見他們的那一日。」

顧元直沈默片刻後，問道：「阿菀，妳阿娘的閨名怎麼寫？」

姜菀提筆寫下「蘅」字，然而落下最後一筆時，她忽然有些不確定。阿娘忘記了許多前塵往事，然而在為數不多的記憶裡，她唯獨記得清親人曾喚自己「阿蘅」。但是她的名是否真的只有這一個字，誰也不知道。

姜菀說明了這個情況，顧元直便道：「我明白了。雖說有些困難，但也並非全無可能，我會盡力一試。」

「多謝伯父。」姜菀躬身向他行了一禮。

顧元直目送著她離開，再度垂首打量起那圖案。

不知過了多久，他聽見屋外傳來徐望的聲音。「老師。」

「亭舟？進來吧。」顧元直道。

徐望今日帶了幾卷書過來請教顧元直。他為官後不曾鬆懈，依然堅持日日讀書。

顧元直與他探討了一番學問後，徐望隨口道：「方才過來時，恰好遇到了姜娘子。她確是個有情有義之人，常常來探望老師。」

「阿菀這孩子……」顧元直嘆道：「她這些日子以來，一直為了同一樁事感到煩惱。」

徐望並未多問，他靜靜地侍立在一旁，眼尾餘光瞥見顧元直面前的紙上繪著陌生的圖案。

他正有些好奇時，顧元直忽然開口。「亭舟，你父親這麼多年來都在尋找自己的胞妹，是嗎？」

徐望頷首，眉宇間有些悵然。「父親始終堅信姑母尚在人世，從未放棄過希望。連聖上都說，按照姑母的年歲，當年那場災難之後，孤身生存下來的可能性實在渺茫。可父親執意尋找，任憑母親與我如何苦勸，他都不曾改變主意。」

「我能理解茂然的堅持，畢竟那是他唯一的胞妹，既然不曾親眼見到她罹難，那麼他必定還抱著希望。」顧元直頓了頓，緩緩問道：「那麼……你可知令姑母的閨名？」

眼看離正月越來越近，也到了「新桃換舊符」的時候。

姜菀有心想測試一下自己這數個月以來的書法學習成果，便買了各式紅紙，打算親手寫一些春聯跟「福」字張貼在不同的地方。

她寫了幾副後，特地拿去給顧元直瞧瞧，得到他的讚許後，就放心大膽地繼續揮灑筆墨了。

除了給自家留幾副，她還給左鄰右舍、鐘翁一家跟每日為食肆供應各種菜、肉、米、麵的店家也送了些。不過周圍一圈人都送了個遍後，姜菀發覺還是剩下了不少。

鐘紹前來送菜時，拿起那些春聯看了半晌。他一直在學寫字、認字，因此大約能認出上面寫著哪些吉祥話。

「姜娘子，年節期間我們便不再送菜，望您知曉。」鐘紹說道。

姜菀點點頭道：「我們食肆自然也要休息。過年前幾日把剩下的菜清一清，閉門歇業時便可以安心了。」

送走鐘紹，姜菀心想年底該舉辦些回饋食客的活動，譬如積分兌換、會員換購等等，算是感謝大家這些日子來的支持。

一打定主意，她便找了紙出來，寫上活動的規則與內容。

午後，食肆敞著門，輕暖的陽光落了進來。眾人合力將今日將要售賣的點心在盤中擺好，再一樣樣端出去。

姜菀做了不少精緻小巧的糕點，更用那些糕點擺出不同的造型，遠遠看去煞是醒目。她將寫有最新活動的木牌在門前擺好，再次檢查了一下內容，確定沒有任何錯別字。

今日的活動分為兩部分。一，從前辦過嘉賓箋的食客，可以憑積分兌換相應的折價券；二，凡進店花費的銀錢超過一定數目，便能獲贈一副店主親手寫的春聯。

天下沒有不透風的牆。自從顧元直的壽辰過後，京城中不少人都得知姜菀與顧元直的淵源，對她的經歷也有所耳聞，且顧元直對姜菀字跡的讚許之言也逐漸流傳開來，因此許多人提起姜記食肆時，除了對他們的吃食滋味大為稱讚，也知道店主是個蕙質蘭心、寫得一手好字的小娘子。

因此，姜菀所寫的春聯很受歡迎，不少人衝著這項禮物消費。

還剩下最後一副春聯時，姜菀正低頭將掉落在匣子外的銅板撿起來放回去，便聽見頭頂傳來一道聲音。「店主，我來換一副春聯。」

姜菀抬頭看清眼前人，遲疑片刻後，試探道：「崔府尹？」

來者正是崔恆。他身旁還站著一個模樣溫婉的女子，是他的娘子祁氏。

姜菀核對了一下消費金額，便將春聯遞給崔恆。

崔恆卻沒急著走，而是溫聲道：「我這裡有一些來自邊境的消息，想來姜娘子應當很關心。」

邊境？姜菀頓時明白過來，語氣不自覺帶了些急切。「還請崔府尹告知。」

崔恆道：「泊言此去主要是為了處理那藥粉之事。當初事發之後，京兆尹府派出不少人馬在京城中搜查，已將不少人收監，但仍有些漏網之魚裡應外合逃了出去。昨日聖上收到泊言的塘報，說逃竄的涉事諸人已全數捉拿，將擇日押解回京。」

來自邊境的塘報由專人快馬一路急送，因此消息傳遞得很及時。如此看來，沈澹此行應當一切順利。

姜菀不禁問道：「那沈將軍何時能回來？」

崔恆說道：「若無其他要務，年前他便可回京。」

姜菀鬆了口氣，看來此次不會打仗了，是件好事。她向崔恆道：「多謝崔府尹。」

「姜娘子客氣了。」崔恆向她微微一頷首，便偕自家娘子離開了。

想到沈澹應該很快便能回京，姜菀的心情變得很好。接下來幾日，她一面準備年貨，一面等他回來。

這日晨起，姜菀揉了麵，準備做醬香餅當作早食。前世時，她便很喜歡吃這種餅，酥酥脆脆、鹹香交織。

姜菀在麵粉裡加了鹽、糖跟水揉成麵團，再另取一部分麵粉做成油酥。醬料則需要花費許多心思調配，掌握好每種調味料的比例，再下熱鍋炒香，加少量水煮開。

油酥塗抹在麵皮上，摺疊後揉成團，再擀成薄餅。放餅坯在鍋中時，要緩慢地在麵皮表面推拉，做出褶皺後再煎至兩面焦黃，出鍋後刷上熬製好的醬料，撒些蔥末跟少許炒熟的芝麻提香，切成小塊便能吃了。

餅皮表面泛著油光，白芝麻與翠綠的蔥末點綴其上，咀嚼起來充滿醬香味，令眾人吃得意猶未盡。

早食後，思菱見姜菀把前幾日買來的豬蹄浸在冷水裡清洗，便問道：「小娘子是打算滷來吃嗎？」

姜菀搖頭道：「今日想做紅燒豬蹄。」

她擦了擦手上的水，笑道：「把豬蹄切成小塊放進鍋裡，加入花椒、八角、桂皮等材料，用冰糖炒出糖色，再加醬油，用熱水燉煮，煮到軟爛後以大火收汁。這樣做出來的豬蹄不會膩味，肥的部分吃起來也會細膩嫩滑，很下飯。」

光聽她這麼一說，思菱便覺得肚子餓了起來，不由得舔了舔唇道：「聽起來比滷豬蹄更具風味。」

姜菀笑著點頭。

這頓午食有多滿足，自不必多說。

午後，姜菀瞧天色明亮，便帶蛋黃出門散步，等到她牽著蛋黃返家，正巧看見秦姝嫻自不遠處走來。

「秦娘子。」姜菀同她寒暄。

秦姝嫻笑盈盈地走上前道：「姜娘子，我今日從阿爹那裡得到消息，沈將軍他們預計後日便能進京了。」

她的父親在朝為官，消息自然比旁人靈通一些，也與崔恆所說的對得上。

姜菀一顆心落到了實處，說道：「正好趕得上年節，也是雙喜臨門了。」

不過秦姝嫻卻輕輕擰了擰眉，似乎有什麼心事。

姜菀察言觀色，問道：「軍隊凱旋是喜事，秦娘子為何愁眉不展？」

「姜娘子，我想同妳說一件事。」秦姝嫻挽著她的手臂隨她進入食肆，在靠窗的地方坐了下來。「我是家中么女，兩位長姊都已經出嫁，此事又不好對我阿爹跟阿娘說，思來想去，便想向妳傾訴一番。」

姜菀斟了茶，說道：「秦娘子請說。」

秦姝嫻抿了抿唇，一向大大方方的她罕見地有些遲疑。「此事是關於荀大郎的。」

姜菀見她神色變得嚴肅，心想興許茲事體大，不由得屏住呼吸道：「荀將軍怎麼了？」

秦姝嫻端起茶盞喝了一口，道：「他臨行前曾對我說，若是他此次平安歸來，便要向我討一個願望，希望我能替他實現。」

「什麼願望？」姜菀問道。

秦姝嫻搖頭道：「他不肯告訴我，只含糊地說我遲早會明白的。我看他說這話時的神色頗不自然，好似有什麼秘密瞞著我一般。我仔細想了想，他的生辰原本在這個月，卻因為出征之事耽擱了，應當是想等回京後讓我陪他一道補過生辰吧。」

姜菀沒說話，心裡卻想，以他們兩人的交情，若只是這件事，荀遐不至於如此含蓄。

秦姝嫻又說道：「我追問他，他卻只是笑。後來他招架不住，才吐出一句話：『我若是這會兒就說了，而妳卻給出了某個回答，只怕我無法安心離開』。

「姜娘子，妳說他到底打什麼啞謎呢？」秦姝嫻苦惱皺眉。

姜菀越聽越覺得事有蹊蹺，漸漸的，她心底浮起了一個猜測。

回想起從前，每當秦姝嫻晚間在自家食肆待到快打烊時，荀遐經常會來接她回去，面對她的脾氣，也總是一笑置之。他記得秦姝嫻每項喜好，也會在她說話時默默為她布菜。

如此想來，難怪荀遐會說出那番話。他大概是意識到此次行動的結果難以預料，百般思索之下，忍不住對秦姝嫻吐露了半分心事。

然而這話不好直截了當說出口，姜菀只能按捺下心思，耐心聽秦姝嫻說起與荀遐的一樁樁過往。

她今日似乎格外有分享欲，從兩人自小的相識說起，一直說到如今。

姜菀默默聆聽，望著秦姝嫻的神情，忽然意識到，秦姝嫻對此事懵懂不知，對這一切毫無所覺。在她心中，荀遐大概只是青馬竹馬的玩伴跟多年的朋友。

她想著想著，就見秦姝嫻停了下來，顯然是在等自己的回答。

姜菀慎重思索了一下，才道：「荀將軍應該是有很重要的事想親口對妳說，才會在臨行前對妳說那些話，妳不必太過憂心。」

秦姝嫻嘆了口氣道：「看來只能等他回來後親自問一問了，只盼他別給我出什麼難題。」

很快的，朝廷公布了沈澹一行回京的消息。聽聞此次行動不僅逼退天盛，還了結藥粉一案的幕後推動者，沈澹厥功甚偉。

在沈澹歸來之前，姜菀手邊已經存了不少信件。她揣著那些信，滿心歡喜地等著見到他的那一日。

然而隊伍已經抵達京城三、五日了，姜菀卻依然沒見到沈澹。她起初以為是他要先入宮覆命，稍事歇息後才會來見自己，可直到她偶然在街角巷尾看見荀遐時，才意識到事情似乎有些不對勁。

「荀將軍！」姜菀叫住荀遐，匆忙走上前。「沈將軍回來了嗎？」

荀遐一怔，面色不太自然地說道：「回來了。」

「那他這幾日的公務忙完了嗎？」

荀遐不擅長裝傻，只好老老實實道：「已經忙完了。」

姜菀點點頭道：「既如此，那我可以去他府上探望了吧？」

「姜娘子！」荀遐突然提高聲音，攔住了她的去路。「這幾日妳可能……不能去。」

「為何？」姜菀疑惑不解。

他動了動嘴唇，艱難地解釋道：「將軍他……尚有要務在身，恐怕無暇見妳。」

這態度令姜菀心生懷疑，但連番追問之下，荀遐始終三緘其口。她隱約有了不好的預感，辭別荀遐後立刻就往沈府去了。

守門的僕從認識姜菀，不敢阻攔，可她卻在通往院子的路上被長梧攔住了。

長梧匆促地趕了過來，神色雖然憂愁，仍勉強向她笑著解釋。「小娘子來得不巧，阿郎此刻不在府上。」

姜菀站在長梧面前，輕輕吸了口氣，便嗅到一絲淺淡的藥味，似乎不是沈澹平常用來治療胃疾的藥。

她斂了神色，說道：「沈將軍真的不在府上？」

長梧正要點頭，卻見一個人從他身後的廊廡盡頭奔來，那人似乎沒發現姜菀，滿頭大汗地對長梧道：「阿郎醒了，可以服藥了。」

他的速度實在太快，長梧根本來不及勸阻，此話被姜菀聽了個一清二楚。她臉色遽變，急問道：「他在府上？到底怎麼了，為何要服藥？你快說！」

「姜娘子，恕難從命。小的也是……也是奉了阿郎的命令，不能告訴妳實情。」長梧低著頭，不敢看她。

姜菀見他這吞吞吐吐的樣子，知道一定是出了什麼事。她咬緊牙關，正想再追問幾句，偶然一低眸，卻發覺那向長梧稟報的僕從衣角上似乎沾了些深褐色的印子。

比起滴落的藥漬，更像是……乾涸的血跡。

姜菀只覺得頭腦「轟」的一聲，如同被大錘重重敲了一記。

擔憂與驚懼的情緒一起湧上心頭，姜菀顧不上太多，從長梧旁邊繞過，便要往院子走去。

「姜娘子！」長梧慌忙攔在她面前。「阿郎的命令小的不敢違背，請恕小的不能放您進去！」

「那你告訴我，他到底怎麼了？為何自回京後便遲遲不曾露面？連荀將軍也不肯告訴我真相？」姜菀又氣又急，聲音不自覺顫抖了起來。

長梧訥訥道：「阿郎……阿郎他……」

第五十九章　異域中毒

姜菀見長梧說不出個所以然來，索性不再追問，加速朝沈澹生活的院子走去。

長梧不敢阻攔，只好一面說著「姜娘子留步」，一面竭力阻擋她的視線。

尚未靠近沈澹的臥房，屋內便傳來聲響，似乎是瓷器摔在地上，接著，是熟悉卻又壓抑的咳嗽聲。

姜菀的腳步猛然頓住了。她從未聽過沈澹這般痛苦的聲音，他本是一個心志堅定的人，怎會如此?!

想到那乾涸的血跡，姜菀深吸一口氣，一顆心狂跳，緩緩走近，推開虛掩著的門扉。

甫一進屋，便是一股濃重的藥味。姜菀放輕步伐，往臥房深處走去。

長梧緊隨其後，知道再也瞞不了她，垂下了頭。

「長梧，」沈澹聲音低啞。「把藥端來。」

姜菀沒說話。若是平日，以沈澹的耳力與感知，早已察覺她的氣息，可如今，他卻以為來者只有長梧。

她輕輕揭開紗簾，走了進去。

沈澹正坐在窗邊榻上，一手攥成拳垂落身側，另一隻手平放在案桌上，指尖微蜷。他腳邊散落著數片碎瓷，不知是因何緣故摔落的。

他半晌沒聽見長梧的聲音，便緩緩抬起頭看了過來。那張面龐蒼白憔悴，眼底是細密的血絲。

姜菀鼻子一酸，眼眶迅速泛起濕意。

對上那雙眸子裡的驚愕與心疼，沈澹頓時怔住，倉促地低下頭去，本能地想要遮掩，卻很快就意識到，在這個情形下，他的神情與舉動都無所遁形。

「阿菀，妳——」他剛一開口說話，便劇烈咳嗽了起來。

姜菀默默走上前，輕輕地替他撫背順氣。她的手心隔著衣裳貼上他脊背的那一刻，沈澹的身子輕微一顫。

他轉開臉沒看她，語氣低沈。「妳怎麼來了？」

「若我不來，你是不是打算一直瞞著我？」姜菀努力穩住語氣。

沈澹沈默了一下，柔聲道：「我沒什麼大礙。」

姜菀發現他袖中露出手帕的一角，她心念一動，很快就將那帕子抽了出來，卻見其上有星星點點血跡，顏色鮮紅，顯然是剛沾上沒多久。

她咬住嘴唇，聲音哽咽。「即便如此，你還要說自己並無大礙嗎？」

一旁的長梧端來湯藥，低聲道：「阿郎，趁著藥還溫熱著，快些服了吧。」

待沈澹服過藥、漱了口，長梧才退下去掩上了門。

見沈澹氣息漸漸平和，姜菀才道：「在邊境這些日子裡，究竟發生了什麼？事情是不是並不似你塘報中說的那樣順利？」

事已至此，沈澮已經沒有瞞她的必要。「其實藥粉之事處理得也算順利，那些人很快便被盡數緝拿。到達邊境幾日後，便聽聞天盛國內再度爆發動亂，他們自顧不暇，已無餘力與我們爭鬥，加上無法與我朝有貿易往來，對他們來說亦是重創。

「當初天盛國君崩逝後奪取政權的八皇子，對內殘暴不仁，招致百姓罵名，因此原本的太子乘機集結勢力反抗。那位八皇子早已因終日尋歡作樂而透支身體，受此驚嚇，竟然暴斃了。那位太子與我朝向來交好，我們便助他坐穩位置，他也立下契約，此生絕不與大景為敵，還交出罪魁禍首賀蘭懿，任憑我們處置。」

姜菀沒想到短時間內竟發生了這麼多驚心動魄的事。「然後呢？」

「我去見了賀蘭懿，他說自己並不想對我怎麼樣，只要求我同他比試一場。」沈澮的唇角揚起一抹冷厲的笑。「我無心戀戰，只想盡快解決此事，他卻以言語相激。

「賀蘭懿說他父親賀蘭易曾對我父親下過戰書，父親卻不敢應戰，是個懦夫。」沈澮說到這裡，怒氣上湧，呼吸急促起來。「賀蘭易此人居心叵測，他當年向父親提出比試的請求，並非真心實意想切磋，而是想在比試中傷害父親，從而折損我朝駐守邊境的兵力，父親豈能應他？

「我雖知賀蘭懿是故意刺激我，卻還是無法忍受父親被人誣衊，惱恨之下便與他打了起來。此人空有拳腳卻無功夫，不過幾招便被我擒住。我正欲下手了結他，他卻說有件往事要告訴我。」

沈澮狠狠一拳擊在案桌上，咬牙切齒道：「他說，賀蘭易當年暗中命人在父親的飯菜中下了使人筋骨痠軟的藥，父親服用後才會中了他的毒箭，進而身亡……可恨我這麼多年來一直不知真相！」

姜菀聽得心驚。「軍紀如此森嚴，他是怎麼得手的？」

沈澹道：「當時大軍駐紮之地附近有不少流民，父親心慈，常命人給他們布些吃食，賀蘭易卻重金利誘其中一人，設法潛入廚房下藥。」

他眼底的血色更濃了。「我以為父親是因為那枝毒箭而倒下，卻沒能發覺他在中箭之前便已有不適……我有何面目當他的兒子？賀蘭嶅對我大加嘲諷，說我枉為人子，我大怒之下動了殺機，卻在催動內息時感到暈眩，且喉頭腥甜，我深知情況不妙，便抓緊時機一掌掐斷他的頸骨，親手解決他。」

沈澹沈默了片刻後，繼續說道：「之後我虛弱無力、呼吸急促、難以安寢，並會……咳血。我知道自己中了毒，可解藥早已被賀蘭嶅毀去，雖有藥方，但藥材的比例只有賀蘭嶅知曉。」

姜菀覺得自己的一顆心彷彿被刀割過一般，她握住沈澹的手問道：「此毒毒性強烈嗎？」

沈澹回道：「郎中說此毒並不致命，但若是清除不盡，後患無窮。解藥所需的那些藥材並不難找，難的是要找出最合適的比例，在此期間，試藥必不可少。只是其中幾味藥材的藥性烈，可能會導致我的身體產生較大的反應。」

「……什麼反應？」姜菀低聲問道。

沈澹默然良久後，艱難地說道：「或許會情緒失控、發狂傷人。方才我便險些克制不住，才會抬手打翻了案桌上的茶盞與碗碟。」

「所以你才不肯讓我知道此事嗎？」姜菀望著他明顯消瘦的臉頰，情不自禁地伸手輕輕撫了起來。

沈澹握住她的手腕道：「阿菀，我怕自己無意識間會傷害妳。倘若妳有個三長兩短，我絕對無法原諒我自己。」

「可你不告訴我，我便會日日夜夜掛念。」姜菀用另一隻手摩挲著他的頭髮。「況且，不論是什麼事，我們都應該一起面對，你何苦瞞著我？」

說著，她的語氣急切了起來。「你可知，今日我在房門外看見僕從衣角上的血跡、聽見你的咳嗽聲時，究竟有多慌張？你怎麼忍心讓我被蒙在鼓裡，為你懸心？」

姜菀轉過身去，悄悄拭去眼角的淚。

沈澹察覺她語氣哽咽，心頭一窒，輕輕張開手臂，從身後擁住她。「對不起，阿菀，我不是有意讓妳擔心的，我只是怕自己……怕自己無法好轉，落下一身的毛病，連累妳一輩子。若真是那樣，我──」

「你要怎樣？難道你要永遠不見我，不同我說話了嗎？」姜菀扭過頭，雙眼濕漉漉的，帶著幾分不甘、幾分委屈。

沈澹被她那眼神刺痛了，不由得低下頭，卻未作聲，像是默認了。

「沈泊言，自從你離京那時，我便想清楚了你那個問題的答案。我想過，縱使前路會有許多曲折坎坷，我也會義無反顧地同你並肩走下去。可是，僅僅是這件事，你便不願讓我知曉。」姜菀嗓音沙啞，帶著濃濃的失望。

她抬手抹了抹淚，掙開沈澹的懷抱，道：「既如此，我便走了。」

然而姜菀才剛邁出一步，手腕便被人牢牢抓住。

沈澹臉上掠過喜色，迫不及待地抓住她。「阿菀，妳……」

終於得到姜菀肯定的回答，他忽然有些語無倫次起來。「阿菀，我只是……擔心自己無法好轉，我……我不是存心想欺瞞妳——」

沈澹察覺到自己的力道強了一些，他生怕握疼了她，慌忙鬆手，卻見姜菀慢慢轉過身，表情雖還帶著責備，但眼底的冰雪卻融化了。

「你一定會好的！」姜菀伸手掩住他的唇。「只要乖乖聽郎中的話，好好吃藥，怎麼會好不了？」

她溫熱的掌心輕輕貼著他的唇瓣，掠過細微的癢意。沈澹自姜菀的手指上方看她，眼神中有許多她看不透的情緒。

沈澹握住她的手，緩緩貼在自己心口處。

姜菀聽見他柔聲道：「阿菀，我知道錯了。往後，我不會再瞞妳任何事。

「我都聽妳的。」他低聲呢喃。

沈澹鼻間嗅著姜菀身上的淺淡香味，原本疼痛欲裂的太陽穴似乎被輕柔的泉水撫過，思緒瞬間清明。

目光所及是小娘子嫣紅飽滿的唇，他彷彿被蠱惑了一般，緩緩低下頭。

「阿郎，郎中來——」

長梧的聲音十分煞風景地響起，兩人同時回過神。姜菀這才驚覺她距離沈澹的唇只有幾寸，不由禁一陣慌亂，下意識後退了一步。

沈澹重重吁出一口氣，壓下心頭湧動的情緒，轉頭看向來者。「何事？」

長梧的後半句話卡在喉嚨裡，他察覺自己似乎壞了阿郎的好事，不由得尷尬笑道：「阿郎，郎中來為您把脈看診了。」

「請他進來吧。」

既然有外人來，姜菀不好露面，便順勢走到他臥房中的屏風後，靜靜等候郎中的診脈結果。

姜菀聽沈澹與郎中簡單寒暄幾句之後，外面便安靜了下來，想是開始把脈了。片刻後，鄔郎中道：「郎君的症狀已有所好轉，但體內毒素依然尚未清除，先前開的藥方我已調整過，明日起郎君便可用新藥方。這些日子，郎君可能會出現一些反應，這是正常的，只需身邊人小心伺候便可。除去辛辣之物，郎君的飲食毋須忌口。」

「有勞。」沈澹吩咐長梧送郎中出去，這才對著屏風後方道：「人已經走了，出來吧。」

姜菀撫著心口，努力平復呼吸。她慢慢走了出來，目光四處梭巡，就是不看他。

沈澹覺得這樣的她甚是可愛，不由得抿唇一笑。

姜菀佯怒瞪了他一眼，沈澹便斂了笑，說道：「阿菀，這些日子食肆一切可安好？」

她頷首道：「放心。」

他看向窗外道：「時候不早了，我送妳回去。」

姜菀搖頭道：「不必，你好好歇著吧。」

她見沈澹似乎想強撐著起身，便道：「讓長梧送我便好。」

沈澹只好無奈地叮囑道：「萬事小心。」

長梧與姜菀離開院子沒多久，就聽她問道：「府上的晚食準備了嗎？」

他搖頭。「尚未準備。這幾日阿郎的胃口不好，用晚膳的時間通常偏晚。」

姜菀低聲說道：「今日他的晚食我來做，不要聲張，就當作是給他一個驚喜。」

長梧愣了愣，就見姜菀已經朝廚房走了過去，他只好跟上去道：「實在不必煩勞小娘子。」

不過她卻挽起了袖子，笑道：「無妨。」

姜菀想到沈澹吃藥定然口中發苦，便想做些酸甜開胃的點心跟菜餚。她見廚房裡有上好的紅糖，便打算做道甜點。

把糯米粉揉成麵團，用濕潤的紗布覆蓋放置片刻，搓成大小大致上相同的小丸子，放入鍋中用沸水煮開後撈出。小丸子煮熟後，於鍋中加水放紅糖與少量薑片，煮到紅糖融化，撇去薑片，倒入小丸子，煮到湯汁變得濃稠，再撒些芝麻便能食用了。

紅糖很暖胃，小丸子咀嚼起來軟糯富有彈性，芝麻點綴其上，除了甜味，又添了幾分香味。

她又做了一道開胃的酸甜茄丁，便被長梧勸阻了。「小娘子若是再這般勞累下去，只怕阿郎會責備我們。」

姜菀只得依了他，剩下幾道菜交由沈府的廚子去做。

一切都準備好以後，她端起自己親手做的點心與菜餚，同送膳的僕從一道往沈澹的院子走去。

長梧扣了扣門，說道：「阿郎，廚房將晚食送來了。」

沈澹應了聲，姜菀便走進去，將托盤輕輕放在食案上，隨後笑意盈盈地在他對面坐下，迎著沈澹愕然的目光說道：「先前我答應過要陪你用一次膳，我可不會食言。」

沈澹眉頭舒展開來，唇角勾起一個弧度，說道：「好。」

他的目光巡視了一圈，看著那兩道被她親手放在面前的食物，問道：「這兩樣是妳做的嗎？」

姜菀沒說話，只遞了筷子給沈澹，示意他嚐嚐看。

沈澹挾起一塊茄丁，慢慢咀嚼起來。

茄肉有肥厚的肉感，若是烹調合宜，甚至能做得比肉還香。不過這道酸甜茄丁走的是開胃可口的路子，先將茄子切丁，裹上芡粉油炸一遍，炸出外酥裡嫩的口感，芡粉能保留茄肉的水分，讓炸過的茄丁不會變得乾澀。淋在上面的醬汁則酸甜可口，能夠去除油膩感。

沈澹近日確實胃口欠佳，吃起東西來沒什麼滋味，偏偏又不能吃重口味的食物，這酸甜口味正合他意。除了茄丁，酸甜醬汁也能用來拌飯，讓米飯吸飽湯汁，綿軟細膩、極易入口。

他替姜菀盛了湯，又為她布了菜。長梧在一旁悄悄覷著，心想阿郎對姜娘子真是情深，不惜親自為她做這些事。

兩人相對而坐，雖然食不言，但偶爾目光相接，俱是一笑。

明亮的燭火之下，飯菜的香味在房內飄動，被炭火的熱度熏烤得越發濃郁。沈澹恍然間產生了一種錯覺，他與姜菀是一對恩愛夫妻，這只是他們平日生活中最尋常的一頓餐飯。她就坐在自己身旁，與自己親暱地挨在一處，共同品嚐料理。任憑屋外的寒意如何刺骨，他心頭卻溫暖如春。

「明晨要入宮嗎？」姜菀放下筷子，用帕子拭了拭唇角。

沈澹示意長梧帶人收拾食案，又奉茶讓兩人漱了口，才道：「是。這幾日聖上有要務在身，我得侍候在側。」

姜菀忽然想起一件往事。「我曾在松竹學堂外見到您與一位郎君並肩而行，那人是誰？」

沈澹道：「正是微服出宮的聖上。」

「難怪那人氣度不凡，原來是天子。」姜菀感慨了一句，新的疑惑又湧上心頭。「他為何會去學堂？」

沈澹略一遲疑，才說道：「是為了見一個人。」

姜菀見他似是有千言萬語要說，再聯想從前經歷的種種事情，頃刻間便明白了。「……是蘇娘子？」

「妳是怎麼知道的？」沈澹有些訝異。

姜菀道：「從前我送阿荔去學堂時，曾偶然碰見一位衣飾華貴的婦人，是蘇娘子的二嫂。她身邊的侍女說，蘇娘子似乎與一位身分神秘的貴人有來往。」

她睨了沈澹一眼，抿嘴笑道：「我親耳聽見沈將軍與她的對話時，險些以為那位貴人便是您呢，還想著這真是一樁曲折的姻緣。」

這玩味的語氣讓沈澹淡淡一笑，道：「阿菀如此聰穎，怎會看不出其中的玄機？」

開了幾句玩笑，姜菀就斂容問道：「那位求娶蘇娘子的人竟是聖上？可我記得他不久前不是舉行了立后大典嗎？」

沈澹輕嘆一聲道：「他兩人的牽扯由來已久。那時蘇娘子還在宮中當女官，與聖上幾乎日日相見，聖上對她情深一片，蘇娘子卻執意不肯在深宮中了卻餘生，因此一到了能出宮的年紀，就毫不猶豫地離開了。

「她一走，聖上頓時悵然若失，才會時不時微服出宮去看她。然而蘇娘子極有自己的想法，她一心想開辦學堂，讓更多尋常人家的孩子也有唸書進學的機會，反倒不在意自己的婚事，更不願入宮。他兩人各有苦衷，只能留下遺憾。聖上身為天子，不能讓中宮之位空置太久；蘇娘子醉心學堂之事，斷不會捨棄。」

「相濡以沫，不如相忘於江湖。」姜菀喃喃道：「這便是皇親貴胄在婚事上的無奈之處吧。想來朝中有頭有臉的人，都不可能完全隨心所欲。」

「阿菀，妳放心，無人會置喙我的婚事。」沈澹望著她道：「我此生只會娶自己心愛之人，妳是唯一。」

他目光灼灼地盯著姜菀，看得她雙頰微紅，倉促地移開目光道：「什麼婚事？八字還沒一撇呢，沈將軍想得有些遠了吧？」

沈澹啞然失笑，緩緩握住她的手摩挲著說道：「好，我不說了。」他換了話題。「我記得妳說過想擴充店鋪，進行得如何了？」

第六十章　福兮禍兮

這日，沈澹去顧府探望顧元直。

聽自己的弟子說完邊境此行諸事，顧元直便放下茶盞，從案桌上抽過一張紙遞給沈澹，說道：「泊言，你瞧瞧這個。」

沈澹見紙上繪著奇異的花紋，像是肆意生長的枝蔓，又似纖細茂盛的香草。他微皺眉，說道：「似乎是一種植物？」

顧元直道：「你且將這圖案倒過來瞧瞧。」

沈澹依言將圖案倒過來看，許久後，他才緩緩道：「仔細一看，極像一個篆字——徐。」

顧元直頷首道：「沒錯，正是『徐』字。」

沈澹問道：「不知老師從何處得來這個圖案？」

「這是我按照一枚長命鎖上的花紋繪製下來的。」顧元直眉頭微蹙。「泊言，你可知這其中緣故？」

沈澹見他的神色，心中隱約有了猜測，沈聲問道：「與阿菀的母親有關？」

顧元直緩緩道：「她曾帶她母親的遺物來見我，託我為她打聽一二。我瞧這長命鎖的模樣實在少見，應當是特地製作的，便繪了出來。阿菀曾言她母親姓徐，名字中有『蘅』字，與家人失散那年約莫十二、三歲，有一位同胞兄長。這種種情況，倒與一人的境況十分相似。」

沈澹垂眸道：「徐尚書多年來一直在尋找胞妹，他們兄妹亦是在平章縣那場洪災中失散的。不瞞老師，我也命人暗中尋找阿菀家人的線索，但尚未有確切消息。」

顧元直眉頭輕輕一皺。「我會先向亭舟詢問一番，讓他設法向徐茂然問出一些當年的細節。若是條件都對得上，那麼阿菀這孩子或許真的與徐茂然有血緣。只是，不知此事對阿菀來說，福兮禍兮？我瞧她並非貪慕榮華之人，又生性瀟灑，若真認了這個舅父，於她會不會反而是種束縛？

「徐茂然對己對人都極嚴格，徐家亦是規矩森嚴。」顧元直嘆了口氣。「罷了，多說無益，還是等我從亭舟那邊打探消息吧。」

沈澹應聲。「是。」

顧元直並未將實情告訴徐望，而是用了些其他理由請他打聽。徐望亦未察覺不對勁，依言向自己的父親旁敲側擊問出了一些細節。

消息傳回顧宅，沈澹聽到顧元直轉述，便知道真相已浮出了水面。

據徐望說，他那素未謀面的姑母閨名喚作徐芷清，小字阿蘅，與家人失散那年剛滿十三歲。

徐氏夫婦疼愛一雙子女，特地命人打造了兩枚長命鎖，鎖上的花紋分別與兩人的名字相呼應，同時又巧妙地設計成一個倒轉的「徐」字。

失去往日記憶的徐娘子只記得親人喚她「阿蘅」，便誤以為自己的名字是徐蘅。正因如此，這麼多年來徐蒼四處尋找，卻從未在居民的名冊上發現妹妹的訊息。

聽完這番話，沈澹陷入久久的沈默。想到阿菀除了妹妹以外尚有親人在世，他確實欣慰，卻不禁為她日後的生活懸心。以徐蒼對胞妹的感情，自然會加倍補償自己的外甥女，可他的補償對姜菀來說，會不會是適得其反？

「泊言，你怎麼看？」顧元直問道。

沈澹有些猶豫地說道：「老師，此事能否先不驚動徐尚書？或許先讓阿菀知曉真相，才是合適的做法。事關重大，若徐家貿然找上門，只怕阿菀會受到不小的驚嚇。為了讓她更平和地接受，不然我先告訴她，這樣待徐尚書前去認親時，她心中已有數，不至於驚慌無措。」

顧元直認同地點頭。「你考慮得很周全，那麼你便先去告訴阿菀吧，徐茂然那邊，我會先瞞住。」

「泊言……」顧元直叫住正欲告退的沈澹。「你對此事有何看法？」

沈澹說道：「無論阿菀做出什麼選擇，我都會站在她那邊，即使——」

他輕擰了擰眉。「即使她執意不肯更換身分，我也可以設法為她隱瞞。」

「泊言，你以為此事瞞得過去？」顧元直淡淡笑了笑。「徐茂然身為兵部尚書，一旦今日之事露出一點細微的風聲，他便有足夠的能力查出真相，毋須經過我們之手。以他的脾性，只要查清阿菀的身分，斷不會袖手旁觀。

「我想，阿菀不是懵懂的孩子，她一定會逐漸接受這一切的。」顧元直道。

沈澹靜默了一會兒後，輕聲說道：「還請老師給我幾日，我會同阿菀說清楚的。」

自從與沈澹說起經營分店之事，姜菀便四處留心起來。只是鋪子好找，想各方面都令人滿意，卻很難。

永安坊內的便是本店，只是周邊的各坊，一時之間還真是難以抉擇。不過此事並非十萬火急，姜菀便秉承著順其自然的態度，徐徐圖之。

近日葷腥沾得多了，這一日午食，姜菀便做了不少素菜。

一道素炒三絲，清淡爽口。這「三絲」究竟是哪三樣，眾說紛紜。姜菀選擇了胡蘿蔔、青椒跟馬鈴薯，三種顏色相互搭配，既好吃又好看。

除此之外，她還洗了不少金針菇，加入粉絲與蒜蓉燉煮。蒜末與辣椒用熱油爆炒一番，香味熱辣又滾燙，再加一些醬油等調味料，翻炒均勻後澆在金針菇與粉絲上，很下飯。

飯後，姊妹倆在櫃檯後閒聊，姜荔突發奇想道：「阿姊，妳能不能在長樂坊開一家分店？」

姜菀失笑道：「這店哪是想開便能開的？若是沒食客，即便開店，也是白費力氣。」

只見姜荔煞有介事地說：「蘇夫子教我們，世上無難事。」

「若想開設分店，不僅需要銀錢，還需要找到合適的鋪子。」姜菀道：「既不能太大，也不能比目前的食肆小，最好還要靠近路邊與坊門，這樣才能吸引更多客人。」

下一刻，姜菀聽見有馬車聲在食肆外停住。她抬起頭，見到了一個意料之外的人。

「蘇娘子？」姜菀頗感意外，從櫃檯後迎了出去。「妳怎麼來了？」

蘇頤寧今日穿了身雪青色的衣裳，臉上帶著微微的笑意。「快過年了，今日我去東市那邊親自挑了些東西，回程恰好路過這兒，便想同姜娘子打聲招呼。」

她的目光緩緩掃視著食肆，啟唇笑道：「方才聽姜娘子說，似乎有擴充店鋪的打算？」

姜菀赧然道：「我跟阿荔隨口說的。」

蘇頤寧略一沈吟，說道：「姜娘子既然提及此事，我倒是有些話想與妳說。」

姜菀引她入內坐下，沏了茶道：「蘇娘子但說無妨。」

蘇頤寧的眉眼間恍若罩上一層烏雲，幽幽嘆道：「想必姜娘子有所耳聞，我與兄嫂的關係越發不好了，如今我幾乎不回府，日常起居皆在園子裡。

「年後，學堂會再招收一些學子，到時每日要準備的飯食的分量會更多。莫娘子本就辛苦，我怕她承受不住，可經歷了前段時日的藥粉之事，我擔心若招一個素不相識的人來料理吃食，會有不可預知的風險。」

說到此處，蘇頤寧輕抿了口熱茶。「思來想去，姜娘子無疑是最合適的人選。」

姜菀心念微動，卻沒急著開口，而是聽蘇頤寧繼續道：「只是如今食肆與松竹學堂相距有些遠，點心也就罷了，若是飯食送過來，恐怕就冷了。」

「蘇娘子是想讓我去松竹學堂做事？」姜菀問道。

蘇頤寧搖頭道：「我是想問問姜娘子，是否有在長樂坊開設姜記食肆分店的打算？」

姜菀微怔。

「姜娘子曾與縣學做過一段時日的生意，日日送午食的食盒過去，若是長樂坊內亦有這樣一家食肆，便能用此方法解決學堂的午食或晚食。如此既能讓莫娘子不至於過度勞累，又不會讓飯食變得冷硬而難以下嚥。」

姜菀細細一想，覺得這不失為一個好法子。她本就有擴充店鋪的念頭，奈何囿於現實，不知從何下手。

蘇頤寧似乎明白她的擔憂，淺笑著道：「我家附近恰好有一處鋪子在對外招租。因房主與我家是舊相識，我便留意了一下，那鋪子看起來似乎很適合用來當作食肆。若姜娘子有意，不妨前去看看。」

姜菀思索半晌之後，道：「事關重大，蘇娘子容我考慮一下再給出答覆吧。」

蘇頤寧欣然同意，又坐了一會兒便告辭了。

送走蘇頤寧後，食肆眾人一起圍了過來，思菱問道：「小娘子打算接受蘇娘子的建議嗎？」

周堯則道：「只是如此一來，人手怕是不夠用。」

店小二也就罷了，掌勺之人實在不夠。

姜菀擰眉道：「除非招幾個人來當學徒，先跟著我學一段時日。」

「可是怎麼能保證做出來的飯菜同小娘子的手藝一樣呢？」思菱問道。

姜菀說道：「這正是問題所在。即便我能事先定下所有食單跟食譜、寫清每道料理的用量與火候，一旦開火，還是會出現種種無法控制的情況。手藝是需要慢慢磨鍊的，譬如宣哥兒，他如今便能獨當一面。

「這件事很需要時間，絕非一朝一夕能完成的，」姜菀道：「因此我得慎重思考才能作出決定。」

接下來幾日，姜菀一直在思索擴張店鋪一事的利弊，卻遲遲無法拿定主意。

這日午睡起來，天空又飄起了雨。隨著天色越來越陰沈，雨勢變大，淅瀝落下，敲在窗櫺上，發出規律的聲響。這樣的雨讓屋內的空氣越發窒悶，姜菀想去關窗，乍一起身，卻忽然有些頭暈目眩，忙扶住桌角。

「小娘子不舒服嗎？」思菱擔憂地走上前道。

姜菀正要搖頭，卻見食肆大門被人推開，沈澹緩步走進來。

他撣了撣衣裳上的雨珠，這才走近姜菀道：「阿菀，我有一件要緊的事想告訴妳。」

姜菀見他神色嚴肅，便問道：「怎麼了？」

沈澹離她近了，才察覺到她面頰上有不正常的紅暈。他神情一凜，伸手探了探她的額角，旋即斂容道：「妳發燒了。」

姜菀摸了摸自己的額頭，道：「興許是著涼了，不礙事，你說吧。」

「妳的身子要緊。」沈澹轉頭吩咐跟自己一同前來的長梧道：「去請郎中來。」

長梧應聲去了，而姜菀則覺得頭更暈了，她腳底發軟，身子歪了歪。

沈澹忙伸手輕攬住她的肩，道：「回房躺著等郎中來，好不好？」

姜菀確實有些捱不住了，便點頭道：「好。」

兩人正欲往院子去，卻聽見食肆的門被人敲響了。

周堯前去開門，來人是徐望。

沈澹面色不禁一沈，頓時意識到了什麼，姜菀則疑惑道：「徐教諭，您怎麼來了？」

徐望第一眼便瞧見沈澹放在姜菀肩頭上的手。他眼神一黯，卻沒說話，而是看向姜菀。

那是姜菀從未見過的眼神。兩人分明認識，可他的目光卻好似第一次見到她——難以置信、若有所思……諸多情緒交雜在一起。

姜菀以為自己眼花了。下一刻，沈澹的聲音便響起。「今日阿菀身子不適，恐怕不宜見客。」

徐望淡淡道：「沈將軍難道不知我的來意？茲事體大，豈能耽擱？父親今日入宮，得到消息後已快馬加鞭趕了過來，且命我先行一步來此。」

他注視著沈澹道：「沈將軍難道不是『客』？」

沈澹容色緊繃，聲音隱含怒氣。「我已經請徐教諭莫操之過急，你卻執意如此，甚至不惜驚擾阿菀的病體。」

徐望面色無波道：「姜娘子若是知曉真相，必然同我有一樣的想法。」

這如同打啞謎般的對話讓姜菀一頭霧水。她強撐著病體問道：「你們在說什麼？」

徐望溫聲道：「姜娘子不必多想，只是有一件與妳相關的幸事罷了，待會兒妳便知曉。」

沈澹正欲開口，卻聽見食肆大門被人猛地推開，有人冒著風雨、挾帶一身濕意，大步走了進來，卻在望向姜菀的那一刻生生止住了步伐。

那是她曾有一面之緣的人，當朝兵部尚書，徐蒼。

徐蒼上前一步，竭力想從眼前的人臉上辨認出胞妹年幼時的模樣。十三歲的阿蘅有著清秀稚嫩的眉眼，笑起來溫和甜美。

父親的身子並不好，母親常忙於照料他，因此兄妹倆小小年紀便互相照顧扶持。阿蘅總愛拉著自己的衣角，聲音輕柔地喚自己「阿兄」。她性子軟和卻不嬌弱，幼時常與湯藥為伴，卻從不曾使過小性子，最多不過是委屈地對自己抱怨一聲「苦」。

她最愛吃櫻桃煎，喜愛那酸甜相間的味道。她能面不改色地喝下一大碗湯藥，然後笑盈盈地向自己伸出手討這道小點。這個時候，他便會拿出準備好的蜜餞讓她吃下去。

那時雙親尚在，父親雖只在平章縣做個小官，俸祿算不上豐厚，但家中總是和樂融融。徐家祖上曾被一樁舊案牽連，父親卻憑藉著勤懇清廉的為官之道，逐漸擺脫了舊日的陰霾。他在公事上一絲不苟、為百姓著想，若不是那場天災，他或許很快就能升遷，帶著一家人去更富庶的地方。

緊貼著頸項的長命鎖早被他的體溫捂得溫熱。徐蒼還記得，母親含笑著為自己與阿蘅戴上長命鎖時，說道：「這是阿娘請人特地做的長命鎖，你們往後一定會平平安安、長命百歲。」

她將兩枚長命鎖湊在一處，輕聲道：「這上頭的花紋正是你們的名字，也是阿娘對你們的祝禱。你們兄妹兩人一定要彼此扶持，任何時候都不能棄對方於不顧。」

然而蒼天無眼，降下那樣一場災禍。父親在災後染上時疫進而病逝，朝夕相處的妹妹也徹底失去了音訊。彼時還是個少年的徐蒼從未覺得眼前之路這般晦暗過，讓他幾乎支撐不住，不知該如何面對往後的一切。

可他不能沈溺於悲傷之中，因為母親需要他。驟然喪夫、失女，徐母經歷的是摧人心肝的刻骨之痛。然而，她望著眼前的兒子，不得不強迫自己堅強起來。

只是在那之後，徐母越發沈默，常常鬱鬱寡歡。徐蒼別無他法，只能埋頭苦讀，終於考中功名，沒有辜負父親在世時對自己的殷殷期許，也終於有能力讓母親不再受苦。

歲月如梭，徐母直到亡故都還在思念著夫君與女兒。徐蒼跪在母親的病榻前，暗暗發誓一定要找到妹妹。

他不信阿蘅真的不在了。多年來，他不顧旁人的勸阻與質疑，一直四處尋找妹妹，卻始終沒有結果。

興許是上天垂憐，他總算有了阿蘅的消息。

徐蒼雙手緊握，嘴唇微微顫抖。

他的思緒回到了昨日晚間。

伏。

「阿爹，我有一件事要對您說。」徐望面色凝重，在徐蒼面前微微躬身。

「何事？」徐蒼從書案後轉過身來，手中還握著一卷書。

徐望忽然有些語塞，不知該如何說出接下來的話，才不至於讓父親的情緒有過大的起伏。

他遲疑良久，才緩緩道：「聽說，老師他……似乎有姑母一家人的消息。」

一聲輕響，徐蒼手中的書落了地。他猛然抬起頭，神色變幻不定，以為自己聽錯了。

「你說什麼?!」

顧元直自然沒主動向徐望透露消息，徐望卻得知自己的老師受姜菀囑託，要為其找到親人。配合之前曾在書房裡看到的那個圖案，以及老師向自己打聽姑母的訊息，徐望心裡有了猜測，便去找顧元直問了個清楚。

「老師的一位故人之女帶來一枚長命鎖，懇請老師為她尋找其母失散多年的親眷。據她說，她母親多年前在平章縣那場洪災中走失，此後未再與親人重逢。那長命鎖是她母親貼身之物，上面的花紋是個倒轉的『徐』字……她母親的名字，與姑母的小字相同。」

他從懷中取出繪有圖案的那張紙遞給徐蒼。「阿爹應當還記得姑母那枚長命鎖的圖案吧，不知是否一樣？」

徐蒼雙手顫抖地接過紙張，只一瞥便眼泛淚光。他看著那熟悉的蔓草形狀，聲音嘶啞。

「一樣。」

他緊緊攥住那張紙，問道：「除此之外，還有沒有其他證據？」

其實，不需要什麼其他證據了。名字、年齡、地點跟信物……樁樁件件都對得上。

徐望低聲道：「不然您親自去看，姑母一家住在永安坊內的姜記食肆內，只是，姑母她……」

他話還沒說完，徐蒼便開口打斷了。「我知道了。明日一早，我們便去永安坊一趟。」

第六十一章 血親相認

次日一早，徐蒼正打算去永安坊，卻被聖上一道旨意傳進宮裡。好不容易捱到出宮，偏偏又下起大雨。

徐蒼乘著馬車到了永安坊，路面濕滑，馬車有些堵塞，他等不及，索性下車一路往姜記食肆的方向走過去。素來潔淨的袍角被雨水與泥水沾染，他卻毫不在意。

看著姜記食肆不算特別大卻很乾淨的店面，徐蒼一陣恍惚。他此前從未想過，有朝一日自己竟會與這裡有了不可分割的關係。

徐蒼記得，那個讓他時常怒嘆「朽木不可雕也」的虞磐，曾與這家食肆的人發生過衝突。當時他只覺得家醜豈可外揚，要兒子妥善處理此事，不料自己與店主竟是舅甥關係。

進了食肆，再次對上那小娘子明媚的眉眼，徐蒼有一瞬間的恍惚。在顧元直府上瞧見她時，並不知他們之間有如此牽扯。

這個小娘子，便是阿蘅的女兒吧？徐蒼定定地瞧著姜菀，問道：「妳阿娘呢？」

儘管心裡已經有底，然而徐蒼還是想確認，兒子所說之人，是否真的是自己的妹妹。

姜菀覺得額頭越發滾燙了起來。她努力保持清醒地看著徐蒼，不禁有些疑惑。這位徐尚書好端端的為何會找上門來，還無緣無故問起自己的阿娘？

這話她尚未問出口，便聽見一旁傳來姜荔的聲音。「阿姊，妳怎麼——」

姜茘走了過來，卻發現自家食肆內多了幾個陌生人。她防備地噤了聲，立刻躲在姜菀身後。

她的長相，馬上引起徐蒼的注意力。

姜茘過完年恰好是十二歲，眉眼已經漸漸長開，只是面龐尚存孩子的稚氣。徐蒼看著她，便如同看見了多年前的阿蘅，那如出一轍的眉眼，活脫脫是那個曾拉著自己衣袖、無比依戀自己的妹妹。

只此一眼，徐蒼便知道自己不必再找什麼證據了，眼前兩個孩子是阿蘅的女兒無疑。他情緒翻湧不息，顫聲道：「妳們的阿娘呢？」

徐望眸中掠過不忍，低聲道：「阿爹，昨日您沒聽完我的稟報。姑母她……已經不在人世了。」

然而徐蒼卻置若罔聞，只看著姜氏姊妹倆，再度問道：「妳們的阿娘呢？」

姜菀下意識地看向沈澹，見他神色中帶著悲憫，卻毫無防備之意，不由得更加疑惑。

此時姜茘忽然從姜菀身後探出身子，紅著眼睛道：「阿娘已經不在人世了！您別再問了。」

徐蒼身為兵部尚書，在繁重的公務與經常挑燈夜戰的忙碌生活中卻甚少生病，可說是有一副鐵打的身子。然而他從姜茘口中聽到那句話之後，整個人彷彿瞬間被抽去了力氣，跌坐在椅子上。

「阿爹！」徐望連忙上前攙扶。「您還好嗎？」

徐蒼耳邊只剩下那句「已經不在人世了」。這麼多年來，他一直不肯說服自己接受阿蘅已經離世的可能性，他覺得只要不是親眼所見，阿蘅就一定還在人世。起初，他是為了寬慰母親與自己，後來，便成了自欺欺人，似乎只有這樣，他心底的愧疚與後悔才能稍稍減輕一些。

無數個輾轉反側的深夜，徐蒼無比痛恨當年的自己，為何沒再小心謹慎一些。若是他看顧好阿蘅，又怎會與她走散？

然而，得知最不願聽見的消息，他有如迎頭遭到重擊，懷抱多年的念想就這樣被無情擊碎，最後一絲希望也就此破滅。

徐蒼緩緩低頭，不讓人看到自己眼中的熱淚。他鼻息沈重，隱約帶著哽咽。

眼前之人的舉動讓姜菀一頭霧水，不過逐漸加劇的頭痛卻讓她面色遽變，雙腳發軟。

她定了定神，問道：「莫非您與我阿娘是舊識？」

「舊識？」徐蒼的神情苦澀，好似瞬間蒼老了許多。

他勉力起身朝兩人走了幾步。「我是妳們阿娘的阿兄，也是……妳們的舅父。」

「什麼？」姜菀驚愕地瞪大雙眼，愣在原地。

舅父……這個陌生的稱謂讓她的思緒空白了一瞬，這位徐尚書，竟然是阿娘的兄長?!

姜菀抿了抿乾澀的唇，猶豫道：「您說是……我們的舅父？有何證據？」

談話間，徐望接過一名僕從匆匆送來的紙卷。他展開後掃視了一圈，又交給徐蒼，道：

「阿爹，府上的人已經查清楚了。」

徐蒼看完後，將那紙卷遞給姜菀道：「亭舟早已命人快馬加鞭去了平章縣，設法查清當年之事，細節都對得上。京城這邊，我也讓人查了戶籍名冊，妳阿娘確實是我的胞妹。

「她小字阿蘅，與我們失散後便以『蘅』字為名，以至於我不曾在名冊中認出她。」徐蒼眼含熱淚。「她搬來京城，在此居住幾年之久，我卻毫無察覺。若我再多心一些，便不會與她生生錯過！」

他握拳重重擊在案桌上，彷彿感覺不到疼痛。「我一門心思尋找阿蘅，卻也是我自己錯過了見到阿蘅的機會。我實在愧對她，讓她吃了這麼久的苦頭！」

徐蒼眼底蓄淚，倉促地轉過頭去，沒當著眾人的面落下淚來。兩人卻看見他輕微聳動的肩膀，那一向挺直的脊背也無力地彎了下去。此時此刻，徐蒼並非什麼位高權重的兵部尚書，只是一個痛失胞妹、滿心悔恨的兄長。

姜菀從他的話當中理清了來龍去脈。她回憶著阿娘日記中的隻言片語，那些殘缺的片段漸漸與徐蒼的敘述重合在一起，那個在阿娘有限的記憶裡溫和可靠的兄長，與眼前這個表情淒苦的男人合而為一，讓她一時說不出話來。

徐望上前低聲勸慰。「阿爹，此事不是您的錯，世事無常，人力豈能抗衡？」

默然良久後，徐蒼抬頭看向姜菀與姜荔，仔細梭巡著兩人的眉眼，他看著看著，視線漸漸模糊。

姜荔對眼前發生的一切沒回過神，呆呆地站在姜菀身後。

徐蒼顫抖著手，從懷中取出一個匣子，裡面放著一枚長命鎖。他道：「妳們阿娘也有這樣一枚長命鎖，對嗎？」

姜菀點頭。

他柔聲問道：「我可以看一看嗎？」

思菱將匣子取來以後，姜菀便將那長命鎖遞到徐蒼面前。

徐蒼攤開掌心，讓兩枚長命鎖緊緊挨在一起。他道：「這上面的圖案恰好契合我與阿蘅的名字，倒置後看又是一個『徐』字。」

姜菀凝神看了過去，從未想過那圖案背後藏著這麼一層深意。

「相信了嗎？我確實是妳們的親舅父。」徐蒼望著兩人道：「妳們阿娘……這些年過得好嗎？」

姜菀猶豫著沒開口。阿娘這一生該怎麼說呢？她前半生顛沛流離，好不容易過上安生日子，食肆的生意也上了軌道，卻遭遇丈夫過世的打擊，最後自己也在病榻上離世。

沒等她回答，徐蒼便苦笑了起來。「怎會好呢？若是好，她今日便該站在這裡同我說話才是，她分明比我小幾歲，卻——」

他眼底忽然浮起一絲冷意，問：「阿蘅的郎君對她如何？」

姜菀道：「阿爹跟阿娘琴瑟和諧，彼此愛重。」

徐蒼怔忡良久，道：「阿蘅有沒有留下什麼東西或什麼話？」

姜菀輕聲道：「阿娘最大的遺憾便是沒能再見到自己的親生父母與同胞兄長。」

徐蒼身子一震，喃喃道：「她……最後想起來了嗎？」

說起阿娘辭世前後的事情，姜菀眼圈微紅。「阿娘對往事的記憶不夠真切，但她始終記得自己與雙親及兄長失散多年，只是想不起他們的名字，儘管她希望我替她完成心願，卻也明白此事難為，若是無可奈何，也不必心懷有愧。」

徐蒼抿去眼角的淚水，溫聲道：「好孩子，妳是叫阿菀嗎？妳的妹妹……叫阿荔對嗎？」

兩人點頭。

「妳們是阿蘅的骨肉……」他似喜似悲。「上天終歸還是憐憫我的。」

徐蒼打量著食肆內的布局，透過被風掀動的門簾看向院子的房屋，說道：「冬日嚴寒，這小小的地方如何能遮風避雨？府裡已為妳們收拾了院子，阿菀，妳同阿荔跟舅父回去住吧。」

他飽含歉疚的目光定在兩人身上。「往後，舅父便是妳們的親人，萬事都有我。」

姜菀本能地拒絕。「不必了……舅父，我與阿荔在這裡住得挺好的，屋子雖不大，但該有的都有。」

話音剛落，姜菀便打了個噴嚏。暈眩感越發強烈，全身好似都沒了力氣，眼皮也沈重得掀不開。

沈澹察言觀色，及時扶住了她的身子。

「這是怎麼了？」徐蒼這才注意到姜菀帶著病容，不由得著急起來。「來人，快去請郎中來！」

的郎中上前為她診治。

沈澹道：「徐尚書，郎中已經到了。」

徐蒼這才察覺到沈澹的存在，不禁微微擰眉。「沈將軍？你怎會在此？」然而眼下不是盤問此事的好時機，徐蒼見姜菀雙頰泛著不正常的紅暈，忙令一旁等候著的郎中上前為她診治。

郎中很快為姜菀把脈，道：「小娘子乃是風寒入體，才會起了高燒。我開一副藥方，照著方子煎藥服用些時日，便會痊癒。」

徐蒼皺了皺眉道：「既然病了，不如隨舅父回府裡將養。」

姜菀下意識搖頭道：「我——」

沈澹聲音溫和。「姜娘子病體未癒，若是更換起居之處，恐怕不利於休養，不如等她痊癒後再說。」

徐望亦道：「阿爹，此事不必操之過急，還是讓……姜娘子先養病要緊。」

謹慎思考過後，徐蒼也覺得確實如此，不過他還是放心不下，吩咐道：「從府裡撥些細心妥帖的侍女來照顧她們姊妹，再增派護衛守在店外。亭舟，若是我忙於公務無暇來此，你要常常過來探望。」

姜菀咳了一聲後，說道：「舅父不必如此大費周章，這不過是小病，實在不需要這麼大的陣仗。」

只是徐蒼認定的事無人能改變，他執意把對妹妹的愧疚盡數彌補在兩個外甥女身上。

姜菀見徐蒼態度堅決，不好違逆他的意思，只好答應。

徐蒼緩緩把那兩枚長命鎖收攏在掌心，喉頭哽了哽，低聲道：「阿菀，待妳身子好全，便帶舅父去祭拜妳阿娘吧。」

姜菀點頭道：「好。」

侍立在側的僕從上前道：「郎主，有幾份緊急公文需要您閱示。」

徐蒼別無他法，又對姜菀百般叮囑，這才離開。他雖然走了，徐望卻留了下來，似乎是替父親在此處守候。

思菱按郎中的方子抓藥，煎好以後端了上來。姜菀接過藥碗一飲而盡，被苦得皺起一張臉。

沈澹遞上一小碟點心，是剛剛自外面買來的奶油松瓤捲酥，道：「吃一些緩緩。」

等到嘴間的苦澀味褪去，姜菀才在姜荔與思菱的攙扶下起身，對徐望道：「徐教諭恕罪，我實在捱不住，得回房歇著。您請回吧，不必守在這裡。」

她又看向沈澹，對他露出安撫的笑容，這才向院子走去。

沈澹目送姜菀離開，這才緩緩轉過頭與徐望對視，淡淡道：「徐教諭有何事？」

「姜娘子既然已經歇息，沈將軍還不打算告辭嗎？」徐望的目光帶著審視。

沈澹面色無波道：「徐教諭，請。」

兩人並肩走出食肆，徐望看向沈澹，狀似無意道：「沈將軍似乎與姜娘子頗為熟識。」

沈澹平靜道：「此等私事，不勞徐教諭費心。」

兩人在街角轉向不同的方向，片刻後，沈澹再度回到姜記食肆。

他放心不下，同思菱等人打了聲招呼後，便去了院子裡的臥房。

這是沈澹第一次進到姜菀的房間，他目不斜視，慢慢走到床榻邊。

姜菀服了藥，正昏睡著；一旁的姜荔雙手捧著臉，頭一點一點的。

沈澹輕輕一笑，喚了思菱跟宋鳶進來，讓她們把姜荔帶去她的房間歇著，姜菀這邊則由自己守候。

思菱留了個心眼，雖退了出去，但還是守在門外。她知道自家小娘子的心思，但畢竟男未婚、女未嫁，她要時刻提防沈將軍做出什麼失禮的事。

沈澹自然知道外面守著人，他不在意，只靜靜在床邊坐下。

見姜菀的手露在被褥外，沈澹便握住她的手腕，輕輕塞進被褥。

姜菀雖病得迷迷糊糊，但一碰到他的手便牢牢攥緊不肯鬆開，像是小孩子撒嬌一般。

沈澹任由她握著，用另一隻手拿出一旁銅盆裡的手巾，替姜菀擦拭額角冒出的汗。

姜菀迷迷糊糊地動了動身子，口中低聲呢喃著什麼。

沈澹以為她醒了，便湊過去聽她說話。可他才一低下頭，姜菀就碰巧翻了個身，拉扯他的手，讓他整個人往前傾了傾。

鼻間掠過一陣馨香，姜菀的唇如蜻蜓點水般擦過他的臉頰。

沈澹整個人都僵住了。

那點溫軟一觸即離，姜菀很快就翻過身去，將頭埋進枕頭，低低囈語著睡去，徒留沈澹心跳如擂鼓，半晌沒回過神來。

小娘子的呼吸聲似乎還在他耳邊，那溫熱的氣息透著若有似無的蠱惑。

沈澹靜默許久，緩緩抬手碰了碰方才她碰觸到的地方，忽然覺得耳根有些燥熱。他望著她熟睡的側顏，將她鬢邊幾根髮絲捋順。

徐蒼的行為果然如自己所料。一旦找到胞妹的骨肉，便會不惜代價要讓兩個孩子留在自己身邊，以此彌補多年來的愧疚。

不過沈澹知道，這一切讓姜菀始料未及，她無法馬上坦然接受，安心地隨徐蒼回徐府住下。

況且眼下她病著，病中本就多思，倘若在這個時候去了徐府，只會讓她更加無措。

沈澹就這樣靜靜坐在床榻邊，等著姜菀醒來。

不知道過了多久，姜菀從睡夢中掙扎著睜開雙眼。她摸了摸自己的額頭，覺得熱度似乎退了一些。

「小娘子醒了？」思菱扶著她坐起來。「小娘子出了汗，我備了溫水，擦一擦，換衣服吧。」

姜菀整個人虛弱無力，任由她扶著換了身衣裳，又喝了些水，才道：「我睡多久了？」

她瞄了天色一眼，發覺差不多已是傍晚，果然聽思菱道：「酉時了，小娘子一定餓了。宣哥兒已經備好晚食，小娘子要用些嗎？」

見姜菀點了點頭，思菱便將一張木製小几放在床上，在她身後墊了些枕頭，朝屋外道：「阿鳶，快把小娘子的晚食端進來吧。」

姜菀看著面前被擺上一碗雜糧粥、一碟清炒白菜、一碗蒸蛋，還有一小籠香菇青菜包跟一碟鹹菜。她原本覺得嘴裡沒味道，然而聞到食物的香氣，還是恢復了些胃口，拿起木勺舀了一口粥，吹了吹後送入口中。

放下木勺後，姜菀頭一轉，卻看見立在一旁的人並非宋鳶，而是一個意想不到的人。

「阿慈？」姜菀詫異道：「妳怎麼會——」

她忽然憶起今日的一幕幕，想起徐蒼垂淚的模樣，以及他臨走時的殷殷囑咐，頓時恍然大悟道：「是徐尚書……舅父讓妳來的？」

鐘慈下意識想屈膝向她見禮，姜菀連忙道：「阿慈，我們是舊識，不必在意虛禮。」

「多謝小娘子。」鐘慈柔柔地笑了笑。「郎主命人傳話，說是找到了失散多年的外甥女，須從府上挑些人過來好生照料著。郎主一直在找尋胞妹，此事府上眾人都知曉，沒想到姜娘子就是郎主胞妹的女兒。」

姜菀沈默片刻後，說道：「此事確實出乎意料，我從未想過這種事會發生在自己身上。」

鐘慈柔聲道：「這是好事啊。郎主雖看起來嚴肅，對小輩卻極好。小娘子既然是郎主的外甥女，他一定不會再讓您受半分委屈的。」

「委屈？」姜菀輕嘆一聲。「其實我不覺得自己受到什麼太大的委屈。」

她輕描淡寫，鐘慈卻搖搖頭道：「食肆前些日子遭受的風波，我也有所耳聞。在京城這樣的地方，小娘子能挺過質疑，讓食肆有今日的光景，實屬不易。

「既然有郎主在，小娘子往後就不會再遇到那種事了。」鐘慈真心為她高興。

「可是……」姜菀欲言又止。

思菱道：「小娘子先趁熱吃吧，待會兒東西要涼了。」

姜菀只好先用晚食，等思菱收拾好退下去，她才向鐘慈道：「舅父吩咐多少人過來？」

鐘慈道：「大約十餘人。夫人已派人收拾好院子，想來等小娘子痊癒，郎主便會接您與妹妹回府裡住。」

第六十二章　堅守信念

聞言，姜菀遲疑了。她覺得現在的住處很好，雖然小，卻溫暖。若是長久居住在舅父家，一是沒有歸屬感，二是高門大院規矩繁多，只怕不如目前自在。

可是看徐蒼看來斷然不容拒絕。她是真不知該如何與這位舅父相處，一時頗為發愁。

鐘慈見她模樣倦怠，便道：「小娘子休息吧，我就在門外，若是有什麼事，只管喚我進來。」

「阿慈，」姜菀道：「我這裡不需要這麼多人守著，你們不如回府去吧。」

鐘慈為難道：「這是郎主的吩咐，我們實在不敢違背。郎主命我們看顧好小娘子，幾名護衛都守在食肆跟院子外，小娘子安心養病便是。」

姜菀只得無奈道：「我知道了。」

等鐘慈離開後，姜菀慢慢躺回被褥裡，忽然想起自己昏昏沈沈時，沈澹似乎陪在她身側。只是她醒了卻不見他的身影，大概是回府去了吧。

姜菀望著床帳頂部，不由自主地想念起他。她這會兒心緒繁雜，很希望有個傾訴對象，為她拿拿主意。

她閉上了雙眸，下一刻卻聽見身旁傳來極輕的腳步聲。有人伸手過來碰碰自己的額頭，似乎鬆了口氣。

姜菀睜開眼，對上沈澮的目光。

「怎麼沒休息？」他關心地問道。

她輕輕抿唇，說道：「院子裡都是人，你是如何悄無聲息地進來的？」

沈澮低低笑了笑，說：「若是連這點本領都沒有，我怕是要向聖上辭職了。」

姜菀意識到自己問了個蠢問題，不由得笑道：「是我病糊塗了。你還沒回府嗎？」

沈澮握著她的手道：「我想妳一定滿腹心事，怎會一走了之？」

姜菀心中一暖，艱難地支起身子從床上坐起來。

沈澮連忙為她披上衣裳，將手爐遞過去讓她暖著，又仔細替她掖好被角。

姜菀靜了靜，才開口說道：「其實我現下心緒混亂，不知如何是好。」

沈澮默默望著姜菀，聽她訴說。

「我習慣了隨心所欲的生活，卻忽然發現我有一位身為朝臣的舅父，他還執意要接我去府裡居住。」姜菀眉頭輕蹙。「這消息對我而言，有如晴天霹靂。」

沈澮沈默片刻後，說道：「其實在徐尚書來之前，我想對妳說的，便是此事。」

姜菀轉頭看向他道：「你早就曉得了？」

他點點頭說：「我原本想找個好時機告訴妳，讓妳有足夠的時間接受，沒想到徐尚書這般急切地趕過來，直截了當告訴妳真相。」

她怔了怔。「是……伯父告訴你的？」

「是。自從妳與老師說起此事，老師與我心裡便有了猜測。」沈澮道：「徐尚書多年來苦苦尋覓胞妹之事並非秘聞，我們自然知曉。因此，當妳說起令堂姓徐，也是在平章縣那場洪災中與家人離散時，我便將自己的想法告訴老師。老師說他亦有此推論，只是沒有確鑿證據，不便告訴妳。」

「所以，你們當時便猜到了這一切？難怪伯父會忽然問起阿娘是否有什麼信物。」姜菀道。

沈澹道：「徐望身為徐尚書之子，又自小拜在老師門下，雙方關係親近，問起事情來也算方便。因此老師畫下那長命鎖上的圖案後，便設法向徐望打聽清楚，得知徐尚書亦有一枚自幼佩戴的長命鎖，稍稍比對訊息後便確認了。」

「難道僅憑一枚長命鎖，便能斷定了？」姜菀喃喃道。

「自然不會如此草率。方才徐尚書也說了，徐教諭派人詳細查探過，證據確鑿了才會前來尋妳。」沈澹見她有些失神，便柔聲寬慰道：「阿菀，妳有什麼憂慮的事情嗎？我願意聽妳說。」

「我……」姜菀咬著下唇，遲疑半晌後，才低聲道：「那麼，我日後便要寄居在舅父府裡了嗎？」

沈澹說道：「徐尚書如今是妳唯一在世的長輩，於情於理都會對妳們姊妹多加照拂，斷不會放任妳們不管的。」

「可是……」姜菀眉頭緊緊蹙起。「我不知曉高門大院的生活是什麼模樣，若有很多規矩與束縛，我怕我會做不好。」

她的神情流露出彷徨無依，沈澹心頭一軟，道：「妳不喜歡那樣的生活，是嗎？」

姜菀看著他，緩緩點頭。

「不會的。」他握住她的手。「即使徐家真的規矩森嚴，以阿菀的聰慧伶俐，也一定很快就能適應的。」

她長嘆一聲，將頭埋進被褥裡。「我生性本愛自由，還是不喜歡被束縛。」

「放心，」沈澹安撫道：「日後妳一定可以自在生活。」

日後？姜菀猛然從被褥中抬起頭注視他。

沈澹輕咳一聲，不太自然地移開目光。「日後妳就是沈府唯一的女主人，想做什麼都可以。」

此話一出，兩個人都悄悄紅了臉。姜菀沒想到他會提及這種事，畢竟他們才剛開始談情說愛，進度未免太快了些。

不過在沈澹看來，既然確定了心意，就該早早定下婚事，如此才算是圓滿。

他瞧姜菀似乎還沒做好準備，便微微笑了笑，道：「我隨口一說罷了。阿菀，萬事都以妳的意願為主。」

姜菀低下了頭。她無暇細想婚事，只想著病癒後該如何面對徐家的人。

對於那個陌生的府邸，她尚未踏足，便已經打從心底開始不安了。

姜菀養病期間，徐蒼跟徐望常來探望，但因男女有別，只在外間問候了幾句，並未進入她的臥房。

待姜菀徹底痊癒時，徐府的車馬一早便候在食肆外。

這些日子，姜菀無暇顧及生意，好在食肆諸人相互配合，才不至於讓店內亂了套。

用過早食後，姜菀帶著姜荔向食肆外走去。

「小娘子……」思菱原本想跟過去，但姜菀擔心店中人手不夠，便勸她留下。

宋鳶小聲道：「小娘子這一走，食肆還能繼續開下去嗎？」

姜菀默然良久，說道：「或許會很困難，但只要我在，我便不會捨棄姜記。這是阿爹跟阿娘多年的心血，豈能就這樣折在我手中？」

她叮囑道：「此去不知何時才能回來，店中便勞你們多多費心了。」

「師父保重。」宋宣低聲道。

徐府的僕從掀開車簾、放下車凳，姜菀牽著姜荔小心地上了車，一路向徐府而去。

就如姜菀所預料的那樣，徐府處處透著嚴肅的氣息，僕從皆斂聲屏氣，不敢高聲說話。

前來迎接兩人的是舅母虞氏身邊的侍女，為首者名喚錦雲。

錦雲帶著她們進了垂花門，沿著抄手遊廊一路入內，過了穿堂、繞過屏風，才抵達正房。

這個時辰，徐蒼父子都不在府上，因此姜菀進入房間，第一眼看見的就是一位眉眼溫和的婦人。

她心中有底，帶著姜荔屈膝行禮道：「見過舅母。」

虞氏含笑起身，牽著她的手道：「妳就是阿菀？」她又看了看一旁神色拘謹的姜荔道：「這是阿荔吧？

「快坐吧。」虞氏讓兩人在椅子上坐下，又吩咐侍女上茶。

她的語氣溫和如春水，帶著長輩的體貼與關懷，讓初來乍到、本就緊張的姜菀暗自鬆了口氣。

虞氏嘆道：「昨日聽妳舅父說起，我才知曉妳們姊妹倆近來過得很辛苦，先是雙親辭世，又以女子之身經營食肆謀生。到底是我與你舅父沒能早日找到妳們，才讓妳們受了這麼多苦楚。」

「舅母這是哪裡的話。」姜菀忙道：「此事是外力所致，人力無法與之相抗，況且，現在也算是圓滿了。」

徐蒼父子先後歸家之後，大夥兒一起吃了頓飯。用過膳，徐蒼夫婦便與姜菀談起食肆的事。

他眉頭輕蹙道：「如今的世道，京城的生意並不好做，何況妳是女兒家，可曾受過什麼委屈？」

姜菀笑了笑，道：「目前為止還算順遂，舅父放心。」

徐蒼頷首。「過去之事無法扭轉，但是往後妳不必再那般辛苦了。舅父必會好好照顧妳們，讓妳們過得同其他適齡女郎一樣，品茶、撫琴、女紅、焚香。從前妳流落市井，經商是無奈之舉，但目前情形不同，不必再過那種日子了。

「至於食肆，大可以交由旁人，作為妳的閨中產業，妳不必親力親為。」徐蒼補充道。

姜菀沈默片刻之後，說道：「舅父，我並不想捨棄食肆，也不放心交給旁人。」

她鼓起勇氣看著徐蒼嚴肅的面龐說：「我想靠自己的力量繼續經營食肆。」

徐蒼的面色先是一凝，接著緩和了一下表情，溫聲道：「為何？」

姜菀道：「食肆是阿爹跟阿娘的心血，無論如何，我都不能棄它於不顧。」

徐蒼勸說道：「舅父並沒有要妳收起食肆，只是由旁人代理。妳身為待字閨中的小娘子，何必日日與柴米油鹽為伴？」

姜菀微微笑道：「我曉得舅父心疼我，不肯讓我再被油煙味熏著。但自從阿爹臥床，我便接過了食肆的重擔。起初，我們在崇安坊每日賣早食，還清了房子的賃金；後來，房主坐地起價，幸虧有他人介紹，才不至於被迫付更高的賃金。去了永安坊後，我們才一步步有了今日的光景。」

其實不需要她說，徐蒼的人已經將過去的事都調查清楚了，正因如此，他才知道那些往事並非如她所說那樣簡單。

徐蒼沈默不語，一旁的虞氏見狀，忙勸解道：「阿菀，今時不同往日了，何不讓自己更輕鬆自在些呢？從前為了生存，妳不得不做食肆生意，但妳們已不必再為生計發愁，何必這樣勞累？」

姜菀又道：「阿爹與阿娘離世後，若不是有這間食肆，只怕那時的我不知該如何生存下去。我之所以能順利在雲安城站穩腳跟，也是食肆的功勞。

「況且……」姜菀有些猶豫地說：「雖然舅父與舅母疼愛我們，讓我們有了寄居之處，但我已不是懵懂孩童，哪能心安理得地接受你們的接濟呢？」

「阿菀，妳不必過意不去。」徐蒼道：「舅父跟舅母是妳們最親的人，會視妳跟阿荔如女兒一般，亭舟該有的，妳們不會少。」

姜菀低聲道：「我只是想像阿爹一樣，靠自己的本事將食肆經營得更好，也算是不辜負阿娘的期望。」

提到徐蘅，徐蒼的神情就變得悵惘。他出了一會兒的神，才長嘆道：「阿蘅幼時性子看似柔和，實則最倔強，一旦拿定主意，任憑旁人如何勸說，都不肯改變心意。看來，妳跟她一模一樣。」

「所以……妳確定要繼續經營食肆是嗎？」徐蒼問道。

姜菀點頭。

徐蒼沈吟許久，方道：「既如此，那我也不阻攔。只是妳的詩書禮儀不可荒廢，因此不可日日留在食肆，明白嗎？」

姜菀深知已是徐蒼極大的讓步，當下便頷首道：「我明白，多謝舅父。」

「阿菀，往後這裡就是妳們的家，不必再煩惱或恐懼了。」徐蒼望著姜菀，柔聲道。

對上徐蒼飽含慈愛的目光，姜菀鼻尖一酸，低聲道：「好。」

說完正事，虞氏便吩咐侍女領著姊妹倆前往各自的院子，並分別為她們指派了侍女、嬤嬤，房中一應家具、器物跟衣裳都準備了最好的。

姜菀不習慣隨時有人在一旁伺候的感覺，她用了一盞茶後，便打算出去走走。

出了院子後，她在路上遇到前來探訪的徐望。

兩人已不單單是點頭之交，更是有血緣關係的表兄妹。姜菀有些不自在，對他喚了一聲。「表兄。」

「院子裡有沒有什麼需要添置的東西？不必拘束，儘管讓人告訴阿娘便是。」徐望溫聲道。

他看著微微垂下頭的姜菀，覺得這一切實在充滿了戲劇性。數日前他們還只是曾有過「過節」的店主與客人，眼下卻住在同一個屋簷下。

思及往事，徐望沈默了一會兒，才又道：「磐兒的脾性收斂了許多，不會再似從前那般無禮，妳放心。既然回來了，便安心住下吧。」

「多謝表兄。」姜菀道。

在徐府，姜菀每日晨起後就跟著女夫子唸書習字、學習刺繡女紅，午食偶爾親自下廚為舅父與舅母做些吃食，午後便出府去自家食肆忙碌一番。她心知往後無法再全身心投入食肆，有意放手讓宋宣等人去做，希望他們能早日獨當一面。

除此之外，她心中記掛著蘇頤寧說過的話，便趁出府的機會去了一趟長樂坊。

姜菀對蘇頤寧道：「蘇娘子，眼下我不能像從前一樣隨心所欲，若是想擴張鋪子，我須先知會舅父與舅母一聲。」

蘇頤寧淺笑道：「我明白。看來徐尚書對姜娘子繼續經營食肆之事並無異議，沒想到看似嚴肅古板的他，竟這般善解人意。」

姜菀抿了口茶，點頭道：「舅父他確實很通情達理，徐家算是書香世家，我以為舅父應當不會接受我拋頭露面、忙於商事。

「只是……」她秀眉輕蹙。「如今永安坊內的廚房全交給先前聘的一位廚子掌管，還能順利經營下去；若是要在長樂坊也開家店鋪，廚子人選除了我，似乎再無旁人了。」

蘇頤寧若有所思道：「若是我能為姜娘子找到幫手呢？」

面對姜菀微愕的目光，蘇頤寧笑道：「姜娘子，其實莫娘子有話想同妳說。」

說著，蘇頤寧派人去請莫綺過來。

莫綺來得很快，她看見姜菀，先是一喜，隨即又想起她目前的身分，便稍稍有些拘謹地笑了笑，道：「阿菀。」

姜菀上前握住她的手，態度一如往常。「莫姨有什麼事想同我說？」

莫綺朝蘇頤寧看了一眼，見蘇頤寧露出了鼓勵的微笑，她才開口道：「先前我聽蘇娘子說，妳有意在長樂坊開一家食肆的分店，只是苦於沒有人手。」

「正是。」姜菀頷首。「其實招幾位學徒應當不難，只是我平日無暇看顧。」

莫綺的眸光輕輕閃了閃，說道：「阿菀，若是妳放心，可將此事交給我。」

「莫姨此話何意？」姜菀疑惑問道。

經過莫綺一番解說之後，姜菀便明白了過來。

蘇頤寧與兄嫂再三發生衝突，她兄嫂為了阻礙她繼續開辦學堂，沒少從中作梗，導致許多人擔心蘇頤寧將來嫁人後，松竹學堂便無法維持下去，不肯輕易來此做事。因此，單靠松竹學堂之名，想在短時間內招到合適的人，並非易事。

至於姜記食肆，經歷了那麼多風波後，依舊屹立不倒，連縣衙也親自上門想重新與其合作，足以見其手藝絕佳，更不用說姜菀多了「兵部尚書外甥女」這個身分，想來謀差事沾個光的大有人在。

如果姜菀願意將分店開在長樂坊，她只需要在招人之初把關，後續經營之事就能交由莫綺代為管理。姜菀身為店主，只要時不時過來「視察」一番就行了。

莫綺道：「先前蘇娘子為我添的人手，經過這麼一段時間，算是與我配合得很有默契了，可以去食肆幫忙。」

蘇頤寧見姜菀半晌無言，便溫聲道：「姜娘子若覺得不妥，此事便之後再議，一切都以妳的意願為先。」

姜菀想了想，道：「待我今日回去後向舅父稟報一番，獲得他的准許便可。」

蘇頤寧與莫綺同時應聲。「好。」

徐府的晚食很豐盛，兼顧眾人的口味，許多食材也是姜菀過去負擔不起的。

用黃酥油加上麵粉做成的金乳酥吃起來很香甜，而玉尖麵形狀與包子類似，餡料通常是鹿肉跟熊白，有種很獨特的香味。

比起前面兩樣吃食，姜菀更愛吃銀餅，其內餡是乳酪，乳香味很濃、口感細嫩。

徐蒼見外甥女吃得滿足，這才放下心來。

飯後漱了口，姜菀這才去見徐蒼，將自己欲在長樂坊開分店一事的前因後果說明清楚。

姜菀面對徐蒼時已沒了最初的拘束，只是看著那張嚴肅的臉，還是忍不住有些忐忑。

昨日舅甥幾人去城外為徐蘅掃墓，回來後徐蒼便沈默了些。

當姜菀再度提起食肆之事時，徐蒼第一個反應不是反對，他心想，若是答應了，阿蘅在天之靈應當很欣喜吧？若是不答應，阿蘅一定會怨自己不通情理……

罷了，阿蘅已經不在了，她的女兒便是自己的女兒，只要行事不出格，答應她又何妨？

第六十三章　定情之簪

姜菀見徐蒼久久不吭聲，一顆心提了起來，正想著如何開口，卻見他緩緩說道：「阿菀，放手去做吧，舅父不會束縛妳，只要妳開心就好。」

「舅父……」姜菀沒想到他會這樣說。

徐蒼輕輕笑了笑，道：「不必在意旁人的聲音，妳就隨自己的心意吧，舅父會在妳背後為妳撐腰，妳不用擔心受委屈。」

姜菀心中感念，即使他們才相認沒多久，她依然在徐家感受到了許久不曾有過的溫情。她向徐蒼規規矩矩行了禮，道：「多謝舅父。」

正當姜菀打算告退時，卻聽徐蒼忽然問道：「阿菀，我有件事要問妳。妳與那位沈將軍，有何交情？」

姜菀稍稍遲疑了一下才道：「沈將軍是食肆常客，我與他算是熟識。後來，他被食肆養的狗咬傷，還因此牽扯出天盛藥粉一事。」

徐蒼皺眉道：「此事我也有所耳聞。不過阿菀，那日我與亭舟去食肆見妳時，他也在場，我看得出他待妳的態度不同——妳應當明白舅父的意思。」

姜菀呼吸一窒，一時不知道說什麼才好，只能訥訥道：「舅父，我——」

徐蒼抬手止住她的話頭，道：「我在朝中多年，對沈泊言很了解。此人於政事跟品行方面無可指謫，只是性子冷淡沈悶，並非上佳的郎君人選。若要挑選郎君，必須慎之又慎，找到與自己志趣相投的人，才不會成為一對怨侶。」

「舅父放心，我明白。」姜菀道。

徐蒼頷首。「妳方才說沈泊言曾被食肆的犬隻咬傷？原來妳養了狗？怎麼沒聽妳提起過。」

姜菀遲疑道：「那隻狗是阿爹跟阿娘撿回來的，名叫蛋黃。我心想舅父家或許不方便，便讓牠繼續待在食肆裡了。」

徐蒼打量著姜菀的神情，深知她極為想念那隻狗，他笑了笑，道：「妳若是帶牠回來，只能在妳的院子裡待著，不可驚動旁人。」

姜菀愣了愣，這才意識到徐蒼這是同意她將蛋黃帶進徐府，不由得心中一喜，道：「多謝舅父。」

獲得徐蒼的同意後，姜菀先去了趟長樂坊，看看那處對外出租的鋪子。

那店面距離松竹學堂很近，地段不錯，寬敞明亮，不需要花太多心思整理，只要簡單清理一下便可。姜菀很滿意，與房主商議了一番，定下每個月的賃金，打算年後開始租。

解決完此事，姜菀便回到永安坊的姜記食肆。不少食客見到她，紛紛問候了幾句，多半是許久不曾見姜娘子了、不知往後食肆還開不開等等。

姜菀笑著給眾人吃了顆定心丸。「諸位放心，只要一日有客人，姜記便不會輕易閉店。」

進了廚房後，姜菀看了一下今日的食單。

冬日時節，羊排最滋補，不過姜菀不打算做炸羊排，而是用山藥、胡蘿蔔與羊排放在一處燉煮，待羊肉燉得軟嫩、湯汁濃郁清透，再適當撒上一些胡椒粉，既能調味又能去除羶味。

除了這道葷菜，還有一道鮮美且清淡的雪菜燉豆腐。雪菜對腸胃也很好，小火慢燉之下，鮮味會慢慢浸透至豆腐中。

姜菀手邊忙碌著，腦子卻不由自主想到了沈澹。前幾日她回程去了趟沈府，沈澹卻碰巧進宮去了。她向長梧問起沈澹的身體狀況，長梧說他體內的毒素基本上都清乾淨了，只是身子還沒完全恢復，需要慢慢調養。

想到這裡，姜菀打算待會兒再去沈府探望他。

「小娘子，」思菱的聲音在她身後響起。「這些日子小娘子過得如何？府上的人都好相處嗎？您——不曾受什麼委屈吧？」

思菱連珠炮似的提問讓姜菀淺淺一笑，伸手握住她的手道：「放心，我一切都好，舅父跟舅母對我處處關懷備至，沒受什麼委屈。」

思菱鬆了口氣，低聲道：「小娘子能喜樂順遂，我便安心了。娘子在天有靈，一定十分欣慰。」

姜菀輕輕嘆息了一聲。「只是我身在徐府，許多事情做起來到底不如從前在家裡那般自在了。

「不過有得必有失，」她展顏一笑。「總有一天我會習慣的。」

兩人又說了一會兒話，姜菀把即將在長樂坊開分店的事告訴其他幾人。「長樂坊那邊主要交由莫姨打理，我只要不定期去看看便好。」

當初莫綺與她說起此事時一臉感慨。「阿菀，不瞞妳說，自與李洪和離後，我也彷徨了好一陣子，若不是妳向我介紹松竹學堂的差事，我還不知要怎麼過活，是妳讓我定了心。」

她輕柔一笑。「起初，我很畏懼外界的一切，不知道自己和離後有沒有本事順利撫養蕓兒長大。但進入松竹學堂以來，看蘇娘子以一己之力將學堂經營得這麼好，我既欽佩，又感念她。

「正因如此，蘇娘子提起妳的食肆要開分店之事，我才會萌生這個念頭。我心想，趁著年歲尚不算大，要盡可能多做一些事，這樣往後蕓兒跟著我才不會受委屈。阿菀，妳能將食肆經營得這般風生水起，也很令我佩服。」

姜菀望著莫綺嘴角含笑的模樣，萬千情緒湧上心頭。未曾和離時的她頹靡憔悴，一副怯弱的模樣，如今她的眼眸中卻散發著光彩，徹底擺脫了李洪帶來的陰霾。

她思潮起伏，最後化作了幾句話。「莫姨，您一定可以的，往後食肆便有勞您多照看了。我們從前是鄰居，往後便是『合夥人』了。」

莫綺不知「合夥人」是何意，但依然笑道：「阿菀，我會盡力不讓妳失望的。」

想不到自家食肆除了發揮本身的作用，還能幫助更多人……

姜菀望著窗外的晚霞，微微笑了。

等到食客們點的菜都上完，姜菀又與幾個相熟的客人說了幾句話，便穿過大堂去了院子。她特地訂做了一個犬籠，用食物哄著蛋黃進了籠子。

思菱依依不捨地說：「我還真捨不得蛋黃。有牠在，晚上我總覺得安心些。」

姜菀摸了摸蛋黃的頭道：「若蛋黃不適應徐府，我怕是要送牠回來。舅父與舅母雖不介懷，但我也怕落人口實，畢竟我只是寄居於那裡。」

「小娘子別想太多了。」思菱摩挲著姜菀的手背，輕聲道。

等到食肆快打烊的時候，姜菀才準備離開。

裝著蛋黃的籠子用另外一輛馬車裝著，姜菀所乘的那輛車則靜靜停在食肆門前等她。

姜菀原本想等食肆快打烊時去沈府探望沈澹，然而想到昨日徐蒼說的話，她又有些犯難了。

她摸不透徐蒼對沈澹的態度。他雖然肯定了沈澹這個人，卻說他不適合做郎君，這究竟是何意？

思緒翻湧之間，姜菀恍然想起一些往事。她記得，從前沈澹與荀遐到食肆做客時，曾聽他們說過朝中的兵部尚書與沈澹有些不和，這麼說來便是舅父了？

姜菀不禁有些發愁。到底該怎麼做，才能調解這兩人的關係呢？

在院子待了片刻，她正思索著是直接去沈府，還是用什麼迂迴的法子跟沈澹聯絡時，就見宋鳶走了過來，道：「小娘子，沈將軍來了。」

姜菀雙眸一亮，心道他來得正好，有些話可以當面同他說一說。

下一刻，沈澹疾步走進來，片刻便到了姜菀面前。

「阿菀，」他低聲問道：「這些天妳還好嗎？」

姜菀仔細盯著沈澹的臉色，想判斷他的身體狀況是否見好，聞言點了點頭說：「我沒事。你呢？」

沈澹吁了口氣，站直身子道：「我今日聽長梧說，妳之前曾到府裡找我，但那時我被聖上傳召進宮去了，沒能與妳見面。妳放心，我已無大礙，再吃幾帖藥便能徹底痊癒了。」

姜菀點頭道：「再過幾日便是新年了，你的生辰是大年初一對吧？」

沈澹微怔，唇角旋即微微揚起。「想不到我的阿菀對我了解得如此透澈。」

姜菀臉上一紅，嗔道：「我也是聽別人說起的。你的生辰想怎麼過？或是想要什麼生辰禮？」

沈澹卻沒急著回答，而是輕輕把她的手納進自己掌心。「阿菀，妳的生辰是不是六月？」

姜菀道：「六月初六。」她好奇地問道：「你是如何知道的？」

「是個好日子。」他唇角輕抿，卻沒正面回答。「算起來，時間差不多。」

「什麼時間？」姜菀一臉的疑惑。

沈澹慢慢收斂了神色，變得認真起來。他後退一步，從懷中珍重地取出一只描金盒子。

他道：「阿菀，從前的生辰我並沒有什麼特別的感覺，更不在意什麼禮物。但現在不同了，我想向妳討一個願望。」

姜菀問道：「什麼願望？」

沈澹從盒子裡取出一支金鑲玉的簪子，玉石簪身溫潤剔透，雕琢成一朵清麗端雅的荷花，簪子上還垂著流蘇，隨著輕微的晃動而搖曳。

荷花正是六月花神。

他舉起那支簪子，聲音清潤而溫柔。「阿菀，我想同妳結為夫妻，長相廝守。我向上天立誓，此生只會有妳一位娘子，所以妳願意應允我的心願嗎？」

素來沈穩的沈將軍此刻的聲音流露出無措與緊張。暮色中，他的眸子光華流轉，泛著溫柔而繾綣的情愫。

姜菀的心好似被輕輕撞了一下。她微咬著下唇，目光定在沈澹所持的簪子上。

何以結相於？金薄畫搔頭。

他不催促，就那樣靜靜等著她回答。

姜菀的思緒飛得老遠，她驀地憶起兩人第一次見面時的情形，面色清冷的郎君拾起她遺落的手帕，也是從那一面之後，兩人的生活漸漸有了交集。

在她尚未察覺之時，他已經一步步走進她的生活，堅定卻不強勢。

沈澹見姜菀許久沒說話，眉宇間微微一黯，上前一步道：「阿菀，若是妳還有所猶豫，不需要今日便給出回答，我可以——」

他的話尚未說完，就見姜菀忽然低下了頭。

「替我插上吧。」她飛快地說道。

沈澹的手頓了頓，幾乎以為自己聽錯了。然而看著姜菀泛紅的面頰與揚起弧度的唇，他才意識到，這一切不是夢，她真的答應了。

喜悅如同潮水一般湧上心頭，他攥著簪子，覺得掌心都滾燙了起來，沙啞著聲音道：「好。」

兩人進了臥房，姜菀在妝鏡前坐下，伸手解開了一頭烏髮。如瀑般的青絲垂落，髮絲掠過沈澹的手背，那細微的癢意從皮膚一直蔓延到心底。

他喉頭一動，垂眸望著她的髮頂。

姜菀從鏡子中看著他專注的目光，不禁有些羞赧，便教他如何綰起頭髮，又如何將簪子插進髮髻固定好。

沈澹定了定神，按照姜菀的指示把那支簪子插在她髮間。

她側過頭對著鏡子打量起來，簪尾的流蘇隨著她的動作小幅度搖晃，細碎的金影閃過眸間。

姜菀與鏡子中的沈澹對視，恍惚間，心頭泛起一層層暖意。

沈澹看著她許久，情不自禁地低下頭，輕輕吻了一下她的髮頂，柔聲道：「我找人算過了，年後便是吉期，我請老師作媒提親好不好？」

「提親」兩字讓姜菀從一片柔情蜜意中抽離出來，抿唇不語。

沈澹見狀，笑道：「阿菀莫不是想反悔？」

姜菀道：「我只是……還沒做好準備。」

「妳毋須準備，」他撈起她的一縷青絲輕吻。「一切都由我來安排。我知道妳不願被束縛，我們成婚後家中無長輩，沒什麼複雜的規矩，妳也不必像其他女郎那樣學著做一個端莊賢淑的娘子。如今是什麼樣，往後還是什麼樣，我只想讓妳萬事遂心。」

姜菀卻在想另一件事。「若是舅父不同意怎麼辦？」

她轉身看著沈澹，問道：「我一直想問你，你從前在朝堂上與舅父有沒有什麼過節？」

到了這個時候，姜菀才真正把沈澹當成平輩對待，不再以敬稱喚他。

沈澹訝異道：「為何這樣問？」

姜菀眨了眨眼道：「舅父說你的品行無可挑剔，卻不是上佳的郎君人選。」

沈澹無奈一笑。「我與徐尚書政見上確實曾有過不合。阿菀，我不欲隱瞞妳，徐尚書是個極嚴肅、一板一眼的人，因此我們難免意見相左，偶爾也會爭執幾句。

「至於他說的那些話……」沈澹摸了摸她的髮頂。「他身為妳的舅父，想來是擔心妳被我騙了。或許在他眼中，天底下並無十全十美的郎君。」

姜菀睨著沈澹，開玩笑道：「那你到底是不是騙我呢？」

她明眸一轉，刻意壓低聲音喚了一句。「沈郎？」

那尾音勾得沈澹心頭彷彿燃起了一簇火。他喉頭一滾，下一刻便俯下身子，伸手抬起她的下頷。

兩人離得極近，她那對明亮的雙眸直直盯著他，眼瞳印著他的倒影。漸漸的，沈澹分不清是她在自己眼中，還是自己落進她眼底。

敲門聲忽然響起，思菱在外頭道：「小娘子，徐府的人問您何時回去？」

姜菀回過神，忙應道：「待會兒便回去。」她推開沈澹，說道：「我該走了。」

沈澹暗嘆一聲，道：「好。」

姜菀的雙頰泛著紅暈，正要開門出去，卻被沈澹握住了手臂。

他問：「提親之事，妳答應了嗎？」

姜菀被他問得不好意思，小聲道：「知道了。」

話音一落，她便掙開了沈澹，一路疾步朝食肆外走去。

沈澹望著她的背影，嘴角微揚。

姜菀回府後，先將蛋黃安置在自己的院落裡。頭一晚尚好，到了第二日，蛋黃漸漸表現出不適應的情況，頗為焦躁不安，她便盡力安撫。

鐘慈被撥到姜菀身邊服侍，她好奇地看著蛋黃問道：「這便是二娘子一直養著的狗嗎？」

徐蒼得知姜菀曾有一位夭亡的長姊時很感慨，便吩咐府裡的人按照姜菀在家中的排行稱呼她為「二娘子」。

姜菀點頭道：「牠叫蛋黃。」

鐘慈仔細端詳著蛋黃的毛色，道：「牠很適合這個名字。」

兩人蹲在籠子前閒聊，直到蛋黃慢慢平靜下來，才起身返回屋子。

恰好侍女端來一碗熱騰騰的桃膠燉雪梨，姜菀便簡單吃了一些。等她吃完，鐘慈便收拾碗盞走了出去。

隔天早上起來，天氣不錯，姜菀便在廊下擺了一張書案，迎著晨光看起了書。她低著頭，髮間那支簪子被日光一照，越發光彩奪目。

徐望過來的時候，正巧看見姜菀安靜地翻著書。她垂眸時的樣子恬靜而溫婉，那專注的神情讓他想起昔日在姜記食肆時，她曾對著那牆上掛著的字畫娓娓道來的模樣。

「表兄來了。」姜菀抬頭看見他，起身寒暄。

徐望輕咳一聲，問道：「在看什麼書？」

姜菀將手中的書卷攤開給他看，是一本講解丹青技法的書。她笑道：「我在丹青方面實在是一竅不通，聽舅父說，表兄從前頗擅此道。」

徐望怔了怔，道：「從前……近年來我有些慵懶，技法也生疏了許多。」

「舅父書房裡的一幅畫，便是表兄的作品。」姜菀道。

徐望淡淡一笑。「塗鴉之作而已，幸而阿爹不嫌棄。」

他眼底浮起一絲懷念。「年少時作畫的那種心境，不曾再有過。因此，我無法再畫出可與過去相較的作品了，如此想來，倒真有些可惜。」

姜菀若有所思。許久後，她開口問道：「表兄還記得姜記食肆中掛著的那兩幅畫嗎？」

徐望沒料到她有此一問，愣了愣才道：「什麼畫？」

姜菀觀察他的神色。「那兩幅畫的繪者是『漁舟居士』。」

徐望沈默了一下，笑道：「我不記得了。」

姜菀沒再追問，而是換了話題，指著書中一處字句向徐望請教。

徐望寥寥數語便為她指點了迷津，姜菀看著他，笑盈盈道：「多謝表兄。」

她巧笑嫣然、眸光澄澈，徐望愣怔了片刻，才回過神來道：「表妹不必客氣。」

他正思忖著要說些什麼，卻瞥見姜菀髮間那支簪子。那名貴的質地與精緻的雕琢讓徐望目光一凝，臉上的神色頃刻間暗了下去。

以簪為禮是何意，徐望一清二楚。不知為何，他有些莫名的煩躁。

「表兄？怎麼了？」姜菀見他面色忽然變得深沈，不禁問道。

「無事。」徐望溫和道。

又與姜菀說了幾句話，他才告辭離開。

今日徐蒼休沐，此刻正在府上。徐望稍加思索後，便朝父親的書房走去。

第六十四章 年末聚首

除夕當晚，聖上在宮中設下宴席，文武百官與皇室中人齊聚一堂，觥籌交錯，共同慶賀新歲。按照品級，徐蒼與虞氏都在赴宴之列，徐望雖然官階不高，但也能遠遠坐個席位。

只是如此一來，徐府內難免寂寥。徐蒼本想帶上姜菀與姜荔，但是又怕不合規矩，姜菀便主動說她們那晚要回去與食肆眾人小聚，一起吃頓年夜飯，等到他們自宮中回來，再回府一同守歲。

徐蒼答應了，又為她們安排了不少護衛，確保兩人在府外的安全。

今日是年三十，午後姜菀便出府去了食肆，看著店內的點心全都賣完，便掛上年間打烊的牌子，關緊店門。

年夜飯由她與宋宣一起料理，其餘幾人則在一旁搭把手。大家熱熱鬧鬧地把飯菜端上桌，還準備了一些酒助興。

幾人各自斟了酒，說了些吉祥話後，便大快朵頤起來。

姜菀平日並不飲酒，也不知自己的酒量如何，然而今日情況特殊，加上身旁都是可靠之人，她便放心大膽地喝了起來。

酒過三巡，思菱撫著自己紅撲撲的臉蛋道：「希望來年咱們食肆的生意能更上一層樓。」

宋鳶含含糊糊道：「希望來年咱們能開起酒樓。」

姜菀握住酒盞，在心底默默祈禱，希望來年一切順遂如意。

她小酌了幾杯後，漸漸覺得有些頭暈，腦海中的思緒彷彿不停搖晃著，晃得她不清醒，趴在桌旁昏昏欲睡。

不知過了多久，姜菀隱約感覺有人輕推她肩膀，喚道：「阿菀，醒醒，該回去了。」

姜菀動了動肩膀，想甩掉那隻惱人的手，那人卻鍥而不捨，甚至還攬住她的肩膀，想把她扶起來。

她雙腳發軟，被他的力道一帶，跌跌撞撞起身後便直接跌進他懷裡。

姜菀找回一絲意識，嘟囔道：「思菱……她們人呢？」

沈澹低頭看著她紅暈滿頰的樣子，說道：「我讓她們回去休息了。阿菀，妳該走了，待會兒徐尚書便要出宮回府。」

姜菀還認得出這是沈澹，抬起頭仔細瞧了瞧他的眉眼，便道：「好，我回去。」

她說完這話，便縮了縮身子，往沈澹懷裡靠了靠，伸臂勾住他的腰身，小聲道：「我好冷。」

軟玉溫香在懷，沈澹努力維持著理智，說道：「馬車在食肆外，我扶妳上車便不冷了。」

姜菀卻不肯鬆手，而是緊緊地抱著沈澹，臉頰貼著他的胸膛，還時不時地蹭上一蹭。

沈澹被她的動作惹得喉嚨發緊，勉強抓住她的手臂，說道：「阿菀，聽話，別……別再亂動了。」

姜菀自沈澹胸前抬起頭，盯著他的眼睛許久，忽然慢慢綻出一個笑容。

「笑什麼？」他問道。

「沈郎，澹郎……」她亂七八糟地叫著，叫得沈澹心中一片柔軟。

她踮了踮腳尖，似乎想靠近他說話，然而抬頭時的幅度過大，唇恰好貼在他的喉結處。那如羽毛搔過的觸感讓沈澹腦中「轟」的一聲，整個人彷彿起了一團火。

沈澹咬牙道：「阿菀，妳在……做什麼？」

姜菀呢喃了一句話，沈澹沒聽清楚。他眼中只有她的唇，那樣柔軟瑩潤，誘得他緩緩低下頭去，逐漸靠近。

最終，一個輕柔的吻克制而又珍重地落在她唇上。

初一是拜年的日子，徐家旁支不多，因此上門的親戚甚少，來的多半是徐府附近的世家大族或徐蒼父子的同僚。

姜菀與姜荔跟在徐蒼身後，由他介紹給幾位長輩與平輩認識。

眾人知曉她們是徐蒼失散多年的外甥女，也能看出他對兩個孩子的愛護，因此許多有求於徐蒼的人便說了一籮筐吉祥話，果然見徐蒼眉眼間皆是笑意。

在此起彼伏的恭賀聲中，姜菀默默走了神。她知道今日是沈澹的生辰，不過這個時候沈府必定賓客盈門，想錯開人潮，只能等晚間再去了。

除夕那日晚間她再度醒來時，發覺自己正躺在房間的床榻上，臉頰枕著鬆軟的被褥。姜菀覺得頭有些暈，掙扎著坐起身來，發覺自己的外衣被脫了，臉上似乎也被擦過了。她向窗外看去，發覺外頭一片漆黑。

除夕當晚要守歲，姜菀嚇了一跳，忙披了外衣下床。

在外間等候的鐘慈聞聲進來，說道：「二娘子醒了？郎主與夫人剛剛回府，聽聞二娘子吃醉了酒，便囑咐我不要打擾。」

「舅父跟舅母呢？」姜菀唯恐自己失禮了，連忙捋了捋頭髮，打算梳洗一番。

「郎主與夫人這會兒應當在用宵夜，郎君與三娘子都待在各自的院子裡。到了該守歲的時候，夫人會差人過來喚您的。」

按照景朝的守歲習俗，除夕這晚一家人必須坐在一處，秉燭達旦，等到過完這一夜，便代表趕跑了所有邪祟瘟病，得以長命百歲。

徐府自然也不例外。

姜菀匆忙梳洗了一番，換下染上酒氣的衣裳，不等虞氏差人來喚，便同鐘慈往徐蒼夫婦的院子走去。

鐘慈提燈照著腳下的路，姜菀裹緊大氅，沿著廊廡一路前行，只覺得整個人還有些微醺。她問道：「我回府時便已經醉倒了嗎？」

「二娘子回府時一切如常，並沒有什麼意料之外的舉動。」鐘慈知道她是怕自己酒後失態，便出言安慰。

「阿慈，我去食肆時，妳也在外等著。我……從食肆出來時，是什麼模樣？那晚食肆有旁人去嗎？」姜菀竭力回想著，她好像是喝了幾杯酒，接著就看到了原本不該在食肆的人……

鐘慈道：「二娘子是被阿鳶與思菱合力扶出來的，我並未看見其他人。」

姜菀心底有些疑惑，她隱約記得自己似乎見到了沈澮，可聽鐘慈的回話，沈澮並未現身……難道是自己記錯了？

「二娘子回府時，郎君恰好歸來。他見二娘子醉了酒，沒說什麼，只囑咐我們好生照顧。」鐘慈補充道。

這番話說完，姜菀就經過了姜荔的院子，見妹妹也出來了，她便牽著她的手一道前去。姜荔的興致很高，一路上都在說話。姜菀一邊聽，一邊低下頭思索剛剛在食肆的情況，卻沒能找出什麼頭緒。

片刻過後，她們抵達了徐蒼夫婦的院子門前。

前廳裡，徐蒼正與虞氏說話，至於徐望，則是在與一個小郎君玩鬧。姜菀定睛一看，那小郎君正是虞磐。

到徐府住以後，姜菀見過虞磐幾次。他的確如徐望所說收斂了許多，再也不似從前那樣頑劣，得知自己要喚姜菀與姜荔「表姊」時，雖然神色十分精采，卻沒再使性子，而是乖乖地向姜菀姊妹見禮。

「舅父、舅母。」姜菀與姜荔一同行禮。

「阿菀、阿荔，來了便坐吧。」徐蒼笑道：「廚房還在做點心，待會兒便開始守歲。」

姜菀帶著姜荔在窗邊的炕上坐下，炕桌另一邊，徐望的目光淡淡掃過來，問道：「頭會疼嗎？」

他知道姜菀回府時醉醺醺的，也聞見了她身上的酒味。

姜菀捏了捏眉心，道：「表兄放心，我無礙。」

徐望默默打量了姜菀一眼，見她的髮髻上插著一支碧玉簪子，是她回府後阿娘命人添置的眾多首飾之一。

他微微放鬆了情緒，沒再多說什麼。

一旁的虞磐對上姜菀的目光，肩膀抖了抖，喚了聲。「菀表姊。」

自從虞磐闖了幾次禍後，徐蒼狠狠教訓了他一番，又讓夫子嚴格管教，總算是把這孩子的脾性轉了過來。姜菀與姜荔到徐府後，徐蒼又命虞磐針對當初發生的事情再度向兩人賠罪，如今他可說是安分了不少。

此刻，虞磐正在玩魯班鎖，姜荔則專心致志地研究著眼前的華容道。

兩個孩子各玩各的，姜菀與徐望便安靜地坐在炕桌兩側，一面品著茶，一面聽徐蒼夫婦的談話。

侍女奉上了點心與熱飲。姜菀恰好有些餓了，隨意地掃了一眼，發覺點心有水晶糕，還有不少色、香、味俱全的糕點；飲子則有五紅湯、紅棗玫瑰奶茶等。

五紅湯是由紅豆、紅棗、枸杞、花生與紅糖煮成的。這個時候紅糖是稀罕物，尋常人很難常吃到，然而以徐府的地位，吃些紅糖不算什麼。用這五種東西煮成的粥香甜滾熱，喝下去以後讓人整個身子都暖了起來。

炕上暖意融融，姜菀扶著碗盞小口小口地喝著五紅湯，偶爾拿起香氣撲鼻的點心品嚐，新歲便這樣一步步走近。

守歲的過程格外漫長，漸漸的，兩個孩子打起瞌睡，姜菀則以手握拳撐住自己的頭，時不時便閉上眼，纖長的睫毛輕輕顫動著。

睏意上湧時，姜菀手一滑，整個人往炕桌上撲了過去。本以為臉頰會重重磕在桌上，不料側面伸出一隻手墊在桌面上，讓姜菀不至於磕痛了臉。

她立刻坐直身子，眼底一片清明。

徐望慢慢地收回了手，面色無波，平靜得彷彿什麼事都沒發生似的。

有了這麼個插曲，姜菀未再感到睏倦，就這樣一直守到天明。

初一傍晚，姜菀先去了自家食肆。她同思菱等人說了幾句話，又讓思菱同自己進了屋，壓低聲音問道：「昨日我醉了後，除了你們，有旁人來嗎？」

思菱訝異道：「小娘子不記得了嗎？沈將軍來過。」

姜菀愣了一愣。「他真的來了？」

思菱覷著她的神色，小聲道：「昨晚，沈將軍與小娘子在屋內，我在門外沒聽到什麼動靜。後來沈將軍攬著小娘子出來時，小娘子已經醉了過去。我當時特地多瞧了幾眼，沈將軍臉上似乎有些薄紅。」

姜菀的頭皮忽然有些發麻。她總覺得昨晚一定發生了什麼，這讓她該怎麼面對沈澹呢？

她暗自搖頭，打算先不想這個了，辦正事要緊。

姜菀打算為沈澹做一個「生日蛋糕」，好慶賀他的生辰。

雖然如今條件有限，做不出現代那種奶油蛋糕，不過她能做出米糕、花糕與各種糕點，再擺成類似蛋糕的造型。

她事先找人做出幾層木架，將大小相同的糕點逐層擺好，最上端用紅棗封頂，再把準備好的蠟燭擺在一旁。

姜菀滿意地打量著這個「蛋糕」，正想著找個食盒裝起來，門外便傳來宋鳶的聲音。

「小娘子，沈將軍來了。」

「他怎麼會來?!」

姜菀原本想去沈府為沈澹祝賀生辰，再親手將生辰禮交給他的，沒想到他竟然上門了。

她整理了一下心緒，淨過手後邁出門檻，一眼就看見沈澹正站在院子中，朝她看了過來。

沈澹面色如常，淺笑著向她道：「阿菀，新歲平安。」

姜菀咬了咬唇，說道：「沈郎，生辰快樂。」

他眉眼微彎。「這是我收過最合心意的祝福。」

「我有一樣禮物要給你。」姜菀從懷中取出一個香囊。「我跟著女夫子學了許久，才勉強繡出這個香囊，花色與針腳粗糙了些，還望你不嫌棄。」

香囊靜靜躺在她手心，沈澹心尖一顫，伸手拿了起來，放在鼻間輕輕一嗅，那熟悉的味道讓他臉上泛起一絲笑意，說道：「我怎麼覺得這香氣似曾相識？」

姜菀瞪了他一眼，低聲道：「明知故問。」

她向來喜歡沈澹身上那輕盈的薄荷梔子香，因此做出來的香囊是同一種味道。

「謝謝妳，阿菀，」沈澹將香囊收好。「這是我最難忘的一個生辰。」

他低頭看著她，眼底彷彿是一汪深邃潭水。

姜菀被看得有些緊張，下意識轉移話題。「還有一樣禮物，你隨我來。」

沈澹跟著她進屋，看著桌上擺著造型奇特的糕點，不由得詫異道：「這是什麼？」

姜菀掩好門，吹熄燈火，讓屋內變得昏暗。

沈澹疑惑地問道：「阿菀，妳這是要做什麼？」

她不作聲，只將蠟燭點燃。

跳躍的燭火映在沈澹的臉上，他正欲開口，卻見姜菀看著自己，一雙眼睛格外明亮。

「可以許願了。」

她笑盈盈地解釋道：「你閉上眼，雙手合十，在心底許一個願望，再吹熄蠟燭，這個心願便能實現。」

沈澹唇微動，就見她搶著說道：「願望不能說出口，否則便不靈驗了。」

他不知這是哪裡的風俗，不過既然她這麼說了，他便照做。

許久後，沈澹緩緩睜開雙眼，輕輕吹熄了蠟燭。

姜菀重新點亮屋內的燈火，說道：「可以吃糕點了。」

她將糕點用小巧的盤子裝好，直接端起來便可以吃。

沈澹將其中幾盤往她面前推了推，說道：「阿菀，妳也吃一些吧。」

姜菀確實有些餓了，便拈起一塊米糕吃了起來。

沈澹沒急著吃，只靜靜看著她，見她嘴角沾上了一點碎屑，便抬手用指腹揩了揩。

姜菀順著沈澹的動作看向他，四目相對時，她心底一動，湊上前輕輕碰了碰他的唇。

這猝不及防的攻勢，讓沈澹愣在原地半晌沒反應過來，姜菀害羞起來，低下頭道：「我——」

下一刻，沈澹傾身靠了過去，灼熱的吻落在她唇瓣上，細密又溫柔地磨著。漸漸的，他的力道大了些，似乎想攫取她唇齒間的每一絲香甜。

姜菀雙手抵在他胸膛上，呼吸逐漸急促。

沈澹察覺到她有點喘不過氣，稍稍退開，卻又克制不住地輕輕啄了啄她的唇角。

姜菀無力地靠在他身前，聽見沈澹低沈的聲音在耳邊響起。「阿菀，還記得昨晚之事嗎？」

聞言，姜菀腦海空白了一瞬，搖頭道：「不記得。」

沈澹低低一笑。「無妨。」

他將她緊緊攬在自己身前，柔聲呢喃道：「我會永遠記住這個生辰……這真的不是夢嗎？」

姜菀用手臂回摟住他的腰身，道：「放心，不是夢。」

兩人依偎了許久以後，沈澮便鬆開她，說道：「該回徐府去了吧？」

姜菀回過神，忽然想起什麼似的，問道：「忘了問你，你為何會在此時跑來食肆？我原本是要去沈府找你的。」

沈澮一怔，旋即無奈一笑道：「沒想到我們阿菀喝醉了酒後，什麼都不記得了。」

他輕輕刮了刮她的鼻子。「是妳親口與我約定，今日這個時辰在食肆相見的。」

姜菀頗為懊惱，心中暗自告誡自己，日後不可隨意喝酒，否則只怕會誤事。她遲疑道：「我昨日還說了什麼？」

沈澮只看著她笑，並不說話，見她面色泛紅，才溫聲道：「沒說什麼，只說了此事。」

姜菀放下心來，她還真怕自己酒後失言了。

「食肆初五日是不是便要開門營業了？」沈澮問道。

姜菀點了點頭。

「我聽說妳要在長樂坊開一家分店，」沈澮嘴角含笑。「看來阿菀的生意越做越大了。」

「在長樂坊開店原是受了蘇娘子的啟發，加上莫姨也願意幫忙，我才作了這個決定。」

姜菀覺得手有些凍，便輕輕搓了搓。「年後便能開始招工，待人手齊全了，便能開張。」

沈澮替她暖手，道：「徐尚書沒反對妳擴大經營食肆吧？」

其實見姜菀回到徐府以後，還能往食肆跑，就知道徐蒼讓步了，只是擁有一間店不成問題，數量一多，難保他不會有意見。

姜菀搖頭道：「他很快就同意了。其實舅父很開明，並不古板迂腐。」

「那是因為他不願意讓妳難過，」沈澹道：「不然的話，他多得是辦法阻攔妳。」

「阿娘彌留之際，依然念叨著她的『阿兄』。」姜菀微微低下頭。「年少時的兄妹情誼太過深刻，正因為如此，舅父才會如此偏愛我們吧。」

兩人沈默了許久以後，沈澹才道：「快回去吧。若是晚了，只怕徐尚書會懸心。」

姜菀剛走出幾步，就聽見沈澹在她身後喚道：「阿菀。」

「怎麼了？」她回過頭。

沈澹對她微微一笑。「之前跟妳說過，年後我便會請老師去徐府提親，三書六禮，一樣都不會少。」

姜菀只覺得心頭滾燙，她抿唇一笑，點頭道：「我等你。」

得了這句準話，沈澹鬆了口氣，一顆心更安定了。

第六十五章　正式訂親

這個年節過得很輕鬆愜意，初五日姜菀按傳統習俗開門營業，以迎接財神。她與食肆眾人將店內裡裡外外徹底清掃了一番，掛上嶄新的字畫與裝飾品。周堯與宋宣取下原有的幾幅畫，姜菀端詳著那兩幅署名「漁舟居士」的畫作，吩咐思菱將其好好收起來。

新年新氣象，菜品也要更新，不過頭一日開門，不少人還窩在家中過年，因此姜菀便沒準備太多食材。

姜菀做了炙鴨子，表皮烤得酥脆油亮，鴨肉肥瘦相間，極為鮮嫩。她將烤得冒油的鴨肉片成薄片，抹上一層醬料，再放上蔥絲、蘿蔔絲，捲進餅中吃。

另一道餐點則是羊肉泡饃。這也是北方的經典料理，羊肉軟爛，饃片浸在湯汁中，雖軟卻依然有嚼勁。

幾人圍坐在桌旁，歡喜地吃完這頓午食。

飯後，姜菀要去一趟長樂坊，與莫綺商議招工的事情。她出門前囑咐幾人。「接下來幾日我可能會在長樂坊那邊久留，食肆這裡需要你們多費心。」

「小娘子放心吧。」眾人齊聲道。

姜菀坐上徐府的馬車抵達松竹學堂，她進門時，莫綺正坐在窗下翻閱著幾張紙。

「阿菀，我初步擬定了招工的數量與要求，妳瞧瞧還有什麼需要增補的？」莫綺遞來一張紙。

姜菀很快地掃視了一遍，點點頭道：「莫姨想得很周到，就這樣辦吧。」

莫綺臉上浮起笑意，說道：「好。」

招工的告示很快就貼了出去，不少人看見「姜記食肆」四個字，紛紛上門應徵。姜菀與莫綺按照計劃，登記、選拔、考察，最後確定了幾名人選。

此處是姜記的分店，為了便於管理，姜菀為兩家食肆定下相同的食單，包括一些特色菜品的詳細配料比例都記錄在冊，分發給新食肆的廚子與小二。至於各種食材，依然向原先那些商販採買。

這麼做是為了保證分店的口碑與品質，免得讓姜記的名聲受到影響。

從初五到上元節前，姜菀幾乎日日留在長樂坊指導新廚子，同時也立下規矩。

等分店的運轉步上正軌，恰好到了上元節。此節前後，京城取消宵禁，所有居民都能不分時段、自由地在街上閒晃。

長樂坊的姜記分店，擇定在這個時候正式開張。姜菀請人做了招牌，上書「姜記食肆」，於屋簷下方一字排開掛上幾個燈籠，一切規格與佈置都與永安坊的一樣。

掛著姜記的牌子，分店一開業便獲得了不少關注。姜菀打鐵趁熱，再度宣傳自家食肆的特色——嘉賓箋，並且藉著開張的東風，吸引不少新食客辦理。

上元節要吃浮元子，姜菀與廚子們準備了多種不同的餡料，有棗泥山藥、芝麻花生、芋泥紫薯等，甜而不膩。雪白的浮元子漂浮在乳白色的湯中，輕輕一咬，清甜的餡料便湧了出來。浮元子的外皮軟糯、內餡細膩，吃起來很有過節的欣喜與甜蜜。

姜菀還在食肆舉辦猜燈謎的活動，若能連續猜中三個燈謎，便免費贈送一碗浮元子。猜燈謎的時候正是晚食時分，一碗浮元子可吃不飽，因此不少食客都額外點了些餐點。

忙碌間隙，姜菀瞥見店裡走來一個人，正是蘇頤寧。她便笑著招呼道：「蘇娘子。」

蘇頤寧笑著說道：「姜娘子果然了不得，順利開了分店。」

「這要多謝蘇娘子的啟發與幫忙。」姜菀指著食肆門前懸掛著的各色花燈。「要試一試嗎？」

花燈上黏貼著寫有不同內容的字條，以蘇頤寧的學識，輕而易舉便猜出了謎底。

姜菀請蘇頤寧進入雅間坐下，端上浮元子道：「蘇娘子請慢用。」

由於過節，雅間的牆壁上也貼了些寫有謎面的字條，蘇頤寧拈起其中一張，緩緩道：「昔年我在宮中當值時也猜過燈謎，這條燈謎，便是我猜過的，如今想來，著實有些感慨。」

姜菀想起她與當今聖上的那一段糾葛，一時放輕了呼吸，許久後才道：「想來宮中慶祝上元節的法子更加特別吧？」

蘇頤寧恍惚了一瞬，笑了笑，道：「皇族中人不乏逗趣的，不過我們這些宮人可不能與他們一道慶賀節日。」

「蘇娘子當女官的時候，不可出宮過節吧？」姜菀問道。

蘇頤寧點頭道：「對，城內的熱鬧我們無緣得見，只能輾轉從他人口中聽到一些描述，再靠幼年時的記憶拼湊一番，權當是出宮了。」

說完，她低頭慢慢將那一小碗浮元子吃了。

待蘇頤寧用完飯食，姜菀親自送她出了食肆。

隔著窗子，蘇頤寧能看見正在食肆大堂穿梭忙碌的莫綺。她眸光流轉，微笑道：「我觀莫娘子很沈醉於現在的生活。還記得她初來學堂時，常常鬱鬱寡歡、心事重重，如今真是判若兩人。」

姜菀隨她的目光看過去，就見莫綺笑意盈盈、興致高昂，顯然很享受。

兩人不禁同時露出欣慰的神情。

「還未恭喜姜娘子，聽說妳快要與沈將軍訂親了？」蘇頤寧柔聲道。

姜菀面上微紅。

兩人的婚事在幾個熟人之間並非什麼秘密，雖說納采、問名等一應流程還未進行，但蘇頤寧已得到了消息。

蘇頤寧淺笑道：「姜娘子與沈將軍是神仙眷侶，若是結為夫妻，一切都會順遂如意的。」

姜菀看著她，心想不知蘇家的人是不是還一如既往催她嫁人，不由得輕嘆一聲。

蘇頤寧敏銳地捕捉到了她的心思，不覺笑道：「姜娘子不必嘆息，我不會屈服於家中兄嫂，也不會任由他們擺布。我要做的事情還很多，無暇搭理他們。」

「蘇娘子，不論旁人如何置喙，只要妳自己過得順心便好。」姜菀誠懇道。

「自然。」蘇頤寧一笑，向她道：「姜娘子留步吧，我這就告辭了。」

姜菀頷首，正欲返回店內，卻見前方的蘇頤寧頓住步伐，原是被面前的人攔住了去路。

那人身材高大，披著一身墨狐皮的大氅，面容掩在厚實的衣領後。他眉心有淡淡的褶皺，神色黯然，看見蘇頤寧時，眸子卻迸出一點微弱的星火。

姜菀的眸光在那人臉上稍稍停留，旋即看向他身側。同樣一身深色衣裳的沈澹正佇立在側，對上她的視線，先是向她安撫一笑，隨即微不可察地點了點頭。

她立刻察覺了那人的身分，不由得輕輕皺眉。

聖上曾求娶蘇頤寧遭拒，後來也立了皇后，為何今日還要出現在這裡？

姜菀默然退後一步，悄悄看向蘇頤寧，只見她平靜地朝那兩人行了一禮，淺笑著寒暄幾句，說些賀新年的吉祥話。

她如同對待舊友一般溫和，聖上的眼底卻翻湧著複雜的情緒，無奈與遺憾交加，最後化作一聲深深的嘆息。

待蘇頤寧離開，聖上這才收回目光，與沈澹並肩離開。

姜菀知道他今晚伴駕，想必是沒有閒暇了，於是等到食肆打烊後，她便逕自回了徐府。

臥房內，姜菀正翻著書看，心思卻有些飄忽。再過幾日，沈澹便要請顧元直登門提親了。

雙親不在世，徐蒼便成為她唯一的長輩，也要為她的婚事把關，不知他……對沈澹究竟是何態度。

正想著，便聽見屋外傳來鐘慈的聲音。「二娘子，郎主喚您過去。」

姜菀起身，對著銅鏡略整了整鬢髮，便往徐蒼所在的院子去了。

進了屋以後，姜菀發覺舅父與舅母都在，徐望也安靜地坐在位子上。

「阿菀，」徐蒼招手示意她過去。「這些日子累嗎？長樂坊的食肆初開張，處處都需妳費心。」

姜菀在炕旁的椅子上坐下，笑著搖頭道：「多謝舅父關心，我不累。」

虞氏仔細瞧著她的臉色，道：「這孩子似乎瘦了些。」

她吩咐侍女端些點心過來，姜菀正巧有些餓了，便吃了幾塊府中廚子做的蟹粉酥。

徐蒼端起茶盞抿了一口，淡淡道：「前幾日我與元直兄碰面，他的意思是，過完年便要登門，為他的弟子作媒。」

姜菀愣了一愣，尚未答話，徐蒼就道：「是沈泊言？」

雖是問句，語氣卻是肯定的。

她低低地「嗯」了一聲。

虞氏皺眉道：「是當今聖上身邊的那位禁軍統領？」

徐蒼道：「正是。他雖年輕，卻極得聖上器重。」

「此人秉性與品行如何？可堪為阿菀的良配？」虞氏對朝堂之事不了解，只關心沈澹的人品。

徐蒼不語，一旁的徐望出聲道：「沈將軍素來是個光明磊落之人。」

虞氏看向丈夫，試探道：「你似乎對此人不甚滿意？」

徐蒼輕哼了一聲，道：「阿菀才在我身邊待多久，他便迫不及待要來提親，焉知是不是別有所圖？」

在場幾人都聽得出他這不過是抱怨，並非真的對沈澹有什麼意見。

虞氏非常了解丈夫，當下笑道：「你與望兒都對他熟悉，定然不會看錯人。若是捨不得阿菀，便將日子定得晚一些。」

說著，她憐惜地看向姜菀。「好歹讓阿菀在府上多待些時日，莫這般急著嫁出去。」

姜菀卻想著，舅父會不會是因朝堂之事而對沈澹不滿，她若與沈澹成了一家人，會因此影響舅父的仕途嗎？

她忍不住婉轉地問了出來。

徐蒼沈沈嘆了口氣道：「昨晚我翻看妳阿娘留下的日記，夜間又夢見了少年時期的種種往事。」

想起胞妹，他的神情又黯了下去。

「阿菀，妳有個好歸宿，我日後才能安心去見妳阿娘。我與沈泊言政見曾有過不和，但妳寬心，我不會因此而對他心懷芥蒂。」他目光慈愛。「我們並非水火不容，而是各有立場與見解，沒有對錯。妳不必擔心，我在朝堂多年，根基甚穩。」

虞氏忙道：「是啊，阿菀找到了好郎君，這是件喜事，郎君不必憂心，阿菀也是。」

徐蒼嗓音低沈。「想來過幾日，元直兄便要登門了。阿菀，舅父再問妳一句，妳真的想好了嗎？妳若不願，舅父便有千百種法子能拒絕這門親事，也不會給他任何能接近妳的機會。我雖與元直兄有多年交情，卻不會因此妥協。」

姜菀聽著他疼愛的語氣，心頭驀地一酸。她輕輕開口，堅定道：「舅父，我想好了。對於這門親事，我是願意的。」

徐蒼緩緩點頭道：「好。」

在場無人留意到徐望眼底掠過一絲難以言喻的情緒。他淡淡一笑，很快就將頭轉開，目光怔怔地望著一處。

虞氏又問了姜菀幾句話，便囑咐她回去休息。徐望亦出了門，同姜菀一道走。

走到岔路盡頭，兩人便要分道而行。姜菀看著他的側臉，說道：「表兄，我有兩樣物品要還給你。」

徐望訝異道：「何物？」

姜菀領著他去了自己的院子，讓他在外間暫坐，自己則入內抱著兩幅卷軸走了出來。

她將兩幅卷軸展開，那熟悉的景色與人物逐漸顯露在徐望眼中，讓他徹底愣住了。

「漁舟居士」的印章與署名清晰可見，徐望神色起伏不定，遲遲未開口。

姜菀淡淡道：「記得表兄昔日光臨食肆時，曾主動聊起過這兩幅畫，想來對它們格外偏愛。我不懂丹青，便將這畫作交給表兄，才不算是辜負。」

她眸光澄澈、語氣平靜，徐望卻讀懂了她的弦外之音。看著她那雙恍若洞察一切的眼睛，徐望心底五味雜陳，只低聲道：「多謝表妹贈畫。」

徐望抱著那兩幅卷軸，神情一如既往的淡漠，絲毫不似姜菀所說的「偏愛」，然而他搭在卷軸邊緣的手指卻不禁收緊，緊抿的唇角洩漏心底隱秘的情緒。

他沒說什麼，姜菀亦知趣地沒挑明，而是向他微微頷首，道了聲晚安。

徐望舉步離開姜菀的院子，一路往自己房中走去。尚未到院門口，外頭便飄起了小雨，跟在徐望身邊的小廝正要飛奔回去取傘具，卻見自家郎君將那卷軸牢牢抱在身前，任憑髮梢與衣衫被淋濕，也不讓那卷軸沾染濕意。

小廝不敢深思，連忙護著徐望返回院子，在臥房裡換下濕掉的衣裳。

收拾停當後，徐望在窗邊坐下，再度打開兩幅卷軸，靜靜看著。他就這樣枯坐了許久，也不曾吹熄燭火歇下。

他的視線一從畫上移開，眼前便浮現那雙明媚俏麗的眼睛。

徐望閉上眼，唇角逸出一絲無奈的苦笑。

幾日後，顧元直正式登門，替沈澹向徐家提出結親的意思。依據禮制，顧元直帶來許多納采禮，以表誠心。

徐蒼與他是舊識，徐望又為其弟子，雙方一直很親近。只是事關重大，兩人都一臉嚴肅。

顧元直道：「昔年我遊歷平章，與阿菀之父結為摯友，然一別多年，竟不曾再得見，幸而蒼天有眼，讓我能尋到故人之女。泊言少年時便拜在我門下，一向聰穎勤奮，我雖是他老師，卻能公正地說這孩子的人品無可挑剔，茂然在朝多年，應當知道我所言非虛。」

喝了一口茶，顧元直又道：「我尚未知曉阿菀的身世時，便已看出她是個心思靈慧、細心妥帖的小娘子，旁的不說，她能以女郎之身，在京城中做出一番事業，便非常人。不怕茂然見怪，我曾動過收她為弟子的念頭，因此泊言託我上門提親，我心中亦是歡喜。兩個孩子各方面都相當不俗，稱得上是『天生一對』。」

顧元直說完，便等候徐蒼的回答。

姜菀隔著一道山水畫屏風聽他們談話，聽見舅父的聲音響起。「阿菀是我胞妹的骨肉，雖失散多年，幸得以認歸我身邊。我想多留她一些時日，不欲讓她尚未過幾日閨中生活便貿然嫁人。此乃人之常情，想來元直兄能理解吧？」

顧元直含笑道：「是。」

徐蒼淡淡道：「有元直兄作媒，我自然安心。」

「既如此，我便差人去合兩個孩子的八字，若是一切順利，便可進行納吉、納徵等流程，再擇定良辰吉日，不知茂然意下如何？」顧元直道。

頓了頓，顧元直又道：「我與泊言事先請人算過，今年六月便有幾個好日子，皆可作為吉期。」

徐蒼沈默半晌後，說道：「阿菀身為女兒家，婚事自當萬分謹慎。她受苦多年，我身為舅父，只想全力彌補她，還請元直兄顧念我對晚輩的一片疼愛之心，莫將婚期定得如此倉促。」

顧元直明白他的意思，屏風後的姜菀亦聽出了舅父的打算。

本朝在男女婚事方面的規定與認知並不嚴苛，即便退親，也不會對當事人日後的婚姻有任何影響。

然而徐蒼對於姜菀的婚事很上心，雖得到她的答允，但終究不願輕易答應。他這番話背後的涵義，就是要「考察」沈澹一些時日，讓兩人好好相處一陣子，若姜菀確定沈澹確是能託付終身之人，再來擬定婚期也不遲。

顧元直對徐蒼的決定毫不意外，只微微笑道：「泊言對我說，無論你提出何等要求，只要是為了阿菀，他都會毫不猶豫答應，一切聽從你的安排。」

徐蒼頷首道：「如此甚好。」

當下兩人便說定其他流程照常進行，只是請期之事留待後續再商榷。

顧元直告辭之後，姜菀便自屏風後面走了出來，對徐蒼輕喚了聲。「舅父。」

徐蒼淡淡一笑，道：「阿菀，妳都聽見了？可有什麼異議？」

姜菀搖頭道：「我知舅父是為了我著想，怎會有意見？」

徐蒼苦澀一笑道：「當年，我親口應允阿蘅將來會送她出嫁，可到底失約了。好在阿蘅的婚事算得上圓滿，否則我會抱恨終身。」

他抬手溫柔地撫了撫姜菀的肩。「阿菀，妳放心，往後若是沈泊言有一丁點差錯，妳不肯應他，這門婚事便作罷，舅父會為妳另尋更好的親事。」

姜菀心頭一陣酸楚，緩緩點頭。

第六十六章　緣深緣淺

上元節一過，人們便恢復了日常生活。趁冬日尚未遠去，姜菀為兩處食肆新上了一些應季食物。

「通神餅」的原料很簡單，用白麵加上薑、蔥、鹽與甘草末，再放少許香油炸製。薑能去除寒氣，亦能調味，炸出的餅兩面金黃，有一股獨特的味道。用紙袋裝好，便拿能在手裡吃，還不會弄得滿手油漬。

看起來平平無奇的白麵餅卻有個不同凡響的名字，是因為朱熹言薑能「通神明」，才有了這個稱呼。

長樂坊的分店離學堂近，不必擔心路途遙遠影響食物的口感，能做的點心與小食便更多了。

松竹學堂也開學了，姜菀送妹妹回學堂時，順道拿新一年的食單去給蘇頤寧過目。

姜菀目送著姜荔進了風荷院，想起前幾日舅父曾提到要不要把阿荔送進縣學唸書。不過姜荔習慣了松竹學堂的氛圍與環境，加上蘇頤寧的人品也值得信任，徐蒼便未堅持己見。

蘇頤寧此刻正在書房裡凝神靜氣地寫字，姜菀候在門外片刻，見她直起身子放下筆，才出聲道：「蘇娘子。」

「青葵，怎不早些讓姜娘子進來？」蘇頤寧面上掠過一絲歉疚。「大冷的天，讓姜娘子久等了。」

姜菀笑了笑道：「是我不欲打攪，不干青葵的事。」

蘇頤寧聽姜菀說明來意，看了新的食單後，頷首道：「這一年的點心便按此單來吧，學堂的午食與晚食也要仰仗姜記食肆了。」

「如今食肆內的廚子與小二皆穩重可靠，莫姨亦會從旁協助，斷不會誤了學堂的正事。」姜菀道。

見蘇頤寧手邊壓了一張薄紙，姜菀隨口問道：「蘇娘子在練字？」

「閒來無事，便寫了幾句古書中的詩聊以解悶。」蘇頤寧淺淺一笑，心情似乎還不錯。

正巧青葵端上茶點，向蘇頤寧道：「小娘子囑咐的事，奴婢已經差人辦妥了。如今咱們園子裡再無閒雜人等，都是自己人。」

蘇頤寧溫聲道：「我曉得了，妳下去吧。」

待青葵退下，姜菀壓抑著心底的疑惑沒作聲，蘇頤寧卻很淡然地問道：「姜娘子昔日來學堂時，可曾在這裡遇過什麼生人？」

姜菀一時有些摸不準她話裡所言的「生人」究竟是誰。是微服前來的聖上，還是她那位常在背後議人長短的二嫂？

蘇頤寧也不追問，只道：「前些日子我之所以向姜娘子提起食肆之事，原因便在此。」

姜菀頓時明白她的意思，道：「蘇娘子是說妳的阿嫂？」

蘇頤寧唇角輕抿道：「正是。瞧姜娘子的表情，應當見過我的二嫂。若不是她聯合我大嫂四處散布流言，學堂也不至於受到影響，幸好如今情況已經好轉。」

姜菀輕聲道：「流言終究是流言，不足為懼。」

蘇頤寧脾氣向來溫和，今日的語氣卻透著些許冷冽。「她們在外散布流言也就罷了，還將手伸進園子裡，想收買學堂的人，來個裡應外合，讓學堂徹底辦不下去，我豈能容忍？」

姜菀心驚道：「她們做了什麼？」

蘇頤寧道：「她們的計謀尚未實施便被我識破了，我迅速命人清理學堂，才沒讓讓她們得逞。」

她用力握住茶盞。「我從前顧念親情，不願與她們交惡，一再退讓。可她們卻想利用我的婚事達成某些目的，不是為兄長的仕途鋪路，就是為她們的母家謀利。」

蘇頤寧眼底泛起一絲失望。「更讓我寒心的是，兩位嫂嫂這麼做，皆是得了我阿兄們的默許。原來血脈親情在兄長眼中如此不值一提，對他們而言，我不過是顆有點利用價值的棋子罷了。」

她自嘲一笑。「不過我該慶幸許多事他們並不知曉，否則只怕會削尖腦袋設法把我重新送進宮裡去。」

姜菀心頭一跳，遲疑道：「蘇娘子是說……」

「說起來，我很感激沈將軍跟荀將軍。」蘇頤寧嘆道：「此事他們一清二楚，卻不曾讓這消息落入我兄嫂耳中，不然還不知會生出什麼事端。」

她眸光溫和地看著姜菀。「食肆之事，姜娘子幫了我大忙。我信得過姜娘子的人品，知道妳一定不會傳揚，事情始末，我願意說與妳聽。

「上元節那日，妳在食肆外看到的那個人，便是當今聖上。」蘇頤寧語氣平和。

當今聖上的裴忍與蘇頤寧，兩人曾有過一段情意，卻注定不會有結果，為了避免夜長夢多，蘇頤寧便向聖上言明往後不必再有聯繫。上元節時兩人再度見面，蘇頤寧在最初的訝異過後，便心如止水，再無半分波瀾。

蘇頤寧簡單扼要地說明過後，淡淡一笑，道：「往事皆成過往雲煙，眼下我已徹底釋懷，放下了。」

她低聲道：「就當是彌補我心中的愧疚吧。」

最後這句話說得很輕，姜菀聽不真切，卻識趣地沒追問。她不知道的是，蘇頤寧與聖上之間的故事背後，還藏著些秘辛。

蘇頤寧在宮中為女官時，當今聖上裴忍還是皇子，兩人年歲相仿、志趣相投，漸生情愫。

然而，隨著裴忍入主東宮，遵從自己父皇的旨意迎娶出身尊貴的太子妃，並在登基後接二連三冊封不少妃嬪後，蘇頤寧的想法便有了改變。

彼時的蘇頤寧已到了出宮的年歲，裴忍本欲冊封她為妃，但她見識到後宮加諸在女子身上的束縛，堅決不肯答應裴忍，執意離宮。

蘇頤寧離開後，裴忍一直對她念念不忘，才會隔一段時間便微服出宮去見她。

起初，蘇頤寧確實還對裴忍懷有情意，但經過多番思索，她覺得這份感情只會帶來更多麻煩，況且她決意不肯為妃，又何必再與他牽扯下去？因此她直接向裴忍言明兩人此生無緣，只盼能各自安好。

或許越是得不到的，越會讓人牽腸掛肚，裴忍無法割捨這份過往，即使蘇頤寧不肯入宮，他也常常來見她，以解相思。

裴忍並未做任何出格的事，蘇頤寧沒有充分的理由能趕走他，只能任由他來見自己。直到太后催促裴忍立繼后，蘇頤寧才得知一件事，正是因為此事，讓她意識到裴忍其實是個很涼薄的人。

昔日的太子妃出身名門、溫柔賢淑，成為皇后後將後宮打理得井井有條，很受太后喜愛，與妃嬪們也能和睦相處。可皇后身子不好，在東宮時就曾小產過，此後不曾再有孕，更落下病根，最終在裴忍登基後沒多久便病逝了。

在朝臣與太后面前，裴忍表現得悲痛欲絕，並以自己對皇后情深義重為由，拒絕早日冊立繼后，連對太后也是這般搪塞的。他不肯立后，自然是存著將后位給蘇頤寧的念頭，但以蘇頤寧的家世，並不足以成為皇后的人選。

太后見兒子為了一個去世多年的皇后如此癡情，自然不喜，只是斯人已逝，她除了暗自埋怨，別無他法。

知曉內情的，只有沈澹與荀遐。兩人都對先皇后背負罵名感到不忍，卻只能遵旨，瞞著蘇頤寧。誰知後來裴忍一時失言，道出了此事，蘇頤寧在震驚之餘，只覺得心寒。

蘇頤寧在宮中時，曾受先皇后照拂，對她很敬重。只是她沒想到，先皇后這般仁善、大度之人，卻在身故後遭裴忍連累。

經由此事，蘇頤寧開始懷疑，裴忍對自己的「深情」究竟有幾分為真？面對如此涼薄的人，她怎能不斷個一乾二淨？

蘇頤寧知道此事因自己而起，對先皇后心懷無盡的愧疚，只能徹底與裴忍說個清楚，希望他不要再與自己有任何牽扯。

想到這裡，蘇頤寧低嘆一聲，緩緩垂下頭、闔上眼，極力忍耐著心中的不平。

姜莞不知蘇頤寧所思所想，以為她還在為家中之事煩心，便安慰了幾句。

蘇頤寧笑了笑，順著她的話說下去。「好在我已不再與兄嫂往來。這園子是祖母留給我的，他們休想從我手中奪去。餘生，我會守著園子與學堂過下去，倘若學堂辦得順利，我與許會另外置辦房產，不必再受他們牽制。」

姜莞佩服她的魄力，真心實意道：「蘇娘子，開辦學堂何其艱難，妳卻能秉持仁心與毅力，以一己之力支撐下來，著實難得。」

蘇頤寧笑道：「姜娘子亦是如此。新的一年，願妳我兩人都能順利將自己的事業發揚光大。」

兩人相視一笑，目光中皆是憧憬與期盼。

開春後，各地的士子匯聚於京城，參加由禮部主持的春闈。

春闈成績突出者會進入殿試，最終由聖上定下三甲人選，最引人注目的，便是被賜「進士及第」稱號的一甲三人——狀元、榜眼、探花。

姜菀忽然想起那進京赴考、曾來過食肆的青年郎君，也不知他是否考取了功名。

自從他在食肆內留下詩作後，姜菀便一直將其懸掛在那面牆壁處，後來也偶爾有人來此用膳後揮灑筆墨，隨著時間過去，食肆存了不少文人的作品。

這日午後，姜菀待在永安坊內的食肆內，專心地做著一道極風雅的食物——蜜漬梅花。

甕澄雪水釀春寒，蜜點梅花帶露餐。

她取出冬日貯存的雪水，將白梅肉置入其中，加入少許梅花浸泡，再裝進盛有蜂蜜的罐子裡靜置。如此做出來的蜜漬梅花，清雅而有韻味，用來下酒極好。

第二日，姜菀取出蜂蜜罐子，見裡頭的梅花醃漬得恰到好處。她正低頭輕嗅著香氣，卻聽見有人輕扣食肆門扉，抬頭一看，是徐望。

「表兄怎麼來了？」姜菀笑著道。

徐望道：「回府路上經過這裡，便想著看妳在不在。」

他看著案桌上的小罐子，挑眉道：「蜜漬梅花？」

姜菀點點頭。

他笑道：「阿爹若是來了酒興，正好以此佐酒。」

兩人正說著話，卻聽見外面傳來鼎沸人聲，參雜著不少熱烈的呼喊聲。

姜菀很快就意識到這是什麼情況，道：「是考上的人在慶賀嗎？」

徐望頷首道：「正是。」

話音剛落，便有輕快的馬蹄聲在食肆外響起，且未遠去。

姜菀循聲看過去，就見不少人聚集在自家食肆門前，簇擁著一個騎在馬上的青年郎君。

那郎君懷中抱著不少嬌豔欲滴的花，襯得眉眼越發清雋。他自馬上躍下，步入食肆，含笑對姜菀與徐望一揖道：「傅某有幸考取功名，特來向兩位道謝。」

姜菀還在發愣，就聽見那郎君身後的人喊道：「店主，您可是走了大運了！這是聖上欽點的探花郎，被聖上親口稱讚『驚才風逸』。」

有人訝異道：「原來探花郎曾在這家食肆用過飯食？那我們是不是也能沾沾他的光？」

那郎君又是一揖，道：「在下名傅銘，去年進京時有幸得到兩位指點，自那日後勤學苦讀，得以進士及第。此恩情，不敢忘。」

徐望含笑道：「不過是一點拙見，讓傅郎君見笑了，恭喜傅郎君得償所願。」

傅銘道：「當日郎君一席話令我豁然開朗，若非如此，只怕我仍原地踏步，無法精進。」

姜菀回過神，笑道：「是傅郎君自身學識不凡，才能金榜題名。」

傅銘望向那牆壁，嘆道：「當日隨意寫就的詩作，店主卻還細心保留著。」

姜菀眨了眨眼，道：「傅郎君的作品是小店的第一幅，自然意義重大。如今傅郎君考取功名，我更要珍藏這幅作品，興許能為食肆帶來更多福氣呢！」

傅銘笑道：「小娘子謬讚了。小娘子亦是慧眼獨具，僅憑細節便能猜出我是趕考之人，令我很佩服。」

幾人客氣地聊了一會兒，眾人便簇擁著傅銘離開，姜菀這才道：「想不到我們與這探花郎如此有緣，他也還記得當日種種。」

徐望沒作聲。姜菀轉頭看他，卻見他怔怔出神，面上帶著淺淡的笑意，似乎憶起了什麼愉悅的往事。

見狀，姜菀不欲打擾他，正要轉身回廚房準備晚食，卻見一人緩步踏進食肆，正是沈澮。

「你來了？」姜菀笑著走向他。

此刻，徐望從思緒中回過神，正欲開口喚姜菀，卻對上了沈澮的目光。

他唇角的笑意漸漸隱去。

「沈將軍。」徐望淡聲寒暄。

沈澮亦向他微微一頷首。

「聽聞再過些時日，老師便會同沈將軍一道登門納徵？」徐望道。

納徵後便是請期，緊接著就是正式的婚儀。雖說徐蒼還在觀察姜菀跟沈澮相處的情形，但成婚的流程仍按部就班進行。

沈澮面色平靜地說道：「正是。」

徐望沒再跟沈澮多說什麼，只向姜菀道：「早些回府，免得讓阿爹擔心。」

說完，他便逕自離開了。

姜莞不太在意，只與沈澹說了今日探花郎上門之事。

沈澹笑著輕撫她鬢髮道：「想不到妳有此番際遇，那位探花郎也是心懷仁義，將此事牢記至今。」

「他言辭懇切，反倒讓我不好意思起來。」姜莞道：「其實我並沒有什麼功勞，是表兄看過他的詩後，提出了一些見解，令他如獲至寶。」

沈澹想起方才四目相對時徐望那微妙的神情。同為男子，他自然知道徐望的眼神代表什麼意思，只是他很好奇，徐望究竟是何時起了那般心思的？

想到這裡，他下意識握緊了姜莞的手。姜莞以為他只是想同自己親近，面頰泛紅的同時，並未抗拒。

「徐望待妳如何？」沈澹忽然沒頭沒腦地問了這麼一句話。

姜莞微訝，如實道：「我與表兄沒什麼太深的交情，雖然同住一個屋簷下，但未曾頻繁接觸。」

「徐望那個頑劣不堪的表弟，如今是什麼樣子？」沈澹想起那孩子曾蠻橫無理地對姜莞動手，心中仍隱約有些怒氣。

姜莞道：「虞磐現在也是我表弟呢。他看見我便一副懼怕的模樣，比從前老實許多。」

她轉了轉手腕，開玩笑道：「難道是之前我兩次嚇唬他，讓他從此怕了我？」

沈澹憶起小娘子當時威風凜凜的樣子，忍不住低低笑了笑，撫著她的頭髮道：「不要說他，便是我，也被妳驚住了。」

他語帶笑意道：「我著實沒料到，平常看起來溫婉的小娘子，竟會展現出那樣與眾不同的一面。」

姜菀說道：「我實在看不慣虞磐那蠻不講理的樣子，才會那麼做。其實後來想想，我多少有些害怕。若是他的長輩仗勢欺人，我恐怕有大麻煩了。」

沈澹道：「徐尚書確實為人正直，不會做出恃強凌弱之事。」

回想起往事，姜菀稍稍遲疑了一下，最終還是未將徐望曾上門軟硬兼施威脅自己的話說出口，免得徒增他們之間的嫌隙。

「探花郎一表人才。」沈澹將話題切回傅銘身上。「聖上曾私下與我說過，此人滿腹詩書、見解獨到，只是年歲尚小，略微遜於前兩位，但假以時日，必成大器。」

姜菀雖不懂這些，但她記得第一次見到傅銘時，他便表現出一副求知若渴、虛心受教的模樣。

她笑著道：「若說我給了他什麼幫助，大概是親手做了些飯菜，供他填飽肚子吧。」

沈澹笑道：「聽妳所說，那位探花郎長途跋涉，風塵僕僕地來到京城，想來這一路歷盡千辛萬苦，妳也算是給他一份溫暖了。」

說著，他低下頭，下巴抵著她的肩膀，沈沈地吁出一口氣。

姜菀抬手摸了摸他的臉頰，問道：「有什麼煩心事嗎？」

沈澹側頭輕輕吻了吻她的掌心，回道：「沒什麼事。聖上留我多說了一會兒話，我稍稍有些乏累。」

姜菀取笑他道：「在皇宮中待了這麼多年，怎的今日忽然覺得疲憊了？」
沈澹目光灼灼地看著她說：「興許是有了牽掛吧。如今我每在宮中久待，便歸心似箭。
「伴君如伴虎。」他低喃道：「我雖與聖上相識多年，卻也不敢在他面前太過放肆，禁軍統領這個位置，並不輕鬆。好在這些日子，宮中有了喜訊，聖上的心情不錯。」
「什麼喜事？」姜菀好奇地問道。

第六十七章　擴大規模

沈澹淡聲道：「皇后診出有孕，聖上或許會迎來首個皇子。」

說起聖上，姜菀眸光微動。「我送阿荔回學堂時，順道去見了蘇娘子，她向我說起與聖上的往事。」

「她告訴妳了？」沈澹低嘆。「事關重大，我一直為聖上保守秘密。聖上出宮不易，不可被旁人察覺，因此當初在學堂外碰面時，我雖認出了妳，卻不敢有任何反應。」

姜菀想起蘇頤寧說的話，幽幽嘆道：「蘇娘子也曾對這段緣分難以割捨，但念及不會有結果，便選擇徹底了斷。」

沈澹點頭道：「蘇娘子看似溫柔，可一旦下定決心，便非常果決。妳應當也知道她兄嫂的態度，她剛出宮時，他們非但不感到喜悅，反倒怨她在宮中多年卻沒替家中帶來什麼好處。後來，他們想方設法為她張羅婚事，試圖利用她的才貌攀附權貴。」

「若不是她努力抗爭，恐怕……」姜菀打從心底欽佩蘇頤寧。在兄嫂夾擊下，她不知付出多少努力才保住自己的理想。

沈澹道：「聖上原本想偷偷教訓他們，蘇娘子卻說，若是如此，她與聖上恐怕連朋友都做不成。她只想靠自己解決家務事，不欲驚動皇權，更不願暴露與聖上的關係。」

「蘇娘子說，她很感激你與荀將軍為她保守秘密，不讓她兄嫂知曉。」姜菀道。

沈澹沈吟道：「正是知道她兄嫂的為人，我們才會嚴防死守。」蘇家人已經多番想用她的婚事達到自己的目的，若是知道內情，肯定變本加厲利用妹妹去討好聖上，如此一來，蘇頤寧只會離平靜的生活越來越遠。

「想不到蘇娘子有這樣的家人，」姜菀有些惋惜。「真是難為她了。」

沈澹語氣微冷。「蘇家式微，不想著如何栽培族中子弟，反倒將希望寄託於一個女子的婚事上，企圖用最『簡單』的法子獲得最大的好處，真是既可悲又可恨。」

「蘇娘子真乃奇女子也。」姜菀嘆道。

沈澹說道：「若非如此，聖上也不會對她鍾情多年。」

姜菀搖了搖頭，輕哼一聲道：「聖上雖對蘇娘子情深一片，還不是擁有後宮佳麗三千。果然，男人最薄情！」

沈澹對她的反應有些無奈，遂用雙手搭著她的肩頭，慢慢道：「我不是。我心匪石，不可轉也。」

姜菀與他對視著，漸漸紅了臉。

許久後，沈澹忽然輕嘆道：「不知道還要等多久才能成婚……」

徐蒼知曉六月初六是姜菀的生辰，便執意要她在家中過完生辰再嫁人。

對沈澹來說，這稱得上是折磨跟煎熬。心愛的小娘子就在自己身邊，卻不能立刻迎娶她。

姜菀抿嘴一笑道：「沈將軍也有這樣焦躁的時候？這可不行。」

沈澹失笑，伸手緊緊攬住了她。

自從探花郎傅銘曾在姜記食肆留下詩作的事情流傳開來，這裡頓時變成坊內的指標性店鋪。

姜菀不得不感嘆，原來古代也有「明星效應」。

自古以來，探花郎一直是「才貌雙全」的代名詞，比起狀元跟榜眼來說，更為親民。傅銘學識出眾、生得俊朗，還風度翩翩，可說是完美地化身成眾人理想中的探花郎，自然極受歡迎。

因此許多食客追隨他的步伐來到姜記食肆，並爭先恐後留下作品，甚至有人想出重金買下傅銘的手稿，但姜菀毫不猶豫地拒絕了。

隨著食客不斷湧入，思菱忍不住向姜菀說道：「小娘子，再這樣下去，食肆是不是該擴張了？否則只怕會掛不下這麼多詩文與書法作品。」

姜菀道：「莫急。我們才開了一家分店，如今手頭不算寬裕，得徐徐圖之。先看看分店經營得如何，若是成功，可以考慮在其他坊租賃更大的店面。等這段時間過去，客人們留下作品的興致便會減弱了。」

聽了姜菀的分析，食肆眾人便冷靜下來，以平常心面對。

春天的氣息日益濃厚，許多當季的食物被端上桌。

「姜娘子，我今日只要一道薺菜豬肉餃子。」秦姝嫻大步走進食肆，在案桌旁坐下，手指點了點食單。

姜菀見秦姝嫻神色有些忿忿，正想問出了什麼事，便見她身後跟著一臉無奈的荀遐。

荀遐在秦姝嫻對面坐下，說道：「妳只吃餃子怎麼會飽？」

秦姝嫻輕輕哼了一聲。「與你何干？」

荀遐轉頭向姜菀道：「我也要一份餃子。」

姜菀道：「好。」

她見荀遐欲言又止，便問道：「荀將軍有什麼話要說嗎？」

「姜娘子如今還這般不辭辛苦，日日留在食肆？」

姜菀的身世他們自然知曉，愕然驚訝之餘，也覺得這一切實在太過玄妙。

按照荀遐與秦姝嫻兩人的想法，有徐蒼這個位高權重的舅父照顧，姜菀理應好好享受一下生活，沒想到她一如既往地在食肆忙碌。

荀遐心想，看來徐蒼也不是那麼不近人情。

姜菀聽了他的話，笑了笑道：「我不覺得辛苦。」

荀遐眼中流露出一絲佩服。

姜菀拿著食單轉身去了廚房，身後又傳來兩人的鬥嘴聲——

「你為何要跟我吃同樣的食物？」

「怎麼了，妳能吃，我就不能吃？」

她彎了彎唇，心想這真是一對歡喜冤家。

薺菜有股很特別的味道，不喜歡的人會對那種強烈的氣味退避三舍。

姜菀看著那胖乎乎的薺菜餃子在鍋中翻滾，白皙的麵皮煮熟後漸漸變得薄而略透明，從裡面透出翠綠色，看起來很有春日的感覺。

上了菜，秦姝嫻很快就將最後一顆餃子吞下去，用手帕拭了拭唇角。她見荀遐還在吃，便坐在一旁等他。

等了片刻後，她忽然問道：「荀大郎，你出征前對我說，待你歸來有事要告訴我。賣了這麼久的關子，也該說了吧？」

荀遐一僵，一口餃子卡在喉嚨裡，嗆得他劇烈地咳了起來，把秦姝嫻嚇了一跳。

「你慌什麼？」她上前替他拍背。「我又沒逼問你。」

當初秦姝嫻曾為此事感到苦惱，可見到荀遐平安歸來，她便將一切全拋到腦後，今日才猛然想起。

荀遐低下頭繼續咳，等到呼吸恢復平順後，才含含糊糊道：「妳怎麼忽然想問這個？」

「好奇。」秦姝嫻雙手托腮看著他。

荀遐遲疑了一會兒後才道：「待妳生辰時我會告訴妳。」

秦姝嫻掰了掰手指，不滿道：「還有很久，你可真沈得住氣。」

荀遐只是笑，並不說話。

一旁的姜菀見狀，更加確認自己心中所想，不由得暗自猜測，荀遐究竟會如何吐露情意呢？

長樂坊的分店開業很熱鬧，又與松竹學堂展開長久而穩定的合作，盈利相當可觀。月末，姜菀翻閱帳簿時，發覺業績蒸蒸日上，心頭不禁一鬆，對一旁的莫綺道：「多謝莫姨了。」

莫綺臉上帶著笑容。如今的她，再無昔日的膽怯與柔弱，而是沈穩大方。「阿菀何必客氣？我還得感謝妳願意信任我，將食肆交給我管理。」

「有莫姨在，我萬事都不必擔心。」姜菀握住她的手，懇切道。

兩人又商議了一下食肆之後的經營方向與目標，姜菀才告辭離開。

回到徐府之後，姜菀沿著小路往自己的院子走去。路過花園時，她目光一凝，察覺亭子裡坐了一個人，正是徐望。

徐望正執筆在紙上畫著什麼，神情專注、眼神認真。姜菀不欲打擾他，便放輕了步伐，想從他身後的小路離開。

徐望剛放下筆想歇息片刻，園子裡便颳起了一陣強風，將他沒來得及收好的畫作吹到半空中，又緩緩落下，碰巧停在姜菀腳邊。

她本能地低下頭，發現畫上繪著一位女子——鬟髮如雲、髮辮烏黑，還插著一支碧玉簪子。

雖然畫中人的五官尚未畫出來，但這妝扮好像……似曾相識。

姜苑心思一轉，在徐望看過來之前轉開眼，只裝作不知曉，如往常般笑著道：「表兄在作畫？」

那畫紙正好被風吹得翻了面，徐望疾步走過來時，只看到背面。他呼吸急促了幾分，勉強鎮定下來，道：「正是。今日興致頗高，便在園子裡試試筆。」

他迅速撿起畫紙，略一猶豫，便將其收在背後，道：「從食肆回來了？」

姜苑點頭道：「舅父與舅母都不在府上？」

徐望已經平靜了下來，道：「他們大概傍晚時分會回來。」

兩人之間默然片刻，姜苑率先開口道：「不打擾表兄，我先回院子了。」

她向徐望欠了欠身子，便從他身邊緩步離開。

徐望看著她遠去的背影，神色怔忡，又將畫拿過來瞄了一眼，隨即像被一盆冷水猛然澆醒一般，狼狽地將畫紙揉成一團。

到了草長鶯飛的時節，京城中，由於探花郎傅銘的一首詩，姜記食肆名聲大噪。

不得不說，傅銘此人很重情重義，當初姜苑不過是態度親切了一些，便讓他銘記至今。他登科後，毫不吝嗇地為姜記食肆題詩一首，姜苑便將他的手稿懸掛在食肆內最顯眼的地方。

傅銘儼然是食肆的半個代言人，有了他作的詩作跟親自宣傳，姜記食肆在周邊幾個坊內都有了名氣。

名號打響了，吸引來的人也越來越多。姜菀抓準時機，又租下幾處鋪子開了分店。所有分店都與總店採用相同的管理模式跟分工，統一從一個管道進貨，再分別派送到不同店面，店內的人手也經過精挑細選與用心培訓。

然而若只是一味開分店，營業模式未免顯得有些單一，姜菀便想開一家酒樓，除了日常飯食與點心，還能供應火鍋、烤肉等特殊料理。

酒樓所需的資金更高，地段的選擇也要更謹慎。姜菀這些日子走訪了不少地方，卻還沒能定下。

食肆內，崔恆拈起一塊花糕，笑著向沈澹道：「近日，京兆府的人紛紛棄衙門公廚而投向姜記，這位姜娘子當真了不起。」

沈澹抿唇不語，眼角卻隱約有笑意。

「聽聞姜記過些日子準備開設酒樓了？」崔恆問道。

沈澹頷首。

探花郎的詩作流傳開來後，姜菀的身世隨之廣為人知。

針對姜菀的情況，不乏有人暗中嘲諷，說她既然是當朝尚書的外甥女，也算得上半個世家女郎，這般拋頭露面，成何體統？

還有人猜測她是否被徐家捨棄了，否則怎會不當世家貴女，每日在廚房進進出出，這般勞碌？

這些非議並未影響姜菀，她依然勤勤懇懇地做生意，親自下廚，笑盈盈地招呼每個進店的客人。

徐蒼也暗中命人採取動作，讓所有人知道徐家並不迂腐古板，經商者也不低人一等。雖然多年來的觀念無法一夕之間改變，卻能令他們明白，徐家支持姜菀做的事。

除了探花郎傅銘，本朝大儒顧元直也多次造訪食肆，留下不少墨跡，因此姜菀是他故人之女的事情也漸漸傳開，眾人意識到她身分果真不一般，那些議論聲也慢慢平息了下去。

這一天，姜菀趁著客人較少的間隙與思菱等人商議新店鋪的選址問題。

最終選中的鋪子位於延壽坊，與啟平坊比鄰，同時緊挨著西市，客流量很大。店面一共三層樓，極為寬敞，通風也好，還有一處開闊的院落，最重要的是，此處原先是一家酒樓，只是因為經營不善而閉店。延壽坊內其他食肆沒這麼大的規模，一旦利用這店面發展起來，就會比其他食肆更有優勢。

姜菀調查過原先的酒樓開不下去的原因。一是廚子頻繁更換，口味變動太大，難以積累常客；二是缺少規範，管理有些混亂；三是店家精打細算，長久下來員工們不肯再為他做事。

分析過情況後，姜菀心中大致有了底，她有信心靠姜記的招牌讓酒樓順利經營起來。

按照規劃，每層樓都有雅間與散座。雅間私密性強，適合幾人拉上簾子密談，不被外人打擾；散座空間更大，除了平日提供給廣大食客，還能承辦一些宴席。

至於酒樓販售的吃食，她打算以飯食、點心為主，同時開闢出一定的空間改裝，專門供應火鍋、燒烤等食物。
火鍋有季節侷限性，冬日人氣最旺，但夏日便少有人選擇了；烤肉則一年四季都很受歡迎，不會輕易被天氣影響。姜菀打算最大限度利用店面，主打錯峰開放與分批供應，例如夏日就減少供應火鍋，將經營重心放在一般食物上，這樣也不至於浪費空間。
計劃定下來，就差與房主針對賃金進行斡旋了。
再次前去看屋時，姜菀終於見到了房主。前幾次同她談判的都是房主身邊的人，此次房主總算親自來了。
見到來人時，姜菀不禁愣住了。「是妳？」
房主明眸皓齒，舉止大方而不扭捏。她在姜菀面前坐下，淡淡笑道：「姜娘子，想不到我們如此有緣。」
正是那位曾大鬧青樓、揭穿未婚夫真面目的王凝霜。說起來，若不是她，天盛的藥粉案或許不會這麼快解決。
王凝霜說道：「聽我手下人說，最近有位姜娘子想租我們家的鋪子，我便想到了妳。今日一見，果然不出我所料。」
待姜菀說明情況後，王凝霜便輕笑道：「原來如此，我很樂意看見姜娘子拓展生意範圍，畢竟妳做的東西確實深得我心。」
如此一來，賃金的談判順利許多，王凝霜給出的價格很公道，也答應姜菀能隨意對店內進行裝修跟佈置。

末了，王凝霜道：「姜娘子，我家中產業眾多，由我直接管理的也不少，不知姜娘子有沒有打算同我合作經營店鋪？我可以為妳提供鋪子跟人手，妳只需要負責管理便可。」

姜菀笑了笑，說道：「來日方長，王娘子的話我會好好考慮的。」

租下這處鋪子後，姜菀很快就僱人前來裝修店內，隔出了專屬空間，仿照現代烤肉店的布局，在每張食案上方都安裝了單獨的煙囪，便於通風換氣，並訂製了同樣規格的烤爐、烤盤、銅鍋，再招募人手進行培訓。

與此同時，姜記也未捨棄最初打響招牌的點心。姜菀延續了以往的模式，與各坊內一些學堂乃至衙門合作，時不時為他們提供精緻又美味的點心。

姜記的前景，一片光明。

桃花流水鱖魚肥，正是吃鱖魚的好時節。

這個時候的鱖魚肉質肥美鮮嫩，清蒸能最大限度保留魚肉本身的鮮味，只需要稍加醃製，並在出鍋後澆上熱油，那麼吃起來不僅滑嫩，口感也很清爽。

今日姜菀親自下廚，將一樣樣料理端上了桌，又親自為徐蒼跟虞氏布菜。

她淺笑道：「舅父與舅母嚐嚐吧。」

徐蒼仔細地品嚐起了菜餚，溫聲道：「阿菀的手藝自然是最好的。」

虞氏亦讚道：「這魚肉清爽卻不會過於寡淡，自有一股鮮美。」

一旁的徐望有些心不在焉，只安靜吃著，並不吭聲。

飯後，徐蒼與虞氏在園子裡散了一會兒步，便回房歇午覺去了。

姜菀獨自沿著石子路走向園子深處，走至一方池子旁時，發覺徐望正佇立在那裡，低頭看著池中晃動的水波。

她遲疑了一下，出聲喊道：「表兄。」

徐望身子輕微一顫，隨即抬頭看向她，笑著說：「表妹。」

沈默片刻後，徐望問道：「幾日後，便是酒樓開張的日子了吧？」

姜菀頷首道：「正是。」

她挑了良辰吉日開門營業，那一日，除了徐家眾人，一些熟人也會前來為她捧場，像是蘇頤寧、秦姝嫻、荀遐等等，就連王凝霜也笑道：「姜娘子，那日我若得空，也想去瞧瞧。」

「籌備酒樓開張諸事繁雜，妳勞累了。」徐望的目光在姜菀略顯削瘦的臉頰上短暫停留了一瞬，很快就撇開。「若還有什麼短缺的或需要幫忙的，儘管告訴我。」

姜菀淺笑道：「那就先謝過表兄了。」

第六十八章　洞房花燭

徐望的喉頭滾了滾，從一旁的石桌上拿起幾幅卷軸，道：「妳說酒樓的陳設與佈置還未準備齊全，我便隨意畫了幾幅畫，若妳覺得可以，就拿去掛在店內。我……畫技粗陋，表妹莫要嫌棄。」

姜菀眼中掠過一絲訝異，接過卷軸打開後，發現畫作的內容大多清新淡雅，或多或少都與食物關聯。她看向徐望，真心實意道：「表兄有心了，阿菀感激不盡。」

徐望靜默一瞬後，試探著道：「聽說沈將軍就要登門納徵，進而請期了？」

姜菀想到自己數日不曾見到沈澹了，便道：「他是這樣同我說的。」

沈默半晌後，徐望又道：「阿菀，妳想好了嗎？若是……他待妳不好，我……表兄會為妳作主。」

姜菀笑著說道：「多謝表兄。他對我很好，是值得託付終身之人。」

「此生非他不可？」徐望有些艱難地擠出字句。

姜菀的聲音平靜而堅定。「是。」

徐望的笑容有些苦澀。「既如此，那我便祝你們琴瑟和諧、白頭到老。」

靜立了一會兒，徐望垂眸，深深盯著池面上的倒影看了一眼，道：「我先走了。」

「表兄。」姜菀叫住他，語氣自然。「表兄的畫技並不粗陋，畫中景物總是維妙維肖，只是人物方面似乎略微遜色，表兄日後還是別畫人像了。」

她朝他欠了欠身，轉身離去。

徐望僵在原地，許久後才自喉嚨裡逸出一聲嘆息，隨風飄散，落入碧波蕩漾的水中，再難捉摸。

原來……她一直都知道。

這一日，位於延壽坊的姜記酒樓正式開張。

姜菀更新一批嘉賓箋，採用全新的抽獎模式與獎品，果然吸引遠近各坊的人前來一探究竟。

首日的生意如她所料一般興旺，除了慕名來嚐鮮的食客，還有不少人是姜記的熟客，一路追隨至今。

莫綺亦帶著知蕓來到此處。姜菀領著莫綺登上樓，站在最高處俯瞰著源源不斷湧入酒樓的客人。

「阿菀，我還記得妳爹娘剛搬到崇安坊的情形。」莫綺回憶著。「那時他們意氣風發，決心在京城靠自己的本事過上富足的日子。」

她描述著姜氏夫婦的過去，也透過他們回憶自己的往昔。「阿菀，妳做到了。妳的爹娘在天有靈，一定會以妳為傲。」

姜菀眼底酸澀，輕聲道：「可惜，他們沒能看到今日。」

莫綺握住她的手說：「他們會看到的。蒼天有眼，一定會將妳如今的境況轉達給他們，妳放心。」

姜菀雙手扶住閣樓的圍欄，抬頭望遙遠的天邊，眼前彷彿浮現姜氏夫婦與自己前世母親的容貌。他們用慈愛的眼神看著她，輕聲低喚她的名字。

歲月不斷前行，她會承載著不同時空親人們的愛，繼續走下去，迎接屬於自己、更廣闊的未來。

傍晚時分，姜菀回到永安坊內的食肆。

眾人正在廚房忙碌，她則在院子樹下靜靜坐著，將方才從房間找出來的東西攤開在掌心查看。

那是沈澹離京前去解決天盛一事期間，她悄悄寫下卻未曾寄出的回信。

姜菀本想等沈澹回京後親手交給他，誰知遇上他中毒抱恙，用藥後還經歷了一段時日的不適。度過那段不安而忐忑的時光，等到沈澹徹底恢復後，她便將此事拋在腦後。

許是今日感慨良多，她便將那些信取了出來。

姜菀展開信紙，看著上面稍顯繾綣的字句，自己也覺得有點不好意思，很快就摺了起來，打算收進信封，扔進櫃子裡封存。

身後驀地響起一道聲音。「在看誰的信？」

姜菀一怔，信紙便脫了手。

沈澹將信接在手中，卻沒有打開，而是望著她，用眼神詢問。

姜菀的臉漸漸紅了起來。「是寫給你的。」

沈澹訝異不已。「妳我日日相見，為何還要寫信？」

得到姜菀的默許後，沈澹便拆開信，逐字逐句看了起來。

姜菀寫信的時候並未再三斟酌，而是想到哪就寫到哪。她將自己遇到的事情跟心裡的情緒全訴諸筆端，一點一點說給他聽。

沈澹看著信，半晌沒說話。

姜菀頓覺不自在，抬手要搶。「……給我。」

不料沈澹卻抬高了手腕，笑道：「我還未看完。」

姜菀佯怒，索性背過身去不看他。

許久後，沈澹自姜菀身後緩緩擁住她，低聲道：「阿菀，我時常覺得後悔。」

姜菀側頭看向他。「後悔什麼？」

「後悔沒早些向妳表達心意，沒早些迎娶妳過門。」沈澹溫熱的呼吸落在她耳畔。「否則，我們相伴的時日會更長一些。」

姜菀心中柔情湧動，伸手覆住他的手，道：「如今也不晚，我們還有無數個朝朝暮暮。」

沈澹抓著她的手腕輕柔地套了東西上去，姜菀定睛一看，他為自己戴上了一對玉鐲——質地通透細膩，觸手溫潤。

「何以致契闊？繞腕雙跳脫。」沈澹低聲呢喃，握住她的手放在唇邊輕輕一吻。

「往後無數朝暮，我們都能相依相伴。」他微微一笑，繼續說了下去——

「春日杏花如雪，我們可以去京郊漫步。

「夏日菡萏芬芳，我們可以盪舟，共賞蓮葉田田。

「秋日落下第一場桂花雨時，我們一同釀就桂花酒，在氤氳香氣中舉杯同飲。

「冬日漫天飛雪，我們雪中訪梅，折下梅花插在瓶中，再圍爐煮茶。

「阿菀，妳願意同我並肩一起走下去，結髮為夫妻，白頭到老嗎？」

沈澹轉過身與姜菀面對面，凝視著她澄澈的眸子，緩緩問道。

姜菀微微抬頭，望進他深邃的眼中，說道：「我願意。」

沈澹雙手按住她的肩，低下頭，一個熾熱的吻落在她額頭。

一彎明月攀上夜幕，皎潔的光芒照亮這對有情人相依相偎的身影。

從今往後，任憑人生再多變幻，他們的心都會緊緊挨在一處，共同面對餘生的一切風雨。

縱使光陰流轉，此情綿綿不斷。四時良辰好景，只願與君同看。

八月初八，大吉，宜嫁娶。

徐府喜氣洋洋，廊柱與門匾上都纏著紅綢與絹花，映在眼底是一片鮮豔又熱烈的紅色。

這個時節的京城已有了秋意，院中高大的樹木被風拂過，枝葉沙沙作響。樹影搖晃，眼看便到了暮色四合之時。

此刻，姜菀正坐在妝鏡前，由身旁人再次檢視全身的妝扮與釵環。她身穿一襲青綠色的嫁衣，嫁衣上繡著精緻而華美的花紋，烏油油的髮髻上則插著花釵。

姜菀微微垂著頭，秀眉嫻雅、明眸流盼，唇上點著胭脂，盡顯花容玉貌。

「小娘子……」思菱輕聲喚道。

虞氏最初指派鐘慈服侍姜菀，但姜菀想到鐘翁對孫女的愧疚，日日期盼孫女能早日歸家，便與虞氏商量，歸還了鐘慈的身契，放她離開徐府，徹底成為自由之身。

鐘慈主動提出想去姜記食肆做事，好多存些銀錢孝敬祖父。她行事素來妥帖，姜菀便答應了。

如此一來，姜菀身邊就少了個知心的人服侍。思菱放心不下，便跟在姜菀身邊陪她一道出嫁，往後會待在她身邊幫忙打理沈府跟食肆諸多事宜。此外，虞氏也從府裡挑了不少老實本分的侍女，隨姜菀到沈府。

思菱望著鏡中小娘子嬌豔的眉眼，不禁眼含淚光，低聲道：「娘子若是知道小娘子有了好歸宿，一定很高興。」

姜菀握住她放在自己肩頭的手，微笑道：「思菱，有妳陪著我，我也安心不少。」

一旁的姜荔紅著眼眶，輕聲說道：「阿姊，我捨不得妳嫁人。」

姜菀撫著她的鬢髮，柔聲道：「阿荔，不論阿姊嫁不嫁人，我永遠都是妳的姊姊。往後阿姊不在妳身邊，妳要好好聽舅父跟舅母的話，安心唸書。雖然阿姊嫁人了，但我們還是能常常見面。」

姊妹倆執手相望，雖努力擠出笑容，到底還是淚眼矇矓。自從雙親辭世，她們便是彼此最親的人，一朝分別，怎能不黯然神傷？

一應事宜打點好後，時辰也到了，姜菀便由思菱扶著起身，先去前頭堂上拜別長輩。

徐蒼素來嚴肅，然而此刻臉上卻浮現些許不捨與感傷。他看著外甥女盛裝的模樣，恍然產生錯覺，彷彿今日是送妹妹出嫁。不過他很快就回過神，掩去眼底的傷懷，道：「妳出嫁以後，萬事須自己留神，但也不必瞻前顧後，有所顧忌。只要舅父跟舅母在這世上一日，便一定會為妳作主。」

他又道：「我瞧沈澹此人算得上能託付終身，望你們兩人能和和美美，攜手度過往後的日子。」

虞氏則叮囑道：「如今沈府無翁姑，妳是唯一的女主人。馭下須寬嚴相濟，既不可過分嚴苛，落得苛待奴僕的名聲；也不能太過柔弱，被下人欺負了。」

姜菀跪著哽咽道：「多謝舅父跟舅母這些時日的關懷與照拂，阿菀日後會照顧好自己。」

虞氏攙起她，摩挲著她的手道：「好孩子，往後你們夫妻便是一體，要好好過日子。」

該說的話說完，新郎也到了。按照習俗，新郎須先受一番「棒打」與捉弄，再作催妝詩。

姜菀一顆心怦怦直跳，聽見沈澹清潤的聲音響起。他語帶笑意，不緊不慢地唸著詩句。

分明是些溢美之詞，從他口中唸出來，卻顯得無比真摯。

等到催妝詩唸罷，姜菀就由人攙扶著坐進行障的馬鞍上。隔著重重帳簾，她隱約窺見一個高大挺拔的身影正立在帳外行「奠雁禮」。

對沈澹來說，此禮輕而易舉，他只稍稍使力，便將大雁擲了過來。徐府這邊的人則一起上前，七手八腳地將雁裹住，用五色的絲錦纏住雁嘴。

撤障後，沈澹步入帳內，一眼看見的便是手執紈扇端坐其中的姜菀。雖然隔著扇子看不清面容，但那熟悉的身形與氣息，還是讓他心頭一熱。

婚前他們已經多日未見，對沈澹而言，著實難熬。此刻，他看著姜菀，想像紈扇後是怎麼一副嬌豔的容顏，情不自禁地揚起了唇角。

待一系列儀式走完，姜菀執起紈扇遮覆住面容，走出大門，坐上了花轎。

去往沈府的路上，姜菀短暫地放下扇子，輕輕吁了口氣。她心中既是歡喜，又感到緊張。雖然不知往後會是如何光景，但她並不後悔與沈澹結為眷侶，共同迎向接下來無數個日日夜夜。

抵達了沈府，又進行了一些儀式，兩人才終於並肩坐在新房中。

由於沈澹身分不凡，聖上與皇后遣出不少女使與女官前來賀喜，也有許多身分尊貴的女客過來湊趣。卻扇後，眾人見到新娘的容顏，不免又是一番讚嘆。

賓客前往宴席場地後，一對新人飲了合巹酒、吃過同牢飯，身邊總算安靜了下來。

沈澹望著姜菀，覺得今日的她格外好看，一顰一笑都猛烈撞擊自己的心。他強忍著心頭的燥熱，低聲道：「我先去招待賓客，房中有不少點心跟吃食，妳若是餓了，就先用一些。要是不合胃口，便打發人換其他的來。」

姜菀點點頭道：「去吧。少喝些酒，當心傷胃。」之前沈澹按照郎中的囑咐好生調理許久，胃疾算是有所好轉，但飲食上仍需要多多注意。

沈澹含笑執起她的手說道：「我曉得。」

待沈澹離開，思菱才上前道：「小娘子累壞了吧。」說著，她伸手替姜菀拆下那些沈甸甸的頭飾，一個來自徐府的侍女則端上茶盞，問道：「小娘子是否要用些飯食？」

姜菀抬頭一看，食案上擺了不少熱氣騰騰的酒菜，她確實有些餓了，便簡單吃了些。稍微墊了墊肚子，思菱又服侍著姜菀卸下妝容，換了身家常服。

姜菀動了動痠痛的肩膀，笑道：「這滿頭珠釵可真是累人。」思菱替她捏著肩，道：「這會兒沈將軍在前面，一時回不來，小娘子要先瞧瞧旁人送來的賀禮嗎？」

姜菀頷首。「險些忘了，快拿出來瞧瞧吧。」

思菱將一旁的描金箱子拖出來打開。

自從婚事定下之後，不少熟人都為姜菀送來了賀禮。各式物品都分門別類擺好，每一樣都附了張紙箋，由徐府的侍女在上面寫明送禮之人。

姜菀饒有興致地翻看起來，發覺有蘇頤寧、秦姝嫻、莫綺、王凝霜送的禮物，大多是精美的首飾跟擺件，還有一些很難得的香料，看得出用了些心思。她伸手撫過那些東西，道：「她們有心了。」

除去這些，姜菀還發現一個模樣平常的布包。打開來一看，是手工製作的木雕，雕琢成一對小人兒，看起來栩栩如生。

思菱自言自語道：「這木雕不知是何處買來的？」

姜菀心中已有了猜測，她翻看著黏貼在外層的紙箋，果然看到了熟悉的稱謂。是鐘翁。

想起那個總是笑呵呵的老人家，姜菀輕輕笑了笑，說道：「鐘翁的手藝果然一如既往精妙。」

她望著滿箱的禮物，想起與他們相識、相知的往事，心頭一片柔軟。

待新房內一切打點妥當，去會客的沈澹也回來了。

他面色如常，看起來到不顯醉意，然而一靠近，姜菀便嗅到他身上的酒味，不由得輕輕蹙眉，擔心他再度犯了胃疾。

沈澹卻誤以為她是聞不慣酒氣，沒多說什麼，先去屋後的浴間沖了個澡，換上一身乾淨的寢衣，這才慢慢走到姜菀面前，半俯下身子，珍重地握住她的手。

姜菀抬眸，正好與他四目相對。

屋內的人都退了出去，只留下他們夫婦兩人。明亮的燭火搖曳著，映在他眼底，泛著不同於以往的光芒，分外耀眼。

「阿菀，」沈澹開口道：「這一日我盼了太久，直至此刻，我還覺得自己身在夢中。」過了這麼多年，他總算不再是孤單一人。

姜菀傾了傾身子，與他額頭相抵。「不是夢，我正在你身邊。」

「阿菀，往後不論是經營事業還是其他事，妳都能隨自己的心意去做，府裡沒什麼規矩，也不會有人束縛妳，」沈澹的聲音低了低。「只要妳記得還有郎君在家裡等著妳回來就好。我知道妳時時刻刻惦記著食肆，不過忙碌之餘莫要太過操勞，否則累壞了身子可不好。」

許是喝了酒的緣故，沈澹絮絮叨叨地說起這些重複過無數遍的話。

他頓了頓，又道：「我……除了妳以外，不曾有過傾心相許的小娘子，也是頭一回做人家的郎君。若有什麼不妥之處，還望阿菀能指點一二，萬事以妳的意願為上。」

姜菀淺淺一笑，伸手捧起他的臉道：「知道了，我的……郎君。」

她靠過去在他唇上啄了啄，正要退開，沈澹卻忽然一手攬住她的腰身，加深這唇齒間的觸碰。

他手心炙熱，隔著輕薄的衣裳在她的腰身上遊走，令她的肌膚泛起細微的酥麻。

姜菀身子輕輕顫了顫，隨著他的吻移到耳畔，她抑制不住地向後傾倒。

沈澹的雙手撐在她身側，定定地瞧著她的眼睛。

姜菀仰面躺在床榻上，長髮披散開來，如綢緞般閃著光澤。卸下妝容的她依舊嬌美，沈澹克制不住，低頭輕輕吻著她的面龐，自眉心一直到唇角，而後緩緩下移。

姜菀被燭火晃了眼，下意識地抬手擋了擋。沈澹見狀，便去吹熄燭火，屋內立刻變得昏暗，令她不禁更加緊張起來。

沈澹感受到她猛烈的心跳聲，放柔了聲音道：「阿菀，我會小心的。」

他的指尖慢慢挑開了她的衣裳，動作輕柔，卻帶著灼人的熱意，手指每經過一處，都彷彿燃起了火星。

很快的，他的唇取代了手指，細細地吻過她每一寸肌膚，兩人的呼吸不約而同地急促了起來。

姜菀本想說什麼，卻覺得渾身的力氣都被抽走了。她垂落身側的手被沈澹一點點展開，與他十指相握。

「阿菀……」他的聲音在她耳邊呢喃著。

帳幔落下，掩住一室春光。

第六十九章　婚後日常

成婚後，這對新婚夫妻便要入宮覲見聖上與皇后。

姜菀一早就起身，簡單梳洗過後，侍女送上了早食。她在食案前坐下，就見廚房準備了粥菜，還有不少精緻的點心。

其中有一樣花糕的造型格外引人注目。姜菀拈起一塊，見糕點表面有曲折的花紋，還撒了糖霜。

一旁的侍女見她盯著那花糕看得目不轉睛，便笑道：「娘子，這是阿郎特地命廚房研製出的新鮮花樣，也是廚子們為了恭賀阿郎與娘子新婚之喜準備的，喚作『連理枝』，不知娘子是否滿意？」

聽了這名字，姜菀再看向糕點表面的花樣，恍然大悟道：「原來如此。」

這糕點軟糯細膩、甜度適中，她細細品嚐之後，不由得讚道：「好手藝。」

沈澹正好走進屋內，聞言問道：「什麼好手藝？」

他在姜菀對面落坐，見她手中只有一塊糕點，便取過木勺為她盛了一碗粥，又布了些爽口小菜在她盤子中，將餐點推到她面前。

姜菀眉眼一彎，說道：「你嚐嚐這糕點。」

沈澹微微一笑道：「是『連理枝』。」

兩人對視一眼，笑意中含著脈脈柔情。

悠閒地吃完早食，兩人各自讓人服侍著換上入宮覲見的衣裳，這才相繼步出臥房，出門登上馬車，往宮中而去。

沈澹見姜菀安靜地盯著車窗外出神，便問道：「累了嗎？」

姜菀搖了搖頭說：「只是有些緊張。」她從未進過皇宮，心底還是有些忐忑。

沈澹明白她心中所想，寬慰道：「不必擔心，有我在。」

馬車到了宮門外，沈澹率先下車，站穩後朝車上伸出手臂。肅立一旁的守衛只見一位衣飾華貴的女郎輕巧地彎下身子，扶著沈將軍的手穩穩地走了下來，她一側頭，便露出一張嬌豔的面孔。

眾人皆知沈將軍已經二十四、五歲了，過去身邊連一個小娘子都沒有。不料他悶聲不響，忽然就這麼跟徐尚書的外甥女結了親，今日親眼一見，只覺得兩人很登對。

內侍引著他們進入宮殿，上方端坐著帝后，姜菀不敢抬頭去看，只與沈澹跪在下首早已備好的軟墊上，俯身拜了下去。

禮畢，聖上和煦地笑著令兩人起身，又在偏殿賜座上茶，與皇后一道向他們夫妻倆說了些恭賀與體恤之語。

直到此刻，姜菀才稍稍抬起眉眼，不動聲色地打量起了帝后。

其實她看過聖上，只是從未見過他身穿黃袍的模樣。

聖上面容英朗，有種不怒自威的氣勢，眉宇間略顯一道溝壑，大概是常皺眉的緣故；一旁的皇后體態豐腴，寬大的衣裳也掩不住隆起的腹部。她眉目和善、溫婉大方，讓初入宮闈的姜菀心下稍安。

幾人說了會兒話，聖上便與沈澮去外間談論政事，皇后則留姜菀在殿內說些體己話。

皇后笑容溫和，道：「聽聖上說，妳過去曾吃了不少苦頭，幸而後來被徐尚書尋了回來。沈將軍是聖上的股肱之臣，我們一直記掛著你倆的婚事，如今見你們禮成，頗感欣慰。」

姜菀笑道：「多謝聖上與皇后娘娘的恩典。」

皇后倚靠在榻上，又問了姜菀幾句平日的生活起居。待聖上與沈澮談完正事，便開宴了。

宴席上，姜菀仔細觀察，見聖上與皇后雖然相處和睦，但一舉一動卻看不出有多深的情分。聖上不過是尋常地問候了皇后幾句，便不再多言。

待用完午食，兩人領了不少賞賜，就出宮乘車回府去了。

路上，姜菀好奇地問道：「聖上與皇后娘娘一向都是如此嗎？」

沈澮知道她的意思，解釋道：「聖上的心思妳也知道，他自是不會對皇后娘娘多麼深情，但會給她一切尊榮與敬重。皇后娘娘自從入主中宮以來，事事勤勉，將宮中事務打理得有條不紊，對聖上也是勤謹恭慎，對太后娘娘孝敬有加，皇宮上下都對她頗為讚譽。」

他輕輕揚唇，道：「皇后娘娘出身世家，自幼便接受最傳統的教導，德言容功皆備。可以說，她的雙親從一開始便是為了讓她入宮而做好準備。太后娘娘最欣賞這樣的女子，是以格外中意她，至於聖上……」

沈澹抿了一口茶，緩緩道：「在聖上心中，第一要緊的是國事，其他的都不重要。皇后娘娘既然不是蘇娘子，那麼是誰都一樣，聖上不會在意。」

姜菀道：「我瞧皇后娘娘對聖上也並未多上心，如此正好，免得付出一片真情卻被辜負。」

沈澹點頭道：「皇后娘娘一向理智，她只要家族榮耀、自己能位居中宮便足矣，當初太后娘娘看中她，也有這麼一番緣故。太后娘娘希望聖上有一位端雅賢淑的皇后，而非一個兩情相悅的心上人。」

姜菀問道：「那聖上對後宮其他妃嬪也是如此嗎？」

沈澹道：「是。聖上從未偏寵過任何人，對所有妃嬪都一視同仁。正因如此，眾妃嬪也無心爭寵，因為她們知道聖上就是如此冷淡。若他對皇后娘娘有那麼一點不同，那便是因為她能誕下嫡子女吧。」

姜菀了然地點頭。帝王家最不需要的便是真心，她不禁為蘇頤寧感到慶幸。如今看來，蘇頤寧做出了正確的選擇，聖上實非良配。

八月十五是中秋節，恰巧是兩人婚後的第一個佳節。

過節前一日，禁軍司事務繁忙，沈澹忙完之後回府時，已經過了午食的時辰。

他加快步伐進了臥房，目光梭巡一圈，發現姜菀正在窗邊寫字。

午後明亮的日光落滿姜菀周身，她就那樣專注地盯著紙上的字跡，白玉般的手握住毛筆，一筆一畫地寫著。

沈澹沒急著出聲，而是在一旁靜靜看著她。這樣美好的時刻，他不必去思考其他瑣事，只需要噙著笑意看著她，即便什麼都不做，心中也很滿足。

姜菀心無旁騖地寫完字，這才稍稍動了動肩膀，一抬頭，看見不知何時回來的沈澹，頓時驚喜地笑道：「你何時回來的？怎麼也不說一聲。」

她擱下筆，甩了甩痠痛的手腕。

沈澹適時遞來一盞茶，抿唇笑道：「娘子寫字辛苦了，用些茶吧。」

他將茶盞湊到姜菀唇邊，服侍著她用了茶。姜菀順勢往他身上靠了靠，沈澹便握住她的手腕輕輕揉著。「中秋那日，妳想去哪裡？」

姜菀道：「蘭橋燈會最熱鬧，不如就去那裡。到底是京城盛景，值得一看。」

沈澹點頭。「好。」

他略微思索了一下，說道：「逛完蘭橋燈會，要不要再去別處看看？」

姜菀側頭看他。「京城中還有什麼景致嗎？」

他說道：「城外的流雲山，立於山頂，可以看見沿橋一帶所有花燈點亮之後的景致，有如綿延不絕的燦爛流水，穿過雲安城。此外，還能在山頂觀看煙火。」

姜菀被他說得心馳神往。「那便去流雲山吧。」

沈澹輕輕笑了笑，道：「好。」

姜菀覺得沈澹的笑容似乎藏了些別的意思，正想多問一句，卻見他彎腰把自己一把抱了起來，驚得她伸臂摟住他的脖子。

沈澹垂眸看她，說道：「該歇午覺了。」

兩人仰面望著帳頂許久，姜菀側過身來，伸手輕撫他眉眼，問道：「今日在宮中好好用午食了嗎？」

沈澹捉住她的手放在唇邊輕吻了一下，道：「放心。我如今是有娘子的人，自然萬事都聽妳的，不會於飲食上疏忽。」

又說了一會兒話，姜菀的睏意漸漸上湧，便闔上了眼。她一睡著，身體便不由自主地往沈澹身邊靠了過去。

帶著幽香的髮絲擦過沈澹鼻間，彷彿在她心裡點了一簇火。她就那樣依戀地靠在自己身上，柔軟溫熱的手臂蹭著自己單薄的寢衣，生出綿綿不斷的癢意。

沈澹稍稍翻了個身，與她面對面躺著，聽著她平穩的呼吸聲，忍不住湊上前在她面頰上印了一個吻。

屋內靜悄悄的，床榻不遠處焚著香，清雅怡人的淡香味絲絲縷縷飄浮在空氣中，沈澹慢慢閉上眼，只覺得歲月靜好。

這就是他夢寐以求、寧靜平凡卻格外舒心的生活。

姜菀一覺醒來時，只覺得通體舒暢。她揉了揉眼睛，見床帳低垂著，遮住了外頭的光線，一時看不出是什麼時辰。

她見沈澹似乎睡得很沈，便輕手輕腳從被褥中抽出身，打算跨過他的身子下床。然而她甫一動作，睡夢中的沈澹便似有所覺，動了動身子。姜菀收勢不及，整個人撲在他身上。

沈澹睜開眼看向她，眼底還殘留著濃重的睡意，聲音低沈道：「醒了？」

姜菀點點頭，正要說話，卻見沈澹順勢一扯，將她捲進被子裡，兩人緊緊貼在一起。

她心跳如擂鼓，道：「你——」

沈澹沒說話，而是低頭封住她的唇，用行動回答她所有的疑問。床帳內的溫度逐漸升溫，身體變得滾燙而熾熱。

神思迷濛之際，姜菀忽然輕哼了一聲，道：「你從前分明不是這樣。」

沈澹笑問：「阿菀覺得我從前是什麼樣？」

她皺著眉思索半晌，道：「不苟言笑的冷面郎君。」

沈澹搖頭道：「哪有成了婚的人還擺出一副冷臉的？我好不容易才娶到娘子，自然要使盡渾身解數……熱起來。」

這一語雙關讓姜菀面紅耳赤，她伸手捂住他的嘴，惱道：「你——不准說話！」

沈澹果然不說話了，但嘴卻沒閒著。姜菀死死咬住唇，不讓自己發出聲音。

她暈乎乎地想著，他究竟是從哪學來這些花招的？

這麼一折騰，待兩人再度起身時，已是黃昏。

姜菀推開還想同自己膩在一處的男人，嗔怪道：「你瞧瞧都什麼時候了？」

沈澹看了天色一眼，笑道：「不晚，還未到晚食的時辰。」

姜菀輕輕踢了他的小腿一腳。「我餓了。」

兩人各自梳洗了一番，姜菀對著妝鏡梳理長髮，沈澹便吩咐廚房先做兩碗酒釀桂花圓子與鹹口的千層酥來。

他緩步走到姜菀身後，接過她手中的梳子，先將她的髮尾捋順，這才輕柔地開始梳頭，免得扯痛了她。

沈澹熟練地將她的頭髮綰成髮髻，再插上自己送的那支簪子。這樁事他日日都做，已經駕輕就熟，再也不復最初的笨拙忙亂了。

等到點心送上來，兩人便各自捧著一碗酒釀桂花圓子吃了起來。

姜菀像是想起什麼，問道：「中秋那日你不用跟著聖上嗎？」

沈澹道：「那日有宮宴，但我已向聖上告假，可以提早出宮。放心，只要聖上不微服出宮，我便不需要跟在他身旁。」

姜菀放下木勺。「去年中秋，你是不是隨聖上微服出宮去了蘭橋？」

沈澹微訝，隨即含笑道：「正是。」

那時姜記小攤舉行了引人注目的「轉盤抽獎」，他聽怎麼都抽不中大獎的荀遐「哭訴」，便為他出手，抽中了一杯珍珠奶茶。

那溫熱清甜的香氣彷彿還縈繞在舌尖，沈澹忽然笑了笑，說道：「有點懷念那杯奶茶的味道。」

姜菀記得他只嗅了嗅，便聞出茶湯的成分，便道：「想不到沈將軍的鼻子那樣靈。」見沈澹低頭一笑，她又問道：「燈會後，我在蘭橋附近遇見了蘇娘子，那晚她是不是與聖上見面了？」

沈澹頷首道：「正是。」

吃完酒釀桂花圓子，沈澹用帕子揩了揩唇角。「明日中秋，妳要如何安排？」

白日姜菀自然要去幾家店鋪走動，晚食前再與宋鳶等人碰面。晚間那頓飯原該全家團聚的，只是徐蒼與沈澹一樣，要在宮內參加宮宴，等宴席散去才能回府。

姜菀道：「舅母似乎不必去赴宴，我便去府裡陪她一道用膳吧。待你出宮回來，我們再去蘭橋燈會，想來那時滿街的花燈都點亮了，一定很好看。」

沈澹道：「好。」

八月十五，天朗氣清。

沈澹在禁軍司忙碌，姜菀則去姜記各家店鋪巡視一番。

自永安坊開始，她一路走訪，最終繞回到長樂坊。抵達長樂坊的食肆時，恰好是午後，客人不多。

姜菀邁步進入店內，一個手執掃帚清掃的小二認出她，忙笑咪咪道：「小娘子來了。」

正低頭理著帳簿的莫綺抬眸，驚喜道：「阿菀？」

姜菀上前道：「我今日要來接阿荔，便過來店裡看看。」

莫綺從櫃檯後走了出來。「如今一切都好，妳不必擔心。倒是妳，才新婚不久，何不在家歇著？」

姜菀笑道：「我生性耐不住清閒，必得常來店裡瞧瞧才行。」

莫綺撫著姜菀的手，說道：「阿菀，我看沈將軍是可靠之人，妳的終身託付給他，我很放心。」

她笑道：「現在我照顧蕓兒、打理學堂廚房、看顧食肆，雖說累了一些，但心底卻極為踏實。這是我期盼了半生的好日子，幸虧一切都不算太晚。」

姜菀心頭溫熱，道：「聽莫姨這樣說，我便知道當初開辦這間食肆是正確的選擇。松竹學堂的學子較從前多了不少，莫姨還忙得過來嗎？若是人手不夠，可以再設法招些人來。」

莫綺道：「阿菀放心，若是我顧不過來，會儘早告訴妳的。」

她笑著拍了拍姜菀的手道：「阿荔應當還在等妳，快去學堂吧。」

從食肆出來後，姜菀便往松竹學堂走去，算算時辰，應當是學子們陸陸續續離開的時候。

她才剛走到學堂門前，便看見蘇頤寧站在那裡，含笑目送一個個學子出門。

姜菀走上前道：「蘇娘子，我來接阿荔了。」

蘇頤寧露出溫婉的笑容道：「姜娘子，請隨我來。」

她與姜菀肩並肩走進學堂裡，園子裡秋意漸濃，路旁的楓樹落下幾片轉紅的葉子。

「目前學堂一切都還順利嗎？」姜菀問道。

蘇頤寧露出恬靜的微笑道：「如今學子共有三十多名，人人程度不一，我難免需要多費些心思，卻不覺得疲累。倒是荀將軍，他本就公務繁忙，只怕有些分身乏術。若是能請一位女夫子來教導武學就好了，只是一時沒有人選。」

姜菀忽然想起秦姝嫻，便道：「我與荀將軍都識得一位於武學上頗為精通的小娘子，只是她尚在縣學唸書，怕是沒有多餘的時間。」

蘇頤寧問道：「不知那位小娘子是何人？我可以先去拜訪。」

姜菀將秦姝嫻的背景告知蘇頤寧，蘇頤寧低眸思索片刻後，道：「改日我先向荀將軍請教一番，再做決斷。」

談話間，兩人已走到風荷院門外。

姜荔正等在那裡，見狀立刻又驚又喜地上前道：「阿姊！妳真的親自來接我了！」

姜菀抬手刮了刮她的鼻子。「阿姊答應妳的事，怎會食言？」

蘇頤寧看著她們姊妹倆的互動，眼底閃過一絲黯然，轉瞬即逝。她笑著說道：「今日是中秋節，快些回去同家人團聚吧。」

目送著兩人離去的身影，蘇頤寧輕輕嘆了口氣。

兩人上了馬車，一路順暢地抵達徐府。

「二娘子跟三娘子回來了！」一僕從高聲喊道。

姜菀與姜荔一路入內，很快便到了正堂。

虞氏正飲著熱茶，見兩人進來，忙招手讓她們坐在自己身邊，道：「方才宮中來人傳了口諭，說是聖上恩典，令今晚參加宮宴的朝臣家女眷也入宮赴宴。妳們回來得正好，還來得及收拾。」

姊妹倆不禁面面相覷，姜菀道：「先前並不曾說要我們也去。」

虞氏解釋道：「按照舊制，中秋宮宴確實該這樣安排，聖上與群臣宴飲，皇后娘娘則在另一處招待女眷們。只是……先皇后去世後，中宮之位空缺，這項傳統便暫時取消。如今宮中有了繼后，自然要重新操辦起來。」

如此一來，原本說好的團圓宴頓時化為泡影。然而皇命不可違，姜菀只好先行返回沈府，按照品級穿戴完畢，再前往徐府，與舅母及妹妹一道前去。

姜荔有些忐忑地說：「舅母、阿姊，我真的要去嗎？」

虞氏伸手為她撫了撫鬢角。「當然。阿荔不必怕，只管跟著我們便好。」

徐府門前停著馬車，三人各自上了車，往皇宮而去。

第七十章　相偎相依

華陽殿內張燈結綵、觥籌交錯。

女眷宴飲之處設在一旁的長陽殿，姜菀與姜荔跟在舅母身後進殿，在食案後坐下。

吉時一到，隨宮人的喊聲響起，殿內所有人紛紛跪伏在地，齊聲道：「皇后娘娘萬安！」

片刻後，一個輕柔的聲音道：「免禮。」

姜菀直起身子，就見皇后盛裝華服，端莊坐於上首。相較於上次見面，她今日的神色有些倦怠，似乎是強撐著來主持這場宴會。

皇后舉起了茶盞，笑道：「今日是團圓佳節，本宮有孕在身，以茶代酒，願各位萬事順遂。」

在皇后帶領下，女眷們之間的氣氛熱絡了起來。姜菀抿了口酒，暗嘆宮中的酒果然不錯，酒香醇厚、餘味悠長。

她深知自己酒量不好，因而不敢貪杯，略嚐了幾口後便悄悄把自己杯盞中的液體換成跟姜荔一樣的梅子汁。

酒過三巡，皇后打算去偏殿更衣，然而，她剛一起身，臉色就變了，低低地痛呼出聲。一旁的宮女眼明手快，立刻上前扶住了她，問道：「娘娘怎麼了？」

皇后一手按住腹部，艱難地說道：「大概是……要生了……」

這個動靜引起了眾人的注意，不知是誰高聲呼道：「娘娘沒事吧?!」

姜菀正與姜荔低聲討論哪幾樣點心不錯，便聽見這一聲呼喊，不由得抬頭看過去，就見皇后已經被幾個宮女扶了下去。

從旁人的議論聲中，姜菀這才知曉，原來皇后要生產了，看起來才會那般痛苦。

很快的，華陽殿傳來了消息，聽聞聖上得知皇后即將分娩，便拋下群臣，火速趕過去探望皇后。

有人聽了，便小聲道：「聖上對皇后娘娘真是情深義重。」

姜菀眸光一動，端起杯盞抿了口酸甜的梅子汁，耳邊又聽見另一人道：「聖上對先皇后亦是如此，為了她多年不肯立繼后。好在如今的皇后娘娘溫婉賢淑，才能讓聖上對她如此愛重。聖上與娘娘感情甚篤，也是天下之幸。」

聞言，姜菀心頭泛起疑惑。

先皇后、蘇頤寧……聖上究竟對誰情根深種？

由於生產耗時，很快便有宮人傳來聖上的口諭，命眾人自行出宮，不必在此枯等。姜菀與姜荔便隨虞氏起身，順著人潮往宮外走去。

三人在宮門外碰巧遇見徐蒼與徐望，姜菀便說道：「舅父與舅母先回吧，我在這裡等泊言。」

沈澹曾讓她在宮門外等候，準備一會兒一起去逛蘭橋燈會。

徐蒼道：「無妨，待他來了，我們再走也不遲。」

沈澹很快就過來了，他向徐氏夫婦見過禮，這才牽著姜菀上了馬車。

夫婦倆並肩坐在馬車裡，姜菀似乎嗅到沈澹身上有酒味，便問道：「你飲酒了嗎？」

沈澹側身貼過來，輕輕含住她的唇吮了吮，呢喃道：「沒有吧？」

姜菀從他的舌尖嚐到了梅子汁的酸甜味，臉上不禁發熱，果然見他啟唇一笑，說道：「我們喝了同樣的東西。」

他展臂摟住姜菀，道：「宮宴費了些時間，妳若是倦了，先瞇一會兒吧。」

姜菀貼著他的胸膛，想起方才宴席上聽來的話，猶豫了一下，低聲道：「方才我聽人說，聖上對先皇后情深似海，為此遲遲不肯立繼后，他究竟……對多少人有過深情？」

沈澹的手在她後背輕輕拍了拍，道：「此中緣故連太后娘娘都不知曉，因此我沒對妳說過。聖上從未對先皇后有過什麼深情，他只不過是以此為由來掩蓋自己對蘇娘子的情意罷了。」

姜菀的神情有些愕然。「掩蓋？」

沈澹道：「聖上不願讓旁人——特別是太后娘娘知曉此事，只能搬出先皇后，營造出對先皇后情深的假象，好拒絕太后娘娘讓他立繼后的旨意。」

「可是我記得，蘇娘子在宮中時，不就是在太后娘娘身邊服侍？按理說，太后娘娘應當很喜歡她，聖上為何要遮遮掩掩？」姜菀皺眉。

沈澹搖頭道：「太后娘娘對她的喜歡，不足以讓她成為皇后人選。況且太后娘娘最忌諱聖上對女子太過癡情，若她知道聖上是因為蘇娘子才不肯立繼后，只怕那點微弱的喜歡便會成為反感。」

姜菀沈默半晌後，說道：「可這樣對先皇后何曾公平？她已不在人世，卻白白承擔了罵名。」

對此，沈澹不欲多言，只道：「前面便是蘭橋了，我們下去走走吧。」

下了馬車後，只見蘭橋人山人海，到處都掛著璀璨奪目的花燈，將橋上與橋畔映得亮如白晝。

沈澹伸臂護在姜菀腰側，陪著她一道在人海中穿梭。

兩人一路閒逛，沈澹很快就提了不少幾個外型各異的花燈，還拿著一些點心。等姜菀走累了，他才柔聲道：「還走得動嗎？接下來還要去流雲山，妳若是累了，就改日再去。」

姜菀確實雙腿痠痛，但她想起那日沈澹提起流雲山時的神情，就不想讓他失望，便道：「我不累。」

離開蘭橋，馬車平穩地出了城。中秋夜沒有宵禁，不必擔心城門關了回不來。

然而到了山腳下，姜菀便有些乏了。她勉強爬了些路，便支撐不住。

沈澹在她面前蹲下，語帶笑意道：「上來吧，我揹妳上去。」

眼看距離山頂還有很長一段路，姜菀猶豫了一下，便乖乖地攀上了他的肩膀。

晚風輕輕拂來，沈澹揹著她穩穩當當走著，姜菀的臉貼著他的衣領，鼻間是他身上的冷香味。

過了一會兒，兩人抵達山頂。流雲山頂有一座觀景亭，姜菀在亭中坐下，側身靠著欄杆，望向山下那在夜色中發光、有如珠寶盒一般的燈會。

沈澹立在姜菀身後，身子微微前傾，同她一道賞景。許久後，他忽然在她耳邊輕笑一聲道：「時辰到了。」

「什麼？」姜菀不明所以。

下一刻，遠處忽然響起清脆而響亮的轟隆聲，緊接著，煙火迅速升入夜空，綻放出燦爛明亮的火花。無數細小的光點在空中飛舞閃耀，恍若一顆顆熠熠生輝的星辰，爆發後緩緩墜入人間。

姜菀正欲開口，卻見空中的煙火不斷變換圖樣，星星點點的火花漸漸組成了一個側影，那模樣彷彿是她。

她愣住了。「這是——」

接著，又出現了一對相互依靠的身影，正是自己與沈澹。

「喜歡嗎？」沈澹的聲音在她耳畔響起。「我特地命人打造的煙火，只為妳一人綻放。」

煙火轉瞬即逝，只留下短暫的絢爛，但姜菀知道，往後歲歲年年，這個人都會一直在自己身邊。她摟住他的腰身，低聲道：「謝謝，我很喜歡。」

「妳我之間，何須言謝？」沈澹低頭，輕輕吻了吻她的髮頂。

又是一年秋意漸濃的時節。

自從姜記酒樓開業後，姜菀陸續在東、西市及其附近的坊內開了不同主題的分店，例如姜記火鍋店、姜記燒烤店。

當初王凝霜所說的話也不是戲言，姜菀有不少店面都與她家中產業有所關聯，王凝霜已成了她的合夥人。

這日午後，燒烤店尚未到營業的時候，姜菀便招呼店內眾人將點心擺出來售賣。只是這些點心並未像平常那樣一字排開，按照標籤擺在相應的位置，而是用紙包密封起來繫上紅繩，再提筆寫上一個小小的『福』字。如此一來，便無法從外面看出裡面到底裝了什麼點心。

「小娘子，這麼做是何意？」思菱隨姜菀一道過來幫忙，不由得好奇問道。

姜菀笑咪咪地道：「今日是咱們燒烤店開張一周年，為了感謝客人的支持，我準備了這些『福袋』。」

她拎起一只『福袋』，解釋道：「每袋的點心不同，分量卻相同，封口後以同樣的價錢售賣，但客人只有買下來拆開後，才知道自己買到何種點心。這樣一來，能讓客人有『拆盲盒』的樂趣。」

思菱雖然不明白「盲盒」到底是什麼意思，卻知道這種做法肯定能炒熱氣氛，別說是客人了，她自己都想試試看。

她抿嘴一笑，當下便按照姜菀的要求，將今日新鮮出爐的各式點心隨機分散裝進各個紙袋裡，再擺在店外的長條案桌上。

案桌旁早已立好一塊木牌，上面寫著「福袋」的規則。

等到一切佈置停當，姜菀便找了幾個嗓門大的小二吆喝了起來。以姜記如今的名聲，只需稍加宣傳，便會有很多人聞風而來。

眾人聚在燒烤店門口，卻沒急著進去，而是逐一讀起「福袋」的購買規則。

福袋價格不貴，即使不知裡面裝了何種點心，但大家都知道姜記的手藝絕佳，買了絕對不會吃虧，因此很快便有不少人湧上前來，取出銅板開始購買。

與此同時，燒烤店內也開始營業。這家燒烤店的大堂面積不大，但有一處極為寬敞通風的後院，院子裡搭了涼棚，擺著烤爐和烤架，客人們可以選擇在那裡自烤自吃，不需要親自大費周章準備食材，也能烤得盡興。

比起讓燒烤店的員工服務，不少客人偏愛自己動手，看著肉片上冒出油光，在自己手下一點一點變熟變香，格外有滿足感。

姜菀坐在後院，忙裡偷閒烤了些肉，再給忙碌的小二們送過去。

新鮮細嫩的肉片擺放在烤盤上，姜菀在肉片上撒了調味料，抹上姜記特製的醬料，再妥善控制火候，時不時翻動一下。原本鮮紅的肉慢慢變得焦黃，散發出鹹、酥、麻、辣交織的香味。

裊裊煙氣緩緩上升，順著風的方向飄遠，那烤肉的香味，吸引不少人踏進店內。

片刻後，思菱走過來道：「小娘子，今晚王娘子約了您去覓蘭河乘船遊覽，莫要忘了。」

姜菀頷首道：「我知道。待會兒王娘子會來店裡，我們一道用了晚食再過去。」

自從與姜記合作後，王凝霜與姜菀的關係變得親近許多。

沒多久，王凝霜便過來了。她進了院子，一眼便看見在烤爐前聚精會神的姜菀，不由得掩面一笑。「瞧妳，怎的如此灰頭土臉？」

姜菀直起身子，笑道：「看妳想烤些什麼吃吧。」

王凝霜挑了一處僻靜的地方拉著姜菀坐下，學姜菀先用食案上的小刀將新鮮的肉切成片，撒上孜然粉跟鹽，再往滾熱的烤盤上一放，享受著鮮肉接觸到炭火時發出的聲響。

思菱端上冰鎮過的飲子，王凝霜啜了一口，笑道：「這飲子正好可解膩。」

姜菀亦端起飲子喝了一口，她笑了笑，挾起烤熟的肉片，蘸著一旁的醬料吃了起來。

吃完烤肉，兩人這才起身往蘭橋去。王凝霜早已派人雇了船隻，正泊在岸邊等候她們。

王凝霜率先邁步進入船艙，隨後轉身向姜菀伸出手，扶著她坐到船裡。

小船漂漂蕩蕩，慢慢划離岸邊，順流而下。夜晚的涼風徐徐吹來，拂動姜菀的髮絲。

正當姜菀望著水面中兩岸房屋的倒影發呆時，就聽王凝霜道：「前些日子我聽妳說想在昌平坊租一家鋪子，專門用來為當地與附近的學堂提供『盒飯業務』？」

姜菀說道：「對。」

她之所以有這個想法，主要是這幾年間京城各坊內興起提供給平民百姓的私學，昌平坊及周邊便有不少學堂，且皆由同一人興辦。

此人與徐望熟識，自然知道他有個盛名在外的表妹，他透過徐望找上姜菀，先是問她是否可以引薦一、兩位廚子專職為學堂烹飪飯菜，後來得知姜菀曾以盒飯的方式向青雲縣縣學供應過飯食，便打算採用此法。

姜菀考慮過後，打算趁這個機會在昌平坊開一家盒飯分店，既能供應給學堂的學子，也能提供其他居民購買。她這些日子一直在尋找房源，卻沒找到合適的。

王凝霜道：「前日是我阿娘的生辰，我家有位遠房親戚特地登門祝賀，閒聊中說起她家在昌平坊有一處店面，這個月便到期了，租客並不續租。我想起妳正憂心此事，便來問問妳有沒有意願。」

姜菀問道：「地段何處？賃金幾何？」

王凝霜說道：「妳若是願意，我再請她當面與妳說，只不過……此人極會見風使舵，向來欺軟怕硬，我不喜她的做派。若妳不著急，就不必跟她租賃房子。」

姜菀淡淡笑了笑，道：「無妨，我可以見她一面再作打算。」

王凝霜笑道：「既如此，我便派人知會她一聲，擇日請妳們相見。」

兩人一直在船上待到坊門快關了，才上岸各自返家。

姜菀回了府，一路沿著遊廊走到院子，瞧見書房內亮著燈，便知道沈澹已經回來了，心下頓時一鬆。

不過姜菀沒急著去打擾沈澹，而是先去廚房親手做了些熱呼呼的羹湯與點心，才端著東西前往書房。

沈澹獨自一人在書房時向來不喜他人打擾，不過面對姜菀，這套標準就換了個樣。

姜菀躡手躡腳、小心翼翼地走進書房，果然看到沈澹正在書案前翻閱公文。她將托盤輕輕擱在窗邊炕桌上，自己也順勢在炕上坐下，把做了一半的香包拿起來繼續縫製。

沒多久，沈澹便從書案後起身走了過來，自姜菀身後擁住她，下巴抵在她肩窩處，沈沈地吐出一口氣道：「回來了？累不累？」

姜菀搖搖頭道：「不累。倒是你，回府後便專心處理公務，一定餓了吧？」

沈澹笑道：「知我者，阿菀也。」

她指了指炕桌。「快吃吧，免得涼了。」

沈澹在她對面坐下，安靜地喝起愛妻準備的羹湯。

姜菀做著針線，隨口道：「之後我會抽空再去昌平坊一帶走走，看看有什麼合適的鋪子。」

「昌平坊？」沈澹握著木勺的手停了下來。「是為了徐望那位開學堂的舊友的事嗎？」

見姜菀點了點頭，沈澹便輕哼了一聲道：「又是他。」

她忍不住笑了。「那都是過去的事了，你還對他有意見？」

沈澹瞧姜菀一副無所謂的樣子，半是無奈半是好笑地放下木勺，說道：「面對一個曾對我娘子別有心思的人，難道我還不能發幾句牢騷？」

姜菀覺得他吃醋的樣子十分可愛，便伸手捏了捏他的臉頰，笑咪咪地說道：「都咱們成婚多久了？他畢竟是我表兄，我不可能毫不顧念親情，完全不與他來往。」

沈澹道：「他至今未曾成婚，誰知道是不是還存著什麼想法？」

這樣拈酸吃醋的語氣讓姜菀笑得直不起腰。「想不到沈將軍竟像個鬧脾氣的小孩子一樣，不依不撓。」

沈澹喝完羹湯、吃過點心，揩了揩唇，俯身把她從炕上抱了下來，板著臉道：「陪我出去走走，消消食。」

姜菀被沈澹牽住手，偷偷覷了一下他的神色，隨即悄悄用小拇指勾了勾他的，感受到手上傳來的力道加重了一些，她便按捺著笑意，同他一道在園子裡走上一圈。

兩日後，姜菀收到了王凝霜的消息，約她在昌平坊碰面，去見她那位遠房親戚。

姜菀在思菱的攙扶下步下馬車時，恰好看見王凝霜站在店鋪門前，卻不見那位房主。她上前同王凝霜打了聲招呼。「人呢？」

王凝霜哼了一聲道：「她身為房主，卻遲遲未到，真是豈有此理。」

原來人還未到啊……姜菀倒是沒太大的反應，只道：「那我們便等一等吧。」

大約過了一盞茶的時間，姜菀看見一輛馬車緩緩駛近，停在她們面前。車簾掀開，一個穿金戴銀的婦人搭著侍女的手走了下來，周身是掩不住的富貴氣息。

姜菀目光上移，落在那人臉上，露出意外的神情，一旁的思菱更是震驚，道：「她竟然與王娘子是親戚?!」

思菱素來愛恨分明，見狀壓低聲音道：「小娘子，風水輪流轉，想不到她也有有求於我們的一日。」

姜菀不出聲，只見那婦人對王凝霜笑著說道：「霜兒，我來晚了，沒誤了妳的大事吧？」

王凝霜面無表情，將身子往旁邊讓了讓。「這便是想向您了解一下鋪子的姜娘子。」

隨著王凝霜的動作，姜菀與那婦人的視線對上了。

姜菀神色不變，平靜地看著她，那婦人的臉色卻頓時一變，笑容消失得無影無蹤。「怎麼是……是妳?!」

第七十一章　前塵舊夢

王凝霜疑惑地看向兩人道：「莫非妳們從前認識？」

姜菀慢條斯理道：「豈止認識？我家的第一間食肆，便是由我阿爹跟阿娘租下祝夫人的房子經營的，後來也是祝夫人坐地起價，逼得我不得不離開崇安坊，往別處發展。」

祝夫人頓時臉色蒼白，顫抖著嘴唇，說不出話來。

「不過，若非如此，或許我也沒有今日的收穫。」姜菀神情淡然。

祝夫人與王凝霜的母親是親戚，關係雖遠，卻是實打實的，因此她偶爾也會去王家走動一番。

這些年祝家的生意做得不錯，又靠著出租屋舍賺得盆滿缽滿，因此祝夫人自視甚高。自從姜記出名，祝夫人便聽說許多有關姜菀的事情，知道她已不是那個當年任自己欺負的小娘子了。拋開姜菀身後的徐、沈兩家，單是她自己，便能獨當一面，不是她惹得起的。祝夫人從王凝霜那邊得知有位姜娘子想租房子，心想京城之大，姓姜的人又多，哪會那麼巧，沒想到真的遇見了。

思及此，祝夫人尷尬不已。「過去跟姜娘子有諸多誤會，我在這裡賠個不是，望您寬宏大量，不要計較。」

姜菀淡淡道：「若不是夫人當年之舉，我又怎能狠心拋下崇安坊的食肆，去往永安坊從頭來過呢？此等恩德，我不敢忘。」
祝夫人只恨自己當初為什麼要為難姜菀，此刻不由得冷汗涔涔道：「姜娘子，從前是我一時糊塗，才會……才會做出那些事。其實我一直感到不安，今日得以當面向您道歉，是老天給我機會。」
王凝霜詫異不已。這還是她頭一回見這位遠房親戚如此低聲下氣。
姜菀深吸了一口氣，說道：「罷了。」
祝夫人見狀，賠笑道：「姜娘子，不然我們現在看一看房子？」
王凝霜看出姜菀與祝夫人必然有不小的過節，她心想姜菀定然不會租祝家的店鋪，誰知姜菀卻道：「好，勞祝夫人帶路。」
「是、是。」祝夫人忙不迭地道。
幾人在店鋪裡轉了幾圈，姜菀神色平靜，讓人辨不出她心中所想。
祝夫人小心翼翼地覷著姜菀的神色，見她輕輕點了點頭，心下大喜，覺得這樁租賃生意一定能成。若是成了，過去的不愉快不但能一筆勾銷，姜娘子往後說不定還會從自己這裡再租其他房子。
想到這裡，祝夫人迫不及待地說道：「姜娘子，您若是滿意，不如我們——」
姜菀忽然笑了笑。「不知祝夫人從何處看出我很滿意的？」
祝夫人頓時張口結舌。「我——」
姜菀道：「這店鋪確實不錯，只可惜我有些顧慮，怕是不能租了。」

祝夫人急忙道：「姜娘子有何顧慮？我可以盡力解決。」

她微微一笑，道：「我擔心有朝一日，祝夫人忽然找上門來要漲我的賃金，那該如何是好？」

此話一出，祝夫人臉上的笑容立刻僵住了。她哆哆嗦嗦道：「姜娘子，我……我……往日是我不識好歹，冒犯了您……我今後斷不會再做出那種事了。」

「不必了，」姜菀淡聲道：「告辭。」

從祝夫人的房產離開後，王凝霜道：「姜娘子，我不知道這些事，否則就不會介紹妳來這裡了。」

姜菀笑了笑，說：「哪裡的話，多謝王娘子幫忙，只是今日看的店面不大符合我的要求。」

「妳我之間何必客氣。」王凝霜擺了擺手。

姜菀如何選到合適的店鋪暫且不提，只說待昌平坊這家主營盒飯業務的食肆開張時，她依舊安排了一些有趣的活動吸引客人。

開張當日，徐望也來到食肆，他看著門前擺滿的各種包裝，微微揚眉問道：「這次的『福袋』又有什麼新鮮的東西？」

姜菀拆了一個給他看。「每只福袋裡都有一個寫了吉祥話的籤文，今日是寫了十二花神的籤文，集齊十二支籤文後，可以兌換相應的禮物。」

徐望語帶笑意道：「若是想集齊，得花費不少銀錢吧？」

姜菀笑道：「每只福袋的價錢並不高，不會讓人太破費的。」

徐望從福袋裡抽出一支籤文，細細看著上面的字跡，淡淡笑道：「妳的字又長進了許多，想來費了不少心思吧。」

「這都多虧了顧伯父，他老人家不嫌棄我常上門叨擾，我才得以向他請教。」

兩人又說了會兒話，徐望見姜菀越發忙碌起來，便未再打擾，安靜地去了店內臨窗而坐。

他看著熙熙攘攘的食客在食肆門前駐足，興致盎然地買起福袋，爾後紛紛拆開，互相看著。偶爾還有人好奇地向姜菀問起花神籤文的寓意，姜菀便耐心地一一解釋。她很會說俏皮話，將客人們逗得前仰後合，二話不說掏錢買單。

徐望看著她帶笑的側臉，唇角也輕輕揚了揚。

沒多久，人群中出現了一個挺拔的身影。徐望從方才的情緒中清醒了過來，斂容看著沈澹緩步走向姜菀，含笑同她說了些什麼，隨後替她披上一件外衣，又將她的手握在手心裡，姜菀對他亦是笑語盈盈。

徐望收回目光，抿了口茶，只覺得舌尖盡是苦澀。

來年開春時，沈澹與姜菀一同去了平章縣附近著名的南齊山。

顧元直的遊記裡對春日的南齊山大加讚譽，寥寥數語便描寫出桃花盛開時山中的芳菲盛景。此行姜菀不僅僅是為了賞景，更是試圖追尋爹娘年少時的蹤跡。

她被徐蒼認歸家族後，徐蒼曾領著她與姜荔一道去過平章縣。聽舅父說起多年前與阿娘一同玩樂的時光，聽他用帶著懷念的語氣說起阿娘幼時的一幕幕，只覺得心頭發酸。對徐蒼來說，平章縣無異於傷心地；對姜菀而言，卻是她緬懷爹娘之處。

南齊山雖然為山地，但氣候溫熱，因此山中的桃花此時已經怒放。

親眼瞧見南齊山的桃源盛景，姜菀才明白顧元直詩文中的字句所描繪的，不過是眼前景致的十之四五。她踮起腳尖，縱目遠望，粉白的花順著枝幹蔓延開來，在視線盡頭暈染成一片花海。

沈澹道：「今日一見，才知道老師為何對南齊山的春日桃源念念不忘，果然不虛此行。」

兩人往桃林深處走了幾步，恰好有幾簇桃花被山風一吹，花瓣飄落下來。

姜菀正立在樹下，彎腰欲拾起落於地上的花瓣，那陣桃花雨便灑落了她滿身。

落花人獨立，沈澹只恨自己無法將此情此景永遠留住。

他情不自禁走近了幾步，眼前忽然掠過一片淺淡的紅色，一朵桃花正飄搖著墜向地面。

沈澹抬手接住那朵花，將其輕輕別在姜菀鬢邊。

漫天花雨中，沈澹俯身捧起姜菀的臉頰，輕輕落下一吻。她的雙頰彷彿也染上了桃花的緋色，嬌豔動人。

待兩人下了山，已是黃昏。他們打算在平章縣找一處客棧歇腳，明日再啟程回京。

前往客棧的路上，他們走到一條巷子前。

姜菀側頭看了巷口的景物與店鋪一眼，再朝巷裡張望一番，確認過方位，便停下步伐說道：「舅父說，這便是從前外祖家所在的地方，他與阿娘曾在這裡度過童年最美好的時候。「那時他們一同玩鬧、一同唸書、一同放風箏……」姜菀回憶著徐蒼的話，表情怔忡。

夕陽西沈，橙黃的餘暉如碎金般落下，籠罩整條巷子。這樣明亮的顏色讓原本暗沈的巷子多了些暖意，巷子深處，有幾戶人家敞開了門，幾個孩童正嬉笑著奔跑、追逐。

多年前，徐氏兄妹也是踩著滿地斜陽你追我趕，手牽著手一同在巷子裡跑跳，撒下歡聲笑語。只是那時的一對稚童卻不知道，多年後他們會斷了音訊，從此天各一方，再相見時，只能隔著冰冷的墓碑。

沈澹看著她悵然若失的神色，道：「阿菀，好好活著，便是對他們最好的慰藉。」

姜菀沈默半晌後，點頭道：「我明白。」

兩人身後，最後一抹夕陽餘暉漸漸被漫上來的暮色吞沒，皎白的彎月在天邊散發著淡而柔和的光暈。

姜菀心想，明日一定會是個晴朗的好天氣。

「阿蘅——」

「阿蘅——」

斷斷續續的呼喚聲自很遙遠的地方傳了過來。昏睡中的人身子一顫，緩緩睜開了眼。

眼前像是瀰漫著霧氣，一時看不真切。她只覺得頭痛欲裂，許多雜亂而紛繁的片段與聲音在腦海中翻滾著，卻抓不住一絲一毫。

「郎中，您瞧瞧這個小娘子——欸？她醒了！」

一個女子的聲音在耳畔響起，她感覺到有一隻手輕輕撫上自己的額頭，那短暫的停留，讓她意識到自己的體溫有多麼滾燙。

她努力想睜大眼睛，卻疲澀得很，不得不再度闔上。

一隻手搭上自己的手腕，一個蒼老的聲音緩緩說道：「心悸受驚、外感時疾，以至於發起高燒。」

「那……要緊嗎？」那道女聲擔憂不已。

「先吃幾日藥，以觀後效。」

他們又說了些什麼，她已經聽不清了。意識越發模糊，她無力地放任自己沈沈睡去，再度墜入無邊的黑暗中。

很冷……她在夢中緊緊蜷縮了起來，伸手死死揪住身前的被褥，彷彿溺水之人抓到一根浮木。只有這樣，她才能汲取一些零碎的溫暖。

思緒一旦墜入混沌，夢境便變得詭譎。她看見無數頭凶猛的野獸對自己嘶吼，亮出利爪疾奔而來，好像下一刻便會把自己撕成碎片。

她戰慄不已，整個人不停地發抖。

忽然，不知從何處伸出一隻手，為自己驅趕那些野獸，隨後輕輕拍著自己的後背安撫。

那低語呢喃讓她的呼吸終於平穩下來，緊皺的眉也鬆開了。

不知過了多久，她終於再度睜開眼醒了過來。

眼前恢復了清明，她用力眨了眨眼，隨後艱難地半支起身子，瞧見床邊正坐著一個婦人。

婦人坐在小凳子上，伸手撐著頭，手肘壓在床榻上。婦人的鼻息沈穩，顯然正在熟睡。

她有些困惑，自己似乎並不識得此人，為何這婦人會在自己的房間裡？

不對——

她打量了四周的陳設一眼，心中忽然慌亂起來，發現似乎不記得自己的房間是什麼樣子了。

這是怎麼了?!她痛呼了一聲，伸手捂住額頭。

那婦人驀地驚醒，忙道：「好孩子，妳這會兒覺得如何？」

說著，又伸手探了探她的額頭，略鬆了口氣道：「高燒退了些，我這就去煎藥。」

她張了張嘴，艱難地擠出一句話。「您是誰？」

聞言，那婦人返身在床邊坐下，摸著她的頭道：「好孩子，妳受苦了。那洪災實在駭人，妳一定嚇壞了吧？放心，阿嬸救了妳，妳沒事了。

「只是……」婦人低嘆一聲。「不知妳的親人此刻身在何方，是否平安。」

「親人？」她澀然開口，喃喃重複了幾句，發覺自己無法記起有關家人的任何事情，情緒不禁激動起來。「我……我為何想不起來了？

「這裡究竟是哪兒？」她克制不住地提高音調，下一刻便伏在被褥上劇烈咳了起來。

那婦人連忙替她順氣，心疼道：「莫急，妳還未好全，先喝了藥再說。」

待她平靜下來，那婦人才道：「妳不要怕，我姓林，我郎君姓姜，這兒是我們家。縣內歷經洪災，不少人都與家人失散，妳應當也是如此。」

「洪災？」她重複了一遍。

林錦點頭道：「我們發現妳時，妳正發著高燒，甚至說起了胡話，便把妳帶回家，請郎中來診治。」

「那我的……家人呢？」她問道。

林錦搖頭。「當時妳是孤身一人，身旁並無別人。既然妳醒了，那可以說說妳家在何處，我們設法送妳回去。」

說完，林錦等著她的回答。

然而她絞盡腦汁思索了半天，臉上還是一片茫然。「我……我不知道。」

林錦一愣。「孩子，妳叫什麼名字？」

名字？這該是自己最不能忘記的事了吧？她緊緊閉上了眼睛，拚命搜尋腦海中任何一點細微的線索，卻徒勞無功。

姓甚名誰、歲數幾何、家住何處、家中有誰……這些她全不記得了。

林錦覺得情況有些嚴重，便說道：「我再去請郎中來瞧瞧。」

郎中聽說她失去記憶，亦是愕然，再三把脈後，表示或許是她受了驚嚇，一時想不起來，將養些時日，說不定能恢復。

送走郎中後，林錦將煎好的藥端給她，柔聲道：「趁熱喝吧。」

待她喝下了藥，林錦又拿些蜜餞讓她去去口中的苦味，見她安靜了許多，便道：「孩子，妳不用擔心，阿嬸會好好照顧妳。過段時間，或許妳便會想起自己的來歷。對了，可記得素日旁人都是如何喚妳的？」

她雙手按住太陽穴，許久後才遲疑地吐出兩個字。「阿蘅……」

她神色呆滯。「我半睡半醒間，似乎聽見有人這麼叫我。可其他的，我無論如何都想不起來了。」

林錦一喜。「這應是妳的小名。阿蘅，不要著急，妳既然能想起這個名字，就一定能想起更多事。」

扶著她躺下後，林錦道：「妳先好好歇著，我會四處打聽，看看誰家的小娘子與家人失散了，妳且安心。」

接下來幾日，阿蘅的身子慢慢好了起來，可以下床走動。從這家人口中，她逐漸了解如今的處境。

她所在的地方叫平章縣，是個遠離京城的小縣城，這裡的人們一直生活得很平靜，然而前些日子突降暴雨，城外的河水上漲後湧入城裡，沖毀不少房屋，許多人流離失所。

夫婦倆發現阿蘅的地方是在縣城接近山林處，林錦說他們在四周徘徊許久，也不見有人來認親，便把她帶回家。

姜氏夫婦都有一雙巧手，靠自己的本事在城內經營一家點心坊。洪災來臨時，他們頗為幸運，所受的衝擊不算特別大，他們又一向樂善好施，因此站了出來，向受災者提供力所能及的幫助。

自阿蘅醒來以後，林錦便到處奔走打聽。然而由於此次天災實在凶猛，不少人家都有子女走失，阿蘅又記不起自己的姓氏，因此一時無法找到她的本家。

洪災過後又爆發了時疫，城內亂成了一團，姜家人不敢再到處走動，生怕染上疫病。

就這樣，阿蘅在姜家長住了。姜耘跟林錦對她關懷備至，把她當作親生女兒一樣照料，讓大病初癒、對處境充滿惶恐的阿蘅安心不少。

阿蘅試圖想起自己的過去，卻總是無果。她找遍全身上下，也只發現一枚長命鎖，鎖上並無任何文字印記，只有些曲曲折折的圖案。她盯著那圖案看了許久也沒能看出什麼玄機，只能頹然地把鎖收了起來。

記憶上的空白讓她越發覺得內心空蕩蕩的，閒時便愛看著窗外發呆，一坐便是一整日。

姜氏夫婦生活忙碌，後來，最常陪她的便成了他們的獨子姜麓。

姜麓是個笑容明朗、性情溫和的少年，小小年紀就有不錯的廚藝。

阿蘅記不清自己的年歲與生辰八字，但姜氏夫婦看她的模樣，猜測應當比自家兒子小一些，大約十二、三歲，便囑咐姜麗好生照顧這位妹妹。

「阿蘅，妳又在發呆了。」姜麗的聲音在身後響起。

阿蘅回過神，淡淡笑了笑，道：「姜阿兄。」

他在她身旁坐下，也像她一樣往窗外張望了一番，見她默不作聲，便安慰道：「多思傷神，妳如今剛剛好轉，還是莫要如此了。」

阿蘅苦笑道：「可我若是記不起自己的家人，往後該如何是好？」

姜麗道：「若是真的不記得，阿爹跟阿娘就是妳往後的家人，還有我。」

他注視著她，懇切道：「其實我們早已把妳當成了自家人。」

阿蘅垂下了頭，輕聲說道：「多謝你，只是我總覺得自己有朝一日一定能想起。」

姜麗見她嘴唇有點乾澀，便倒了杯茶水遞過去道：「世事難全，有些時候或許無法強求。」

阿蘅的手腕一顫，喃喃道：「無法強求嗎……」

到底是十幾歲的小娘子，阿蘅在姜家人的愛護下，漸漸走出了當初的陰霾。雖然她總算想起自己姓「徐」，且有雙親及兄長，但也開始跟著姜麗喚夫婦倆「阿爹」跟「阿娘」了。

第七十二章 命運捉弄

待平章縣恢復往日的平靜後，姜氏夫婦再度打探了一番，卻得知不少遺失了孩子的人家都搬走了。當林錦問起是否有誰家的孩子叫「徐蘅」時，卻只得到否定的答案。

時間久了，徐蘅反倒勸起姜氏夫婦來。「阿兄曾說，有些事是無法強求的，或許這就是老天的意思。我能跟著阿爹、阿娘就好，往後若是有緣，自然會找到他們的。」

姜氏夫婦相繼病故後，阿蘅便與姜麓相依為命，姜麓有心在外闖蕩，輾轉一番後，兩人艱難地抵達了京城。

早在姜氏夫婦尚在世時，他們倆便已經情投意合。對徐蘅而言，姜麓是她名義上的阿兄，也是自己的一盞明燈，讓她不至於在黑暗中踽踽獨行。

成婚後，夫婦將家中所有積蓄拿出來租下店面，開起了食肆。

生意剛剛起步時，為了貼補店鋪，兩人總是省吃儉用。不過姜麓廚藝純熟，為人又踏實真誠，姜家的名號在坊內流傳開來後，他們的手頭漸漸寬裕了，才算是過上了好日子。

雖說一路以來過得並不輕鬆，但對徐蘅來說，只要兩人相知相守，吃點苦不算什麼。

往昔寒冬臘月，屋外大雪紛飛，屋內，姜麓燒起炭，把唯一的湯婆子塞進她腳邊，自己則替她暖著手。兩人相擁而眠，一同度過許多難熬的時光，回想起來，也是苦中有甜。

後來，徐蘅有了身孕，姜麓歡喜極了，日日都要貼著她的肚子同孩子說話。

生產之日，他們迎來了長女。懷抱著皺巴巴的嬰孩，徐蘅感動得紅了眼眶。

姜麓擁著她道：「阿蘅，我們一定會讓孩子過上比現在更富足的生活。」

在那之後，兩人越發賣力做生意，食肆的名氣一日比一日響，賺的銀錢更多了，他們又有了兩個玉雪可愛的女兒，一切似乎都朝美好的方向前進。

然而，長女八歲時染上急病，藥石罔效，最終夭亡。對兩人來說，這是個沈重的打擊。

徐蘅守在沒了氣息的孩子身邊一夜，不吃不喝、不哭不喊，拚命地用自己的體溫去溫暖孩子冰冷的身體，卻無法讓那張小臉鮮活起來。她整個人恍若失了魂魄，搖搖欲墜。

姜麓自身後抱住她，哽咽道：「阿蘅，孩子已經不在了，可妳要顧念自己，否則孩子怎能安心？」

許久後，他才感受到徐蘅臉上落下的淚。

她身子顫抖、淚如雨下道：「麓郎，我們的女兒才八歲啊……為何老天如此薄情，要奪走這樣一個幼小的生命？」

姜麓知道此時再多的言語都沒有幫助，自己能做的便是牢牢抱著妻子，陪她一點一點遠離傷痛。

在那之後，徐蘅的身子變差了。

姜麓心疼她，默默扛起家中大小事務，不讓她煩心。好在二女兒跟小女兒懂事乖巧，陪在妻子身邊，讓她心中的鬱結稍稍紓解。

食肆的生意越做越好，姜麓也收了學徒，他們滿懷憧憬，想要擴大經營。可徐蘅從未想過，命運還要捉弄自己。

姜麓一日上山砍柴時不慎滾落山崖，受了重傷，好不容易抬回家請來郎中，卻說他傷得太深，只怕撐不了多久。

徐蘅不信，郎中請了一個又一個，藥也煎了一碗又一碗，可姜麓的面色還是日益衰敗，彷彿深秋裡飄零的枯葉。

他倒下了，食肆隨之陷入困境。姜麓曾經手把手用心教導的徒弟毫不猶豫地棄他而去，不曾留下半句問候與關心，其他小二也紛紛各尋出路。昔日熱鬧的姜記轉瞬變得冷清，只剩下寥寥幾人。

徐蘅不顧自己一身病痛，一面照料丈夫，一面與二女兒勉力支撐家中生意。她累得不成樣，唯一的安慰，便是每日打烊後，有時間坐在床邊，握著姜麓的手同他絮絮叨叨。

姜麓一直昏迷著，對徐蘅的呼喚毫無反應，即便如此，她也覺得他一定聽得見。

一個夕陽西下的傍晚，姜麓醒了。

那時，食肆在歷經多日的冷清後徹底關上大門，徐蘅便整日陪在他身邊。她照例握著他的手低語，卻在說完話後聽見頭頂傳來一聲極輕微的吐息。

徐蘅猛然抬起頭，就見昏睡了多日的姜麓睜開雙眼看著自己。她又驚又喜，喊道：「麓郎！你……你醒了！」

姜麓臉色蒼白，人卻是清醒的。

徐蘅扶起他，見他神色發怔，不禁擔心道：「怎麼了？」

他艱難地擠出一抹笑，低聲道：「我……我想在窗邊坐坐。」

徐蘅便扶著他在窗下的榻上靠好，自己則坐在他身側。

姜麓仔細打量著她，啞聲道：「阿蘅，妳怎麼瘦成了這樣？」

她忍住淚，笑道：「還不是為你掛心的緣故？你既然好起來，我就放心了。」

姜麓費勁地覆上徐蘅的手，道：「還記得我第一次見妳時，妳將自己關在房中不肯出來。阿娘讓我去勸勸妳，可我從未安慰過人，只能笨拙地看著妳自言自語。」

想起往事，徐蘅淡淡笑了笑。「那時我只覺得這位阿兄吵得很，但若不是你的聒噪，我怕是還要把自己悶在那裡許久。」

她握緊姜麓的手。「往後我不會再嫌你聒噪了，我還等著你好起來，日日同我說話呢！」

姜麓勉強一笑，岔開話題道：「孩子們呢？」

「你若是想見她們，我這就去喚她們過來。」徐蘅道。

他搖了搖頭道：「不必了。」

夫妻倆倚在窗邊出了一會兒神，姜麓低低道：「阿蘅，往後若是我不在妳身邊，妳一定要照顧好自己。」

他絮絮道：「夏秋之際，妳常受時氣所苦，躺在榻上許久，往後要在飲食上格外留心；冬日妳的手足總會生凍瘡，要多備些手爐跟湯婆子暖著。」

徐蘅越聽越心驚，忙掩住他的唇，眼底沁出淚花，急道：「胡說什麼？你不是已經大好了嗎，說這些做什麼？」

他們都知道這應該是迴光返照，然而徐蘅不肯接受，她寧願相信姜麓是真的好起來了。

「阿蘅，」姜麓胸口劇烈起伏了幾下，斷斷續續道：「不必為我傷心，我只是換了個活法，無法如現在這般陪在妳身邊而已。妳要好好活著，還有我們的孩子，她們也需要妳。

「能做妳的郎君，是我此生之幸。」

徐蘅拚命忍住淚意，抱著他哽咽道：「不，我要你同我一道活著……」

話音未落，姜麓便緩緩闔上了眼，身側的手滑落。

徐蘅怔怔坐在那裡，懷中是他沒了氣息的身體。

恍惚間，她似乎看見多年前，那個笑起來帶著暖意的少年在窗外衝她招手，喚道：「阿蘅！」

她身子一顫，一滴淚落了下來。

往後，不會再有人這樣喚自己的名字了。

夏日時節，刺目的陽光與窒悶的熱意，讓人喘不過氣來。

京城之外的避暑行宮則涼爽得多。行宮各殿宇均依水而建，又有水車不斷用冷水沖著外牆，將森森涼氣送入殿內。

每逢暑熱天，聖上便會偕後宮妃嬪與諸皇子、公主一同至行宮避暑，包括如今的東宮太子——裴忍。

此刻正是午後，各宮主子幾乎都在宮人搖扇的陣陣涼風中酣眠，唯獨太子不曾闔眼，而是在自己的住處臨華殿中伏案苦讀。

裴忍翻過一頁書，時不時落下一筆。他濃眉微擰，專注地盯著書中的字句。

窗外樹上的蟬早已被人黏走，四處靜悄悄的，只有熱風吹動樹葉，發出無精打采的沙沙聲。

常年跟在他身邊的內侍躬身上前低聲道：「殿下，娘娘差人送來了一碗金銀花涼茶，說殿下這些日子有些上火，喝這個最解火。」

裴忍恍若未聞，只專心盯著面前的書。

內侍又說了一遍，卻仍不見他有任何反應，只好噤聲。人人皆知太子殿下看書時最不喜被人打擾，他無可奈何，靜靜地退了下去。

書房的窗子敞開著，自廊廡上便能窺見端坐在書案後的太子殿下。不知過了多久，一陣輕巧的腳步聲響起，最終停留在窗邊。

裴忍眉宇間掠過一絲不耐，淡淡道：「退下。」

那人卻沒動，而是輕輕笑了笑。「殿下是讓奴婢走嗎？」

他一怔，連忙抬起頭看過去——窗外立著一個身穿碧色紗裙的宮女，淺笑盈盈、眉眼清麗，她手中提著食盒，正與自己四目相對。

「阿寧？怎麼是妳？」裴忍急忙站起身，幾步便走到窗邊。

蘇頤寧笑道：「娘娘知道殿下讀書辛苦，便命奴婢送來一碗涼茶，提醒殿下休息。」

她打開食盒的蓋子，裡面是一只盛著涼茶的青碧色碗盞。

蘇頤寧白玉般的手穩穩端著碗盞，對他道：「殿下快些喝了吧，奴婢還要回去向娘娘覆命。」

對於她的話，裴忍沒有異議。他接過碗盞，很快便一飲而盡，卻沒急著把東西還給她，而是問道：「母后為何會讓妳親自前來？」

蘇頤寧笑盈盈道：「奴婢原是要去其他宮殿，正好會經過這兒，娘娘便讓奴婢走一趟。」

她見他手中捏著碗盞，便稍稍伸長手臂道：「給奴婢吧，奴婢該走了。」

裴忍卻將手一縮，另一隻手握住她的手。

蘇頤寧連忙四處張望起來，見周圍沒人才鬆了口氣，低聲道：「讓人瞧見了多不像話，殿下快放開奴婢。」

裴忍可憐巴巴道：「阿寧，父皇讓我日日待在寢殿背誦詩書，我當真是悶壞了。妳好不容易來這麼一回，不能好好陪我說會兒話嗎？」

蘇頤寧只好道：「最多一盞茶的時間，若是久了，只怕奴婢趕不及在娘娘午覺醒來之前回去。」

裴忍得了她的準話，心滿意足地瞇眼一笑。

蘇頤寧瞧著他眼下的烏青，擔憂道：「殿下這幾日夜間難以安眠嗎？」

裴忍說道：「我向來是換了寢殿便會有幾日輾轉難眠，今晚應當就好了，不必擔心。」他關心地問：「妳如今待在母后身邊，每日可勞累？」

蘇頤寧微微笑道：「娘娘心慈，很體恤宮人，奴婢並不覺得累。」

兩人閒談了幾句之後，蘇頤寧狀似不經意地說道：「娘娘身邊的晴柔姊姊，再過些時日便能出宮了。」

裴忍想了一下，道：「她已經二十五歲了嗎？」

景朝規定宮女年滿二十五歲便可出宮，不似前朝那樣必須老死在宮中。

蘇頤寧搖頭道：「晴柔姊姊離二十五還有兩、三年，但娘娘聽說她阿娘病體孱弱，便為她討了恩典，准許她提前出宮。」

她半是感慨、半是欣羨。「晴柔姊姊忙碌了這麼多年，終於得以回家與親人團聚了。」

裴忍想說些什麼，終究沒說出口。

見他沒話要說，蘇頤寧便收好碗盞，道：「不打擾殿下了，奴婢先回去了。」

「阿寧……」裴忍喚了她一聲。

「殿下還有何吩咐？」蘇頤寧本已走出幾步，聞聲回頭看向他。

裴忍喉頭一哽，低聲道：「妳……相信我。」

蘇頤寧的笑容一凝，長睫輕閃了閃，沒說什麼，只是再度向他福了福身，便轉身離開了。

裴忍看著她纖細的身影消失在廊廡盡頭，有些頹然地垂下了頭。

蘇頤寧回到月明宮時，皇后剛剛午睡醒來。她將食盒交給廚房的宮女，笑著向皇后道：「娘娘，太子殿下喝了涼茶，並囑咐奴婢向娘娘問安。」

皇后正倚在榻上，她抿了口茶，這才開口道：「忍兒這孩子，定是又在書房埋頭苦讀吧？難為他了，大熱的天，還要悶在那裡。」

蘇頤寧輕輕應了一聲，並未多言。

皇后又沈默了片刻，才徐徐起身道：「罷了，他既是東宮太子，便得承擔起他的使命，本宮不該多說什麼。頤寧，本宮有一樁要緊事交給妳做。」

「娘娘請吩咐。」蘇頤寧微微躬身道。

「聖上昨日同本宮說要為忍兒選正妃了，禮部會將如今京中的世家貴女名冊呈上來，妳按照品級跟家世整理好後，拿給本宮過目。」

這話有若一盆冷水兜頭澆下，蘇頤寧身子不禁一顫。好在她性情穩重，臉上並未流露出任何異樣，只沈聲道：「是。」

從殿內出來，蘇頤寧扶著廊柱在原地站了片刻。她眉眼低垂，眼底掠過千萬種複雜的情緒，最終化作一聲嘆息。

裴忍身為太子，終究要迎娶正妃、側妃；待他登基，還會有三千佳麗，他永遠不可能與自己一生一世一雙人。

憑蘇頤寧的聰慧，自然明白這個道理，偏偏她的冷靜理性敗給了裴忍，放任自己一顆心牢牢拴在他身上，為他牽腸掛肚。

少女時期的情竇初開最難以忘懷，在她最懵懂的時候，那個如玉般的翩翩少年不由分說闖進她的生活，從此再難割捨。

蘇頤寧滿腹心事地回到自己的房間，卻見晴柔正一臉歡喜地收拾東西。分明還有幾個月才能出宮，她卻彷彿一刻都等不及了。

「阿寧，妳沒事吧？」晴柔見她有些發怔，出聲問道。

蘇頤寧回過神，笑了笑道：「無事，只是曬了太陽，有些頭暈。」

她在床榻上坐下，真心實意道：「晴柔姊姊，恭喜妳終於能出宮了。」

晴柔綻開笑容說道：「是啊，在宮中熬了這麼久，我從未想過自己有提前出宮的一天，這都得感謝娘娘的恩德。」

她看著蘇頤寧。「阿寧，妳今年也有十七、八了吧？再過個幾年，妳就去求娘娘，她一樣會提前讓妳出宮。」

蘇頤寧遲疑片刻後，笑道：「我曉得的，多謝晴柔姊姊。」

晴柔好奇地問：「阿寧，我記得妳是京城人士吧？妳若是出宮，不出一日便能同家人團聚了。」

蘇頤寧頷首。「正是。」

一想到那個家，她不由得蹙了蹙眉。除了祖母，竟無一人值得自己惦念。想起垂垂老矣的祖母，蘇頤寧內心湧起愧疚。

祖母最疼愛自己，一定日日盼著自己回家，可她卻為了那虛無縹緲的情意而對這吃人的宮廷生出幾分戀慕，當真荒唐。

蘇頤寧在床榻上躺下，睜眼看著帳頂，心亂如麻。

從前尚可自欺欺人，可一旦得知裴忍將要選太子妃，她便無法再放任自己沈淪下去了。

皇后囑咐蘇頤寧此事不得驚動裴忍，她便順從地噤了聲，只靜靜將那些女子的名冊與畫像整理好，交給皇后。

最終，皇后選出三個女郎，交由聖上定奪，聖上卻說此事還是得聽裴忍的意思。

於是，當裴忍再度來到月明宮時，還被蒙在鼓裡，以為只是來母后這裡用一頓尋常的飯食。

他一進殿門，便迫不及待去尋蘇頤寧的身影，見她正安靜地立在母后身邊，這才理了理衣裳上前問安。

「忍兒，」皇后示意他在自己旁邊坐下。「今日喚你來，是有樁十分要緊的事情。」

裴忍見母后滿臉笑意，便也笑著問道：「何事？」

皇后笑道：「你父皇要給你挑選太子妃了。」

那三個字一出，蘇頤寧只覺得心尖一痛，彷彿被扎進一根纖細卻鋒利的針，絲絲縷縷的痛楚一點點蔓延開來。她低下頭，沒去看裴忍的反應。

許久後，她才聽見裴忍乾澀的聲音。「兒臣並不急於此事，何不再晚一些？」

皇后只當是事發突然，他沒做好準備，便嗔道：「傻孩子，你已經十八歲，早就該辦婚事了。只是你身為太子，你父皇難免要百般斟酌，才能為你擇一位出身、性情俱佳的正妃，日後好協助你。」

裴忍脫口而出。「母后，兒臣已經有了——」

蘇頤寧一顆心跳提了嗓子眼，她心中只有一個念頭，就是不能讓旁人知道他們倆的事。意識到這點後，她低低地咳了一聲，將裴忍未說完的話音蓋了過去。

皇后疑惑道：「什麼？」

她見裴忍似乎有些不安，便笑道：「你放心，你父皇與我為你挑的都是才貌俱佳的世家女子，她們的父親也是清廉正直的臣子。」

裴忍這會兒才意識到自己差點釀成大禍，他克制地瞧了蘇頤寧一眼，深深吸了一口氣，道：「兒臣失言了。一切……但憑母后安排。」

隨著他艱難地吐出這句話，皇后滿意地笑了笑，而蘇頤寧一顆心則徹底沉了下去。

在皇權面前，太子都無法反抗了，遑論是她？她從一開始就該明白，他不會為了自己捨下權力，憑自己的家世與身分，也不可能成為他明媒正娶的太子妃，他們注定沒有結果。

第七十三章　一別兩寬

蘇頤寧回過神來時，裴忍已經離開了。

皇后正翻看著世家貴女的名冊，向她道：「頤寧，本宮偏愛這位楊娘子，妳覺得呢？」

「娘娘折煞奴婢了，此等要緊之事，奴婢不敢妄言。」蘇頤寧屈膝道。

皇后笑著說道：「無妨，這兒沒有外人，妳不必如此謹慎小心。」

她仔細端詳著畫像，滿意道：「這孩子模樣生得好，看起來也很端莊，確實配得上太子妃的位置。頤寧，妳瞧瞧？」

蘇頤寧抬頭望去，畫像上的女子帶著淺淡的笑意，眉眼溫雅柔美，流露出一股落落大方的氣質。她喉頭發緊，勉強笑道：「娘娘的眼光自然極好。」

她不知道自己是怎麼走回房間的，只知道反手關上門的那一刻，整個人都被抽走了力氣，順著門板癱軟在地。

思緒猶如飛鳥振翅，將蘇頤寧帶回多年前那個人初入宮的時節。

蘇頤寧的家世在一眾宮女中不算特別突出，因而起初並未被分到皇后身邊服侍，而是做些灑掃的辛苦活。由於她不像旁人那樣會用銀錢打點宮人，因此常常被管事欺負，給她最苦、最累的活，可她卻一聲不吭，默默承擔下來。

秋意深濃，蘇頤寧奉命清掃皇宮中的一處園子。管事刻意刁難，讓她獨自一人將所有落葉都清理乾淨，她知道反抗無用，便一言不發地去了。

蘇頤寧抵達的時候，發覺園子裡坐了一個約莫十五、六歲的少年，他手執書卷、唸唸有詞，在樹下緩緩踱步。

她不知他的身分，只謹慎地上前問安。

那少年舉手投足間透著天家貴氣，神色卻不倨傲，含笑令她免禮。

蘇頤寧不欲打擾對方，自顧自地幹起活來，過了許久，她聽見那少年說道：「偌大的園子，竟只有妳一人打掃？」

她略一猶豫，說道：「其他人各有別處的活要做，這園子是分給奴婢的。」

少年上下打量她幾眼，沒再多言，只坐在一旁背誦自己的書。

蘇頤寧一面清掃落葉，一面分神聽他唸的內容。她未入宮時，也跟著祖父與祖母學了不少詩書，因此這少年所背的章句，她聽了片刻便已知曉。

左右無事，蘇頤寧便在心裡跟著默唸起那篇文章來，耳邊則是少年低沈的聲音，兩相應和。

當少年背到其中一句時，頓了頓，尚未開口，便聽見蘇頤寧順勢接出了下一句，他不禁問道：「妳讀過書？」

蘇頤寧垂眸道：「從前在家中略讀過一二。」

少年不禁來了興致，與她探討了書中幾處地方。

暮色降臨時，幾個內侍匆匆地趕來，為首者對少年道：「二殿下，娘娘正四處找您呢。」

二殿下？蘇頤寧驚愕地抬起了頭。原來這個少年就是當今皇后的獨子。

她私底下聽其他宮人說過，二殿下裴忍雖序齒第二，但皇長子早夭，他相當於聖上的長子，又是嫡出，自幼便很受寵愛，也是最有希望成為東宮太子的人。

想到這裡，蘇頤寧暗自慶幸自己沒有多言，她按禮制後退了幾步，行禮道：「參見二殿下。」

裴忍沒什麼架子，和氣道：「起來吧。妳今日所說，我會記住。來日若是得了機會，我們再好好探討一番吧。」

蘇頤寧心想，哪裡還有機會？

誰知後來，她真的再度見到了裴忍。

那時，皇后身邊缺了個通文墨的宮女，蘇頤寧機緣巧合之下入了她的眼，便被點去皇后身邊伺候，再也不必像原來那般受折磨了。

蘇頤寧蕙質蘭心、頗有文采，皇后很器重她。隨著她在坤寧宮待的時日久了，她見到裴忍的次數也越來越多，看著那個少年一點點從瘦弱變得高大，再看著他在十七歲那年被立為太子，入主東宮。

若問蘇頤寧是何時對裴忍動心的，她也說不上來，只知道自己逐漸習慣每日都見到那個少年郎，聽他含笑喚著自己的名字時，也跟著露出笑容。

即便蘇頤寧再沈穩自持，終究只是個十幾歲的小娘子。身處深宮之中，難免徬徨無依，而裴忍與她年歲相仿，又不會高高在上，有如冬日暖陽一點一點融化了橫亙在兩人之間的冰層，讓蘇頤寧無法抑制地將一顆真心傾注在他身上。

與裴忍有關的一切就像是一場美夢，雖然她知道總有一日會醒來，卻還是忍不住一而再、再而三地沈溺其中，但願長醉不復醒。

第二日，皇后便與聖上商議太子妃的人選，最終選定出身不俗、品貌俱佳的楊家之女為正妃。

蘇頤寧來見裴忍時，手中握著卷軸，裡面正是楊氏的畫像——她是奉了皇后的旨意拿給裴忍看的。

東宮內，裴忍屏退眾人，獨自坐在書房發呆。他的心腹知曉蘇頤寧與他的關係，便放了她進去。

蘇頤寧見裴忍神色茫然地望著窗外，俊朗的眉眼蒙上了一層陰霾，便輕喚道：「殿下。」

裴忍從自己的思緒中醒了過來，連忙起身，三步併作兩步地走到她面前，輕聲道：「阿寧，妳來了。」

他眉頭緊鎖，卻依然擠出笑容道：「是母后有什麼吩咐嗎？」

蘇頤寧將那卷軸遞了過去。「娘娘命奴婢將此畫像交給殿下過目。」

裴忍頓時明白了，臉上笑意褪去。他沒接過東西，而是賭氣般地背過身去，道：「不看，我不想娶她。」

「殿下莫要任性，」蘇頤寧道：「想來賜婚的聖旨很快就會下達。」

裴忍轉過身直視她，懇切道：「阿寧，妳明明知道我的心意……妳相信我，我心目中唯一的太子妃是妳。」

蘇頤寧偷偷掐起了自己的掌心，神色平靜道：「可殿下分明知道我們之間並無可能。」

他急切道：「阿寧，妳給我些時間，我剛被父皇立為太子不久，根基不穩，不能違背他的意思。」

裴忍的神情挫敗。「我只能事事順從，連娶妻這種事都無法自己作主。可唯有這樣，我才能做父皇母跟后心目中最滿意的皇子，以確保東宮之位不落入他人手中。阿寧，妳要理解我。」

他握住她的手道：「若是妳願意，待來日我順利登上皇位，一定會給妳該有的尊榮跟地位。」

蘇頤寧澀然一笑道：「殿下，奴婢再過幾年就要出宮了。」

她慢慢掰開裴忍的手。「難道奴婢要為了虛無縹緲的以後，無止盡地等下去嗎？殿下，往後您依然是太子，奴婢依然是娘娘身邊的宮女，我們就……這樣吧。您既然有了太子妃，就好好待她。」

說完她便轉過身，打算出去。

「阿寧！」裴忍叫住她。「我去向母后請旨，把妳賜給我好不好？」

做側妃還是侍妾？蘇頤寧沒問出口，而是徐徐搖了搖頭。「殿下，您答應過奴婢的，此事不能被娘娘知曉。況且太子妃尚未過門，您就要添人，娘娘定然不會同意，到那時，奴婢將無立足之地。若殿下還顧念我們的相識之情，就請別再提起此事了。」

裴忍張開手想抓住蘇頤寧，卻只感受到衣袖滑過指尖。他怔然許久，低聲道：「阿寧，我答應妳。但也請妳等我幾年，好嗎？」

蘇頤寧沒答腔，只略頓了頓步伐，便離開了東宮。

太子妃楊氏比裴忍小一歲，她拜見皇后時，蘇頤寧便在一旁默默看著這個溫婉知禮的女子。

她心中隱隱作痛，垂下了目光。

東宮張燈結綵那晚，蘇頤寧告了假，獨自留在房內出了很久的神。她意識到自己從前犯下了愚蠢的錯誤，生出了荒謬的心思。

她竟妄想同裴忍一生一世一雙人。

先不論自己的家世，便是真能成為太子妃，也斷不能有此等念頭。太子是未來的天子，他的後宮怎麼會只有一人？

蘇頤寧呆坐房內，無奈地苦笑。她想，若是自己能邁過心中的那道坎，興許能接受裴忍的提議，當他其中一個女人。可她偏偏有一身傲骨，不肯與旁人分享自己的郎君。

如此癡心妄想，天底下有幾個男人能為她做得到？
銀白的月光落滿蘇頤寧周身，在那幽冷的光芒下，她似乎打定了某種主意。
自那之後，她便心如止水，再也不曾單獨見過裴忍。

太子大婚後，與太子妃琴瑟和鳴、相敬如賓，後來皇后又陸續給東宮添了幾位側妃與侍妾，裴忍未提出任何異議。
蘇頤寧則一心留在皇后身邊，做好自己的分內之事。
裴忍二十五歲那年，纏綿病榻已久的聖上崩逝。他身為太子，便即位為新帝，而皇后，也成了太后。
蘇頤寧隨太后搬到新的寢宮時，距離她能出宮的時間還差半年。
太后很憐惜她，便道：「頤寧，妳早到了該嫁人的年紀了。哀家打算囑咐聖上，讓他留意一番，看有沒有合適的青年郎君。」
「多謝娘娘。」蘇頤寧垂首道：「奴婢只希望出宮後能在祖母身邊盡孝，至於婚事……順其自然。若緣分未到，不必強求。」
太后見她如此，知道她極有主意，便未再多言。
蘇頤寧奉命去坤寧宮送些物品的時候，見到有一陣子未見的皇后，那時皇后已經病了一段時間，身形相當瘦弱。
「頤寧，」皇后由宮女攙扶著艱難起身。「本宮聽母后說，來年妳便要出宮了？」

皇后常在太后面前盡孝，因此與蘇頤寧很相熟。兩人都飽讀詩書，也曾閒談過，發覺彼此很投緣，有那麼幾分知己的味道。

蘇頤寧頷首。「依例，奴婢二十五歲便可出宮。」

皇后輕輕嘆了口氣，垂眸道：「往後，只怕再無人能與本宮談論詩書了。」

「娘娘，妃嬪中不乏有嫺熟於詩書之人。」蘇頤寧替她斟了杯茶。「您若是悶了，大可傳她們敘敘話。」

皇后笑了笑，沒說話。

此時，一旁的宮女上前低聲道：「娘娘，聖上身邊的人來傳話，說是晚膳不過來了。」

「知道了。」皇后道。

蘇頤寧自然知道此話何意。

如今裴忍對她來說更像是個陌生人，偶爾碰到了，他們之間也只剩宮規禮儀。幾乎無人知曉兩人曾有過那樣一段過往，也不會有人將高高在上的天子與一個宮女聯繫起來。

除了皇后以外，裴忍對所有人都一視同仁，並未特別偏寵，因此妃嬪們不曾鬧過什麼矛盾。太后對此很欣慰，唯獨在子嗣一事上頻頻皺眉。

裴忍登基至今以來，膝下就只育有兩個女兒。皇后身為後宮之主，面對太后與裴忍對嫡出皇子的期望，只能暗自發愁卻無可奈何。

許是憂思過度，皇后的身子一日日地弱了下來。她喜靜，因此吩咐妃嬪不必侍疾，寢宮中變得越發安靜，只縈繞著淡而清苦的藥味。

蘇頤寧正兀自出神，卻聽皇后輕聲道：「頤寧……妳執意出宮嗎？」皇后倚在榻上，神色憔悴，眼底卻帶著溫軟的笑意。「本宮想問妳一句話。」

「娘娘請問。」蘇頤寧低頭道。

皇后揮退了身邊伺候的宮人，道：「妳願意留在宮中陪伴聖上嗎？以你們的情分，他定不會虧待妳。」

蘇頤寧臉色一變。「娘娘……」

對上皇后洞察一切的目光，她頓時覺得心事無所遁形，不禁有些無地自容。

「妳不必多想，本宮並不會因此而對妳別有看法。」皇后寬慰道：「妳與聖上相識已久，以妳的品貌才情，聖上對妳傾心，也是正常。」

「娘娘是替聖上問這句話的嗎？」蘇頤寧喉頭發緊，低低問道。

皇后淺淺一笑道：「聖上並不知情，是本宮替自己問的。」

她眉宇間有些悵然，慢慢道：「聖上自登基後便忙於政務，終日緊皺眉頭。本宮自知無法為他分憂，也不知他心事所在，只盼能有個知心人陪著他。儘管後宮妃嬪不少，本宮卻從未見聖上對誰真心實意地展眉過，直到有一日在母后宮中遇到妳，本宮清楚地看見聖上的眼底起了波瀾。」

皇后又道：「自本宮知曉要嫁入皇家的那一刻起，便告誡自己不可耽於情愛。本宮敬重他、關心他，但對他並無尋常男女之間的愛。因此妳不必顧忌本宮，本宮既沒有情，便不會心生芥蒂。」

蘇頤寧怔然良久後，緩緩搖頭道：「娘娘，奴婢不願意。早在聖上定下與娘娘的婚事後，奴婢便與聖上斷了往來，也有了其他打算。出宮後，奴婢會先在祖母膝下盡孝，再設法開辦私學。奴婢想做更多事，不願讓自己困於宮闈之中。」

皇后一臉震驚。她沒想到蘇頤寧居然藏著這番心思，訝異之餘，又打從心底生出敬意與憐惜。「世道艱難，妳身為女子，想做這樣一番事業，何其不易，妳真的想好了？」

蘇頤寧微微一笑道：「娘娘放心，奴婢不做沒把握的事。」

「既然妳這麼說，那本宮不會再提起此事。」皇后握住她的手，嘆道：「頤寧，本宮這一生注定是要困在宮中了，可妳不同，妳還有許多機會能完成心願。這一點，可真讓本宮羨慕。」

「娘娘，您要保重自己的身子。」蘇頤寧反握住她冰涼的手。「奴婢還盼著來日能再同您談論幾句詩詞。」

然而，皇后最後沒能等到那一天。

就在蘇頤寧出宮後幾個月，皇后藥石罔效，離世了。

寒風中，蘇頤寧獨自在院子裡站了很久，想起第一次見到皇后時，她那和煦如春水的聲音與笑容，還有執起自己的手時那輕柔的動作。這樣一個女子，將最美好的年華都耗在後宮中，不過數年，她如花般的生命就這樣悄然枯萎。

蘇頤寧慢慢抬手，拭去眼角的淚。

人。

「阿寧，妳當真不肯……」裴忍欲言又止，目光沈沈地望著她。

京城長街上遊人如織、燈火璀璨。覓蘭河悠悠流淌，蘭橋之上，立著兩個各懷心思的人。

蘇頤寧面色平靜。「聖上明明知曉民女的回答，何必再問？」

他默然良久，方道：「是因為後宮妃嬪眾多，妳不喜嗎？」

蘇頤寧沒說話，裴忍卻嘆息道：「阿寧，朕雖是天子，卻有許多不得已的苦衷。後宮妃嬪皆是出身不俗的世家女，朕有必要維持朝堂的平衡。」

「朕無法承諾妳後宮不會有其他人，但朕可以向妳保證，朕的心只會給妳。」裴忍握住她的手。「阿寧，難道這麼多年的情分，妳能輕易捨棄？」

蘇頤寧緩緩掙開他的手。「民女不願意。多年前民女便已下定決心，此生絕不會再踏入宮門半步。民女有想做的事，不想辜負餘生。」

「而聖上您，」蘇頤寧看著他。「您要做一個好皇帝，莫要兒女情長。我們各行其道，互不相干。」

水波粼粼的河面倒映著兩人的身影，蘇頤寧慢慢道：「您與民女相識一場，這段緣分就到此為止吧。」

裴忍苦澀一笑。「既如此，朕尊重妳的想法。」

蘇頤寧頷首，提起裙裾朝他微微一俯身，道：「就此別過。」

在她轉身那一瞬，裴忍伸手扯住她的手臂。

他啞聲道：「阿寧……朕能不能再……抱妳一次？」

那語氣裡的顫抖，讓蘇頣寧心中一軟。她還未開口答話，裴忍卻已上前一步輕輕擁住了她。

「朕會做一個好皇帝，」他在她耳邊道：「妳也要照顧好自己。」

隨後，兩人各自轉過身，朝相反的方向漸行漸遠。

沒多久，裴忍冊立繼后，繼后也生下了嫡長子。

某日午後，裴忍正陪伴著繼后與小皇子，一個晃神便睡了過去，作起了夢。

夢中還是年少時，宮裡翠色蔥蘢，處處都透著生機。

他自寢宮的窗戶往外一看，便瞧見那少女自遠處行來，手中提著食盒。她淺碧色的裙角猶如這寂寂深宮中的一抹亮色，引得他情不自禁地向她走了過去。

「阿寧……」他喚道，想伸手碰觸她，卻撲了個空。

心彷彿從高處墜下，霎時間變得空落落的。裴忍從夢中驚醒，呼吸急促，一身冷汗。

「聖上怎麼了？」繼后問道。

他愣了愣。她的語氣雖是關懷的，眼底卻是漠然。

裴忍自嘲一笑。他早該知道繼后心中只有子嗣與家族，從未有過自己。

這樣也好，他們可以做一對相敬如賓的帝后，不必擔心年歲漸長、情意變淡而暗自神傷。

因為，他們之間，本就沒有情意。
而自己曾傾心相許的那個女子，與他再也沒有可能了。

第七十四章　追悔莫及

徐府的一處臥房裡，徐望正端坐書案前，安靜地翻著手中的書本。窗子並未掩緊，露了一條細縫，夜風吹得燭火忽明忽暗。

徐望沈沈嘆了口氣，將書本合上，轉而取出前幾日繪了一半的畫——是他常畫的風景圖。

無法靜心時，徐望常會執起畫筆作畫，隨著筆尖的墨色暈染開來，他煩躁的心緒也會逐漸平息。

然而，今日徐望怎麼都無法找到初作這幅畫時的感覺。他閉上雙眼，竭力回想之前作畫時的靈感來源，試圖繼續畫下去，卻遲遲無法落筆。

片刻後，徐望深深吐出一口氣，放下了筆，吩咐道：「收起來吧。」

「是。」僕從依言將畫收進櫃子，又將另一個卷軸取出來。「阿郎不把這幅畫掛起來嗎？小的覺得有些可惜。」

他跟著徐望多年，因此便將內心的話盡數說了出來。

徐望神色一凝，看著僕從把那幅自己不願再看的畫取了出來。

他伸手接過卷軸，慢慢展開——畫中之人唇角的弧度柔和、目光沈靜。她手中執著一冊書，手臂稍稍抬高，整個人沐浴在輕柔的日光中。

徐望抬手碰了碰畫中人的眉眼，隨即如同被燙了一般縮回手，臉上浮現一絲懊惱，道：「收進最裡面，不要再讓我看見。」

僕從不明所以，卻還是照辦了。待收拾完畢，僕從又道：「郎主傳了話來，說明日是二娘子回門，請阿郎下了值後早日回府一同用膳。」

心猛然被撞擊了一下，徐望緊抿嘴角，淡聲道：「知道了，你先下去吧。」

等到房中只剩自己一個人時，徐望這才徹底卸下沈穩的面具，頹然地跌坐在窗邊榻上。

他伸手推開窗戶，夜風帶著微涼的氣息拂面而來，緩緩撫平心頭的躁動。

徐望不願回想那已成定局之事，然而思緒百轉千迴，仍抑制不住地往腦海中鑽。

想起幾日前她出嫁時的場景，那樣明媚的笑容與滿足的神情，一瞧便知道，她是嫁給了自己的心上人。

他垂眸，無奈一笑。

書房最裡面的書架底部放了兩個卷軸。徐望緩步走過去，稍稍遲疑了片刻，伸手取出其中一幅畫。

看著那稍顯稚嫩與青澀的筆觸，徐望一個晃神，想起了當初作畫的場景。

徐家祖上世代為官，雖也經歷過波折，但到了祖父那一輩時稍有起色，父親又靠著勤學苦讀與一身功名順利入仕，雖然當時父親尚未坐上朝中重臣之位，但至少一家人不愁吃穿。

父親不曾疏於對他的培養，自他開蒙便為他請來夫子悉心教導，從詩書到字畫均有涉獵。徐望初學丹青時便被夫子誇讚天分不錯，他便更加喜愛這種揮灑筆墨的感覺，還仿效前人，煞有介事地為自己取了「漁舟居士」這麼一個名字。

那時，徐望沈醉於讀書品茗、題字作畫的風雅生活，他也以為自己會一直是個瀟灑自在的文雅書生。

然而官海浮沈，父親因剛正不阿且性子執拗而得罪了人，不幸遭貶，發配去了一個偏遠的地方。

那個地方雖也山明水秀，卻遠離皇城，顯得格外寂寥。對年少氣盛的徐望來說，忽然過上這種日子，著實有些難捱。

這兩幅畫便是在那裡畫的。

少年徐望原本躊躇滿志的一顆心被潑了冷水，他不知道會在這個地方待多久，也不知自己的滿腔志向還有沒有實現的一日。於是在心情煩悶時，他便常去水邊枯坐，盯著那空蕩蕩的風景發呆，最後拿起了畫筆。

當初他雖竭力屏除心底的煩悶作畫，卻還是不由自主留下了情緒的印記。他不明白父親為何自始至終都那麼平靜，不曾流露出一絲一毫的彷徨無措。

後來，父親對他說起自己年少時的經歷——一場洪災與時疫讓他失去了父親，還與妹妹失散。

徐望這才知道，為何父親能如此平和地接受眼前的生活，他不禁感到慚愧。

有了父親開導，徐望的心境也有所變化，這些變化自然展現在畫作中。

待父親重新被重用，舉家收拾行囊準備赴京時，徐望將那兩幅最消沈的畫作另外收了起來。他原本打算用這兩幅畫時刻提醒自己不要因為一時的得失而太過衝動，誰知在北上的途中，那兩幅畫連同一些細軟被偷走了，令他遺憾不已。

與那兩幅畫重逢，是在永安坊的姜記食肆。

原本徐望一向對吃食不甚在意，也不會刻意關注外面的店鋪，他之所以記住姜菀，是拜那個頑劣的表弟虞磐所賜。

母親將表弟帶到家中教養，起初他無所謂，後來卻發覺這孩子不服管教，小小年紀就對下人頤指氣使、態度囂張。然而出於對母親的孝順，他沒有流露出一絲一毫的不滿，而是做了一個兄長該做的事──引導他步上正途。

徐望心想人性本善，或許表弟只是還不懂事才會這樣，然而因此與姜記食肆扯上關係，卻不在他意料之中。

第一次知道姜記的名字，是表弟在外面闖禍以後。那日他自京城外回府，向母親問安後便回了自己的院子，本打算休息，卻見表弟身邊的人神情不安，前來稟報事情。

徐望聽罷，臉色不由得沈了下去。他看向僕從，問道：「是否處理妥當了？這種事不可傳揚開來，否則於徐家百害而無一利。」

如今徐家的地位得來不易，他不能讓父親多年的努力付諸東流，也不能讓徐家的名聲被人詬病。

僕從面色為難道：「阿郎，此事發生時有旁人在，小的沒辦法做到滴水不漏。」

「何人？」徐望淡聲問道。

「是……禁軍統領沈將軍跟驍雲衛衛隊長荀將軍。」

「他們為何會在場？」徐望蹙眉。

僕從道：「兩位將軍正好去姜記用晚食，便目睹了一切，還……對那位店主頗為維護。」

徐望眸色深沈，半晌沒說話，許久後才道：「此事是磐兒無禮在先，明日我親自上門向店主等人賠禮便是。」

隔天，他帶著虞磐登門，見到了姜菀，鄭重表達歉意。好在此事並未造成嚴重的後果，虞磐自那日後也收斂了脾氣，徐望便未放在心上。

那一天，他下值後回府，從母親那裡聽說表弟帶了家中侍女出門後遲遲未歸，便沿著街道一路尋找，就這樣走到姜記食肆附近。

他一眼便瞧見表弟背對著自己站在那裡，正在跟人說話，姜菀則面向自己這一邊，神色微妙。

徐望走近了幾步，漸漸聽清楚表弟說的話，臉色頓時沈了下去。他知道表弟不好管教，但這些日子在夫子的嚴格教導下，他以為這個不成器的表弟已經擺正態度了，沒想到在外人面前還是原來的模樣。

虞磐語氣裡的高傲與輕蔑毫不掩飾，徐望只覺得自己的臉上火辣辣的，無地自容。他正欲上前喝止，卻見姜菀緩步走到表弟面前，臉上明明帶笑，做出的事卻讓天不怕、地不怕的表弟驚呼出聲，哭叫起來。

她的分寸把握得極好，既給表弟一個教訓，又沒真的傷害他。徐望在惱怒之餘，對這個年輕小娘子忍不住產生了一絲好奇。

領著表弟回府後好好教訓了一番，徐望卻沒忘了正事。第二日他再度登門，用溫和卻不容拒絕的口吻，暗示姜菀勿要對外人多言，以免招致禍患。

姜菀對他的態度不卑不亢，既沒有尋常平民面對權貴時的膽怯與畏懼，也沒有收到補償時的欣喜。她的面色始終平淡如水，對自己軟硬兼施的話語也沒有太大的反應。

看著姜菀那雙眼睛，徐望不禁認為是自己以小人之心度君子之腹了。他也隱約覺得，沈澹與荀遐能與她有私交，便說明此人自有獨特之處。

他稍稍留了神，發覺姜記食肆的點心與飯菜確實別有滋味，難怪能吸引不少食客。除了口味不俗，姜菀還總有些奇思妙想，能將平常的食物做出新鮮的花樣來。

徐望更沒想到，那兩幅遺失已久的畫作，竟會出現在姜記食肆裡。

熟悉的「漁舟居士」落款、透著少年心氣的筆觸……徐望怔然立在原地，注視著那兩幅畫。

他按捺住心底的疑惑與洶湧的情緒，問道：「姜娘子，這兩幅畫……妳是從何處得來的？」

聽了姜菀的回答，徐望確定當年竊賊偷走他的東西之後，轉手賣給旁人。兜兜轉轉，自己的畫作又再度出現，他一時頗為感慨。

想起曾經的少年時光，徐望不禁同她聊起這兩幅畫作，令他驚訝的是，姜菀竟然看出他藏在畫中景致與人物背後的心境。

徐望意識到自己從前太小看她了。他總是自視甚高，覺得出身市井的女子定然沒讀過什麼書，能識得幾個字已很難得了，想不到姜菀卻頗有見識。

縣學飯堂一事，徐望更是被姜菀教訓得臉上熱辣，彷彿被人當面搧了耳光。他讀了這麼多年聖賢書，卻辜負了書中教會自己的道理，使用最低下的手段，只為了走捷徑，盡快查清真相。

在那之後，他一想到姜菀，便會記起曾經犯下的過錯，記得她一字一句說過的話，記得從前那些往事。

不知從什麼時候開始，他開始頻繁地想起姜菀。徐望有些驚訝，更有些無措，他不明白這麼一個普普通通的小娘子，怎會一而再、再而三地出現在自己腦海中？

徐望努力鎮定心神，讓自己不要在這件事情上分心。他心想，以自己的出身跟家世，將來的妻子一定要是個溫柔賢淑的大家閨秀，他又怎能對姜菀這樣的女子懷有心思呢？

然而，夜深人靜、輾轉反側時，他心底也曾冒出一個想法：倘若姜菀的出身再高貴一些，他們之間似乎也不是不可能？

一產生這個念頭，徐望便出了一身冷汗。

他質問自己，怎能耽於兒女情長？姜菀只是一個尋常的從商之人，與自己之間隔著天塹，他無論如何都不可能娶一個商戶女為妻。

然而，世事有時候就是這般戲劇化，當徐望從老師顧元直那裡得知姜家的過去時，頃刻間心亂如麻。

姜菀——她居然是姑母的女兒！她從一個陌生人變成自己的表妹，徐望只覺得恍惚。原來，她竟有這樣波折的故事與過去；原來，她的母親便是父親尋了多年的胞妹。

得知真相時，徐望說不清自己是什麼心情，只恍恍惚惚地想著，若是如此，那他們是不是可以……

當徐望想要踏出一步時，看到的卻是她與沈澹相攜相依的身影，自己終究是晚了一步。

在自己為兩人「懸殊」的身分而踟躕不前時，沈澹卻義無反顧地走向她，握住了她的手。

徐望苦笑，他輸了，輸在軟弱與優柔寡斷上。

他告訴自己，這只是最微不足道的悸動罷了。既然不可能，那麼往後他只要把姜菀當成妹妹就好。

當姜菀將那兩幅昔年畫作親手交給自己時，她明明沒多說什麼，可徐望卻知道，她一定讀懂了自己對那兩幅畫的懷念，不過她沒直接說出來，而是選擇了最婉轉且體貼的方式。

這樣的聰慧與細心，讓徐望心底的情愫再度洶湧起來。他摩挲著那失而復得的畫，想到這樣的小娘子即將成為別人的妻子，內心便是止不住的失落與悵惘。他甚至在想，難道自己不正是最適合姜菀的郎君人選？他們本就是一家人，親上加親，這樣的連結再好不過。

可自幼受的教育讓徐望恥於產生這樣的念頭，他逼迫自己不要再這樣下去，可手中的筆卻不受控制地在紙上一點一點繪出她的輪廓。

他自以為藏得很好的秘密，也因此展現在姜菀面前。

當她撿起那幅畫時，徐望僵立在原地。他不知道，若姜菀知曉自己的表兄有這樣的心思，會不會視他為洪水猛獸，就此敬而遠之？

姜菀的目光淡淡掃過那畫作，眼底不見一絲波瀾，只是平靜地將畫還給自己。

徐望壓抑著瘋狂的心跳，佯裝鎮定地接了過來，心底浮起一絲僥倖，或許……她沒看出來？

可姜菀之後的話卻打破了他的幻想，她道：「表兄日後還是別畫人像了。」

話音一落，她便轉身離開了。

徐望沈默許久，才扯出一個無奈而蒼涼的笑。是啊，以她的聰敏，怎會看不出來？他的心思，到底還是在她面前無所遁形。

徐望從回憶中回過神來，發覺夜色越發濃厚了。

他的手指輕扣窗櫺，沈沈地吐出一口氣。

曾經他不屑於所謂的情愛，以為身分跟地位才是最要緊的，可當失去自己心儀的人時，他才終於明白那些虛名絲毫沒有意義。

既然如此，餘生他都會當一個合格的兄長，在遠處靜靜守護她，不會再有其他念頭。

阿菀，願妳此生能平安喜樂，而我，已為曾經的所作所為付出代價。

漁舟居士，終究只能對著寬廣卻寂寥的天空，悵然低嘆一句「晚了」。

南城的陰雨天總是連綿而漫長，暗沈的天色讓人的心情不自覺地蒙上了一層陰霾。

姜菀站在自家陽臺上，看著幾盆花草被雨水滋潤的模樣，輕輕吁了口氣，轉身返回屋裡。

她舒展了一下身體，懶懶地在客廳沙發前的地毯上隨意坐下，拿起茶几上的手機，發覺有一條新訊息，是好友江茵約她出門吃頓飯。

姜菀想了想，回覆了一個「好」字，便起身往衣帽間走去。她一面用手指梳理頭髮，一面若有所思地盯著那一排掛起來的衣服。

想起方才在陽臺上感受到的溫度，姜菀穿了件內搭的連衣裙，又挑了件長款的羊絨大衣。她對著落地鏡照了照，滿意地點點頭。

姜菀拎著包包與車鑰匙出了門。江茵與她約定的地點距離不算太近，外面又下著雨，她便打算開車過去。

抵達地點後，姜菀一眼便看見江茵正坐在靠窗的一個位置低頭玩手機。她對服務生點頭示意了一下，便朝江茵走了過去。

「妳來了？」江茵抬頭看見她，說道：「想吃什麼？」

姜菀隨意看了菜單一眼，笑著道：「妳來點吧，我不挑。」

江茵輕笑道：「我忘了，我們菀菀可是美食部落客，早知我該去妳家好好吃一頓的。」

她頓了頓，仔細瞧著姜菀的臉色道：「這些天妳身子好些了嗎？」

服務生端上茶水，姜菀抿了一口，粲然一笑道：「我沒事啊。」

江茵嘆氣道：「拜託，妳知不知道半個月前我趕到醫院的時候有多害怕，妳那時跟個紙片人一樣，彷彿風一吹就會跑。」

姜菀神色微斂，垂下雙眸沒說話。

江茵又道：「幸好妳沒事，否則我真的不知道該怎麼辦。」

她緩緩握住姜菀的手，問道：「自從妳出院，我就覺得妳好像有心事，動不動就發呆。菀菀，妳遇到什麼事了嗎？」

姜菀怔了怔。

該從哪邊說起呢？她回想著這半個多月來的種種經歷，只覺得一陣恍惚。

她自醫院的病床上醒來，頭痛欲裂，腦海中塞滿了各式各樣的記憶，凌亂而瑣碎，讓她摸不清頭緒。彷彿在遙遠的從前，她的身上曾發生過很多故事，那些故事有笑有淚，充滿溫情與回憶，真切得不像夢，可她卻無法完整地回憶起來。

姜菀皺了皺眉，抬手揉了揉太陽穴，笑道：「可能是前些日子太累了吧。」

江茵嘆道：「妳就是太拚命，才會日夜顛倒傷了身體。其實妳現在賺的錢已經夠多了，幹麼這樣折騰自己？」

姜菀抿嘴一笑道：「誰會嫌錢多呢？」

笑歸笑，她還是認真思索起了自己的前途。美食部落客確實只是副業，只是這副業做得有聲有色，讓她花了更多心思。

她的本業是一家遊戲公司的文案企劃，這家公司旗下出了幾款超紅的遊戲，營業額跟利潤都很驚人。身為員工，姜菀的薪水自然水漲船高，所以江茵才會那麼說。

薪水穩定，又沒有車貸跟房貸，這樣的生活夠幸福了。可自從半個月前大病了一場之後，姜菀便時常覺得心中空落落的，似乎缺了點什麼。

到底缺了什麼呢？她不知道。

第七十五章　緣定來生

江茵見姜菀又開始出神，便咳了一聲道：「好了，上菜了，先吃吧。

「我記得妳說，你們公司的新遊戲快公測了？這次是以美食為主題的經營類遊戲？」江茵饒富興致地問道。

姜菀點頭道：「對。玩家要扮演老闆，開局從擺攤做起，一步步升級，建立屬於自己的餐廳王國。」

江茵眉眼彎彎道：「聽起來很不錯，公測的時候我一定要玩玩看。」

兩人邊吃邊聊，姜菀道：「對了，快到畢業季了，我們公司下個月會去南城大學召募人才，我打算順便探望一下陸老師。」

南城大學是姜菀與江茵的母校，陸沁是指導兩人畢業論文的老師，是個風趣又溫和的女性，姜菀很喜歡她。

江茵蹙眉道：「可惜我下個月要出國談業務，不然我就跟妳一起去了。既然我去不了，妳就幫我帶份禮物給陸老師吧。」

姜菀頷首道：「好。」

新遊戲公測後，果然大受好評。遊戲處處透著傳統韻味，將古典美食與現代料理巧妙結合，主角也透過古今結合的思路，創造出許多新奇的經營策略與方法。
這一天，姜菀的公司來到南城大學，對即將畢業的學生們進行招募。
招募人才時姜菀不必在場，她便循著記憶中的路線，往陸沁的辦公室走去。
陸沁已是學院的副院長，有單獨一間辦公室。姜菀輕輕敲了敲門，就聽見裡面傳來熟悉的女聲。「請進。」
她推開門時，剛好與一個人擦肩而過。那人身形高大、步伐急促，一瞬間，姜菀聞到了一股似曾相識的味道。
……薄荷梔子？
一顆心彷彿被輕輕撞了撞，姜菀愣在原地許久，才緩緩走進去同陸沁寒暄。
陸沁對昔日的得意門生回校感到驚喜，拉著她說了很久的話。
這麼一聊，便到了傍晚。陸沁看了手機一眼，道：「我晚上有事，不能跟妳吃頓飯了。」
姜菀連忙道：「老師您先忙，我也該回去了。」
陸沁問起她現在的住址，道：「開車了嗎？不然我送妳吧。」
姜菀趕緊推辭道：「沒關係，您要去的地方跟我家方向相反，我今天沒開車，不過可以坐捷運。」
陸沁想了一想，眼前忽然一亮，道：「我讓小沈送妳吧，他家跟妳家離得很近。」
姜菀茫然道：「小沈？」

陸沁打了通電話，沒多久，辦公室的門再次被人推開。熟悉的氣味撲面而來，姜菀抬頭，對上一雙深邃而平靜的眼睛。男人寬肩窄腰，襯衫下的肌肉貌似很結實。那雙眼睛在觸及自己時，似乎泛起了波瀾，不過姜菀沒仔細看，而是對陸沁道：「老師太客氣了，我可以自己搭捷運回去的。」

陸沁笑咪咪道：「這是小沈，是我以前的學生，現在是南城警察局的刑警隊隊長，今天剛好過來辦點事情。」

姜菀克制地打量著沈澹。原來他是刑警，難怪身材這麼健壯。

她的目光雖然在男人身上，但不過是最一般面對陌生人時的打量。男人望進她眼底，眸子不易察覺地暗了暗。

「小沈正好要回去了，順路載妳一下也方便，對吧，小沈？」

男人「嗯」了一聲，明明只發出一個音，姜菀卻莫名從中聽出了不一樣的意味。

她的心忽然狂跳起來，這個人、這個聲音……為何如此熟悉？

一隻手伸到她面前，男人語氣平淡地開口道：「妳好，我是沈澹。」

姜菀很自然地伸出手。「你好，我是姜菀。」

感受到男人掌心的溫熱，她神思不禁恍惚了一瞬。

沈澹很快就收回了手，說道：「姜小姐請。」

姜菀與沈澹一起向停車場走去。她傳訊息到群組說自己不跟同事回去，這才收好手機，沈默地往前走。

到了停車場，沈澹打開車門示意姜菀上車，還貼心地用手掌護在她頭頂上方，等到她坐好，才繞到駕駛座開門上車。

那若有似無的香氣縈繞在鼻間，姜菀不動聲色地用眼尾餘光看了他一眼，卻還是沒開口。

一路上，兩人無話。當沈澹把車停在姜菀家門口時，姜菀禮貌地道了聲謝，正要打開車門下車，卻聽見沈澹道：「聽陸老師說，姜小姐的副業是一名美食部落客？」

她微赧道：「只是隨便發些影片在網路上而已。」

沈澹深深地看著她，許久後才微微一笑，沒再多說什麼。

姜菀總覺得那笑容別有深意。她有種錯覺，她與沈澹像是相識已久，今日是久別重逢。

可她明明沒見過他啊……

一直到睡前，姜菀都沒想出自己沈澹有什麼淵源，只好帶著滿腹疑問進入夢鄉。

隔天是星期六，姜菀心安理得地睡了個懶覺，睜開眼時已經快十點了。她拿出手機，意識到今天該更新影片了。

起床漱洗後，她簡單吃過早餐，心想時間差不多了，便從冰箱裡挑了幾樣食材，在腦海中走了一遍流程，放好支架拍攝。

今日拍得很順利，一次成功。姜菀將影片上傳到電腦，開始剪輯、配音、上字幕。一切處理妥當，她就將影片上傳到網路，通過審核後便能公開。

影片剛公開沒多久，底下很快就出現一條留言，是一個空白的頭像，帳號是一個字母「S」，評論內容是一個稱讚符號，沒有文字。

姜菀盯著那個頭像看了片刻，點開對方的主頁，發現他沒上傳過任何影片，關注的對象也只有她。

那條評論沒多久就淹沒在熱鬧的留言區。姜菀時隔半個月終於更新，粉絲們都十分捧場，按讚的數字不斷攀升。姜菀打鐵趁熱，發布了一條動態，募集下一支影片的主題。

這也是公司給她的任務。

姜菀美食部落客的身分並非秘密，碰巧此次的遊戲主題又是美食，公司便以異業合作的形式，讓姜菀透過影片推廣遊戲。姜菀挑選了幾個遊戲裡出現的古典美食，打出「複製傳統美食」的旗號，為下一支影片準備。

經過投票，下一支影片的主題定為「十二花神糕」之荷花糕。這種點心賣相極其精緻，為此姜菀在製作的步驟上反覆推敲。

只是，她靜下來以後想到「十二花神」，心頭總有種異樣的感覺，無法平靜。

夜間，姜菀躺在床上難以入眠，好不容易迷迷糊糊睡著了，夢裡卻出現了一個意想不到的人——

沈澹。

他們明明是第一次見面，可在姜菀的夢裡，兩人卻如同千百年前便已相識。他的手落在她髮間，溫柔地輕撫著，他微微低頭，唇齒間的氣息襲捲而來。

姜菀猛地驚醒，頓時覺得荒唐不已。她怎麼會作這種夢？

這個夢讓她心底越發不自在，以至於第二天，她在超市遇到沈澹時，第一個反應居然是想拔腿就跑。

「姜小姐？」沈澹出聲喚住她，淺笑著同她打招呼。

姜菀一看到他，便不由自主想到了那個充滿綺念的夢，臉上瞬間熱了起來。她草草應了一聲，便低下頭，假裝正在看手機，躲避他的眼神。

沈澹輕輕笑了笑，也不介意她的失禮，而是自顧自地推著購物車往前走。等他走遠，姜菀才抬起頭，緩緩吐出一口氣。

姜菀買了些零食跟日用品，結帳時發覺沈澹恰好排在自己前面。她一聲不吭，付了錢後拎著袋子往外走去。

誰知剛走幾步，塑膠袋卻裂開了，裡面的東西掉了出來。

姜菀忙彎下腰去撿，有一隻手卻先自己一步，將那些東西撿了起來。

她沿著那隻骨節分明的手向上看去，赫然是沈澹。

沈澹沒立刻把掉落的物品還給她，而是說道：「姜小姐買了不少東西，應該不太好拿吧？我正好開了車，既然順路，我就送妳回去吧。」

姜菀本能地拒絕。「不——」

沈澹目光深邃地看著她，沒說話。

姜菀一顆心驀地狂跳起來，拒絕的話就那麼卡在喉嚨裡。

回去的路上，沈澹狀似無意地說道：「姜小姐公司出品的那款遊戲，我最近也在玩。」

姜菀不禁問道：「沈先生覺得如何？」

他淡淡一笑。「遊戲的畫風與配樂都很古色古香，我喜歡高自由度的劇情跟豐富的ＮＰＣ角色。」

這款遊戲是有劇情的，安排了很多支線跟人物，根據不同的選項，會走向不同的結局。

姜菀笑道：「不知道沈先生對哪段劇情或是哪個ＮＰＣ印象更深刻？」

紅燈了，沈澹將車停住，轉頭看向她道：「我很好奇，主角的感情線最後會是怎樣？」

姜菀解釋道：「這款遊戲並沒有固定的ＣＰ，也不會有明確的感情線結局，但玩家可以根據自己的喜好認識不同的角色，提升好感度。」

沈澹低聲笑了笑，道：「我很喜歡遊戲裡那個叫杜懷言的角色。」

姜菀笑容一頓。

在這個遊戲當中，玩家可以自由選擇初始性別，男女線各有不同的劇情跟ＮＰＣ。杜懷言是一位面冷心熱的將軍，看似高冷嚴肅，實則溫和細心。他與主角在機緣巧合下相識，漸漸產生交集，主角也讀懂了他清冷面容下藏著的種種往事。

這個角色是姜菀一手塑造出來的。她在寫文案跟人設時曾經幾度恍惚，不明白為何那些背景故事猶如鐫刻在腦海中一樣，不需要思考便從她筆下竄出。

沈澹沒再多說，而是發動車子繼續前進。

車子停在姜菀家樓下，她道了聲謝，將東西抱在懷裡下車。

「姜小姐，」沈澹的聲音忽然在身後響起。「冒昧請問妳，杜懷言這個角色及他的故事是誰主筆的？」

姜菀身子一僵，緩緩回頭道：「沈先生為何想問這個？」

沈澹從車上下來，牽了牽唇道：「或許是我很喜歡這個人物的故事吧。」

他驀地放輕了聲音，恍若說悄悄話一般。「他原本只想當個文雅書生，卻因家中巨變而不得不棄文從武；他在戰場上為父報仇，立下赫赫戰功；他看似清冷寡言，卻有熱情的一面。」

姜菀覺得腦海中似乎起了一陣風，那些被塵封的記憶，漸漸現出了面貌。

「那一天，他在書肆裡撿起那個女子的手帕。他看她在眾人面前挺身而出、主持正義；他品嚐她親手做的食物；他看著她教訓頑童；他教她如何訓犬……」

一股酥麻感自太陽穴擴散開來，姜菀眼前一黑，緊接著，記憶如洪水般洶湧而至。

那個陌生又熟悉的朝代……

雲安城道旁高大濃郁的槐樹……

悠悠流淌的覓蘭河跟花燈璀璨的蘭橋……

那間並不寬敞但卻整潔溫馨的姜記食肆……

皎皎月色下，他執起她的手，低聲許下諾言……
銅鏡前，他親手為她插上了簪子，輕吻印在她髮間……
紅燭高照，他與她共飲合巹酒，結髮為夫妻……
原來，那一切不是夢，而是自己真真切切經歷過的時光。
她想起來了，那是跨越千百年卻依舊無法磨滅的過去。
不論哪個時空的姜菀，都是她。
許久後，男人輕輕喚道：「阿菀……」
那熟悉的口吻跟氣息讓姜菀猝然落下淚來。「是你……」
沈澹鬆了口氣，垂眸一笑。「是我。我來尋妳了。」
「你怎麼來到這裡的？」姜菀輕聲問道。
他陷入沈思。「就是這裡的人常說的『穿越』吧。」
「那你又是怎麼找到我的？」姜菀聲音微顫。
沈澹道：「或許是上天開眼，讓我看到了妳以美食部落客的身分發布的影片，我知道那就是妳，可我不知道妳是否還有過去的記憶。其實我也沒想到我們會在學校遇到，看見妳的第一眼，我便知道妳不記得我了。」
「所以你一直想辦法跟我接觸，只為了讓我想起來？」姜菀問道：「若是我一直想不起來呢？」
沈澹望著她，聲音低沈。「那我便重新追求妳一回，讓妳即使沒有過去的記憶，也能與我相愛。」
他上前將手搭在她的肩頭。「還好，我等到了妳。」
姜菀雙手一顫，東西落了地。可誰都沒有去撿，而是緊緊地與對方擁抱在一起。
晚風輕拂，華燈初上，映著他們相依相偎的身影，揉進懷抱的，是失而復得的驚喜與久別重逢的喜悅。
過了好一會兒，沈澹才放開她，替她拭去臉頰的淚，柔聲道：「哭什麼？」
姜菀吸了吸鼻子道：「我這是喜極而泣。」
兩人又靜靜站了一下，姜菀猶豫著開口道：「不早了，我該回去了。」
頓了頓，她小聲道：「要不要來我家坐一坐？」
沈澹看著她泛著紅暈的雙頰，笑道：「我送妳上樓。」
他牽著她的手，一直走到家門前。
姜菀捨不得他跟他分開，卻不好意思說出口，遲疑了半晌才道：「那……明天見？」
沈澹沒立刻答應，而是眉梢輕挑，問道：「我能向妳討一樣禮物嗎？」
話音剛落，他便俯下身，輕輕吻了吻她的唇。
「明天見。」他含笑道。
接下來幾日，姜菀完全接收了過去的記憶，兩人也順理成章成為男女朋友，並且向熟人公布了這個消息。

江茵得知時很驚訝。「菀菀，你們才認識多久啊？」

姜菀眉眼彎彎，在心裡說，他們早就認識多年，已經是老夫老妻了。

她想帶沈澹好好體驗一番現代的生活，可惜沈澹身為刑警，工作實在繁忙，兩人經常很多天才能見一面。她有些心疼，卻知道這是他在這個時代的志向跟理想。

這天早上，姜菀拿起手機，發現是她在古代的生辰，不由得嘆了口氣。

距離上次看見沈澹，是三天前。他說這幾日警局有案子，忙得不可開交。在這個特殊的日子，姜菀格外想念他。

傍晚時分，她收到了沈澹的訊息，說是待會兒要接她去吃晚飯。

姜菀本以為會去一般餐廳，沒想到沈澹帶她去了郊外的一家私人莊園。莊園裡有一方荷塘，正是荷花盛開的季節，粉白芙蕖盈盈出水，嬌嫩又惹人憐愛。

荷花既是姜菀喜歡的花，又代表沈澹曾送給她的定情信物。她抿嘴一笑，下意識摸了摸頭髮。

沈澹知道她的想法，唇角微揚，卻沒說話。

兩人伴著荷風吃了晚飯。飯後沈澹帶著姜菀步上荷塘上方的一座小小木橋。

姜菀雙手攀著橋欄，低頭看向那盛開的荷花，輕嗅著風中的淡淡荷香。

「你看那邊——」姜菀一邊說，一邊回頭看向沈澹。

在她開口的同一刻，沈澹也喚了一聲。「阿菀。」

「嗯？」姜菀轉過頭，頓時愣住了。

只見沈澹緩緩單膝下跪，手中托著一枚鑽戒，正定定地望著她。

「你……」

夏天日頭長，夕陽餘暉中，戒指中央鑲嵌的鑽石熠熠生輝，可在姜菀看來，抵不過沈澹眸中的光華。

他雙眼一眨也不眨地看著她，開口道：「阿菀，雖然在那個時空，我們已經相伴多年，但既然一切從頭開始，那麼該有的儀式，我不會遺漏。回想起來，過去數年好似一場夢，可是那夢卻又真切無比，以至於我剛剛來到這裡時，幾乎夜夜無法安眠。我總會想，是不是一覺醒來，妳就會重新出現在我身邊？」

沈澹低聲輕喃。「後來我發現，只有在夢裡才能見到妳。在那之後，我開始希望自己長睡不醒，這樣就能永遠跟妳在一起。從我聽說那個遊戲起，我就想到了妳，那些故事除了妳，沒人寫得出來。可當我見到妳時，妳看著我的目光卻是陌生的。我又害怕、又擔心，心想若是妳想不起往事，我該怎麼辦？」

他忽然笑了，道：「之後我想通了，不論哪個時空，妳就是妳，我所能做的，就是努力向妳走去，竭盡全力讓我們得以相愛。所幸，我等到了。」

沈澹的手腕有些顫抖，他慢慢道：「我不願再錯過妳的一切了。餘生，我只想日日都能看見妳。阿菀，妳願意嫁給我嗎？」

他竭力保持沈穩，嗓音中卻透著緊張。

姜菀望著沈澹，思緒飛轉，腦海中掠過無數畫面，最終定格在他眼中。

心底浮現出了幾句話：她愛這個男人，願意與他共度餘生。不論哪個時空，她只想與他並肩而立。

姜菀忍住了淚意，伸出手道：「我願意。」

夕陽緩緩退到天幕邊緣，留下最後一抹亮色，映照著木橋上一對相擁的璧人。

日後不論經歷怎樣的風雨，他們都會攜手同行，互相扶持，長長久久地走下去。

——全書完

2024年7月出版

小公爺別慌張

文創風 1271～1273

明知是性命攸關之事，可自己卻漠然置之，
她一心只求安穩平靜的日子，不料卻釀成大禍，
不僅自己幾次三番陷入險境，
從小伴著自己長大的丫鬟也為了救她而死，
既如此，她決定不再逃避，要一一揪出幕後黑手！

我本無意入江南，奈何江南入我心／寄蠶月

穿成古代孤兒，竟連姓氏都無，只知名字叫允棠，母親留下不少遺產給她，
自己承了人家的身，卻沒有原身的記憶，哪還有心思去管什麼身世來歷？
本打算這輩子過好自個兒的小日子便好，偏偏有人不讓她順心如意，
隔壁開錢莊的勢利眼婦人帶著媒婆上門替家中兒子求娶她，
但這人根本侵門踏戶，說出來的話句句貶抑，她一時氣憤就懟了回去，
甚至，她還掰出亡母生前就幫她與魏國公的兒子訂了親的謊話威嚇對方！
小公爺這號人物她也是聽別家小娘子說的，據說家世驚人、相貌俊朗，
反正，天高皇帝遠的，那不認識的小公爺可不會跳出來自清，不怕不怕！
萬萬沒想到，剛上汴京要祭拜亡母的她就撞上一名男子，一碗湯水灑了對方一身，
由路人的驚呼中，她得知這位好看的受害者是個小公爺……不會這麼巧吧？
喔喔，原來這位是蕭小公爺啊，那沒事了，這「蕭」可是國姓呢，
先前她在揚州時，曾聽說書人提起過魏國公三次勤王救駕的故事，
所以說，她很確定魏國公家的小公爺是姓「沈」才對，
還好還好，有驚無險，只要不是她編排的那個未婚夫就行……
咦？不料這個蕭卿塵竟然就是魏國公的兒子，人稱小公爺是也?!

2024年6月出版

養娃好食光

文創風 1268~1270

「店家，兩碗荔枝楊梅飲，要放冰~~」
身懷絕妙廚藝的她就好這一口，
賣相鮮豔誘人，吃了更是甜上心頭！

日好家潤，福氣食足／三朵青

穿越到古代已經夠驚嚇，還沒名沒分當了景明侯世子程行彧的外室，
雲岫很想扶額，前世的學霸人生怎麼能栽在今生的戀愛腦上？
又聽聞程行彧要迎娶別的高門女子，她終於心碎夢醒，打包行李走人，
靠著好廚藝跟過目不忘的本事，走到哪吃到哪賺到哪，餓不死她的，
而且她不孤單，肚裡懷了程行彧的娃，以後母子倆就一起遊遍南越吧！
五年後，她跟閨密合開鏢局，做起日進斗金的物流生意，堪稱業界第一，
兒子阿圓更是眾人的心頭寶，成了天天蹭吃蹭喝的小吃貨一枚。
孰料平靜日子還沒過夠，一場遠行讓雲岫再遇苦尋她的程行彧，
原來當年他另娶是為辦案演的戲，情非得已，卻聽得她怒火噌噌噌往上漲——
這麼大的事，他竟自作主張瞞著她？說是為她好，實則插了她一身亂刀。
如此惹她傷心根本罪加一等，想當阿圓的爹，先拿出誠意讓她氣消再說！

別出心裁，與眾不同／雁中亭

2024年6月出版

廢柴么女勞碌命

荒唐恣意，是保住一條命的小心機；
兼容並蓄，是引領國家進步的真諦。
且看她融合古今科技，成為前無來者的女帝！

文創風 1263 1

身為一名頂尖外科醫師，卻在為患者動完馬拉松手術後猝死，
若要問這個悲慘的經歷帶給了趙瑾什麼教訓的話，
她會說：無論如何，「保住一條小命」最要緊。
正因如此，當趙瑾發現自己穿越成武朝的嫡長公主，
且可能被捲入皇儲之爭時，立刻偽裝成「學渣」，
怎麼荒唐就怎麼來，被當成混吃等死的廢柴也無所謂。

文創風 1264 2

趙瑾實在是想不通，選了一個出乎眾人意料的駙馬又怎麼了，
覬覦皇位的那個人，有必要在他們新婚三天就把她擄走，
甚至揚言要她替自己生下子嗣嗎？也太心急了。
不管怎樣，雖然火速平安獲救，她的信念卻更堅定了；
絕對不生孩子，說什麼都要遠離紛紛擾擾的朝堂。
於是乎，趙瑾拉著把她當女神的丈夫——侯府次子唐韞修，
結伴同去青樓競標花魁，大把大把銀兩往外撒……

文創風 1265 3

解決水災與瘟疫事件之後，趙瑾與唐韞修兩人「死性不改」，
堅定地過著你儂我儂、逍遙自在的享樂人生，
然而，意外到來的小生命卻引發波瀾，讓局勢變得更加複雜，
先是有人企圖用藥改變孩子性別，後有王爺帶兵謀反。
就在趙瑾接受自己即將落得「一屍兩命」的悲劇下場時，
她那平時一副紈袴子弟模樣的駙馬竟大顯神威，
率軍降服逆賊，無懈可擊地瀟灑了一回。

文創風 1266 4

儘管擺脫了通敵的嫌疑，趙瑾仍選擇帶著一家人離開京城，
只不過「天高皇帝遠」的生活終究有個盡頭，
一回到宮裡，她就悲劇地發現當年努力接生的皇姪竟有心疾，
偏偏皇帝哥哥還指名她代理朝政，然後自己閉關不見人？
這下趙瑾算是真切體驗到一國之主到底有多悲哀了，
她不但被剝奪了在一旁嗑瓜子看朝臣吵架的樂趣，
更差點遭堆積如山的奏摺淹死，簡直生無可戀。

文創風 1267 5 完

說起那幫認定只有男人擔得起重責大任的迂腐臣子，
趙瑾實在懶得理會他們，橫豎這個監國不是她想當的，
什麼蒙蔽聖上、謀害皇子、篡位奪權……愛怎麼說就怎麼說。
遺憾的是，利慾薰心者根本不管如今還在打仗，
傢伙一抄就上門逼宮，讓人想當作沒這回事都難，
既然如此，她乾脆來個一網打盡，順勢為朝廷大換血！

文創風 1293

飄香金飯苑 3 完

國家圖書館出版品預行編目資料

飄香金飯苑 / 凝弦著. --
初版. -- 臺北市 : 狗屋出版社有限公司, 2024.09
冊 ; 公分. --（文創風 ; 1291-1293）
ISBN 978-986-509-556-7（第3冊 : 平裝）. --

857.7　　113011259

著作者	凝弦
編輯	連宓均
校對	陳依伶
發行所	狗屋出版社有限公司
地址	台北市104中山區龍江路71巷15號1樓
電話	02-2776-5889～0
發行字號	局版台業字845號
法律顧問	蕭雄淋律師
總經銷	知遠文化事業有限公司
電話	02-2664-8800
初版	2024年9月
國際書碼	ISBN-13　978-986-509-556-7

本著作物由北京晉江原創網絡科技有限公司授權出版

定價290元

狗屋劃撥帳號：19001626

網址：love.doghouse.com.tw　E-mail：love@doghouse.com.tw